·三峡青年文艺批评家丛书·

SHIXIYUEHANDEJIQING：HUFENG WENYISIXIANG TANJIU

施洗约翰的激情：胡风文艺思想探究

孔育新　著

河南大学出版社
·郑州·

图书在版编目(CIP)数据

施洗约翰的激情:胡风文艺思想探究/孔育新著.
—郑州:河南大学出版社,2018.12
(三峡青年文艺批评家丛书)
ISBN 978-7-5649-3602-0

Ⅰ.①施… Ⅱ.①孔… Ⅲ.①胡风(1902—1985)—文艺思想—研究 Ⅳ.①I206.7

中国版本图书馆 CIP 数据核字(2018)第 289545 号

责任编辑 张 珊
责任校对 纪庆芳
封面设计 马 龙

出版发行 河南大学出版社
地址:郑州市郑东新区商务外环中华大厦 2401 号
邮编:450046
电话:0371-86059701(营销部)
网址:www.hupress.com
排　版 郑州市今日文教印制有限公司
印　刷 开封智圣印务有限公司
版　次 2019 年 5 月第 1 版
印　次 2019 年 5 月第 1 次印刷
开　本 890mm×1240mm 1/32　**印　张** 9.625
字　数 233 千字　**定　价** 35.00 元

(本书如有印装质量问题,请与河南大学出版社营销部联系调换)

目　录

胡风的深刻性和独创性（代序）

王富仁

我认为，要理解胡风文艺思想的实质意义及其在中国现代文艺思想史上的地位和作用，首先应当理解中国新文学的本质意义到底是什么？它是怎样产生的？胡风文艺思想中的一个重要内容是他对“五四”新文学发生根源的认识，他认为中国的新文学不是中国传统文化和传统文学自身独立发展的结果，而是西方文化和西方文学在中国文化土壤上的移植。我认为，不论胡风的用词是否为人们所乐于接受，但他所表达的观点本身却是毋庸置疑的。中国文化史的事实异常明确地向我们表明了，它在漫长的历史发展中已经形成一个自满自足的封闭系统，如若没有任何外力的撞击，它自身的发展将永远是循环式的。古埃及文化、古印度文化都没有依靠自己的自然发展走向现代化的发展道路，中国古代文化也只能是如此。为什么它不可能走出自我设定的这个封闭式的循环圆圈？为什么它只有朝代的更迭、儒道文化的此伏彼起、一治一乱的周而复始？最根本的原因即在于中国传统文化首先将中国人民的精神规范化和凝固化了。不论是儒家文化、道家文化、法家文化、道教文化，还是中国化了的佛教文化，都是以压抑或节制人的个体生命欲望和主观精神意志为特征的，胡风反复强调表现人民群众的精神奴役创伤，说明他充分意识到了奴性意识对人民群众的精神戕害。而不用强有力的精神力量冲击，洗刷掉这种精神上根深蒂固的奴性意识,中国文化是不可能真正走上现代化的发展道路的。显而易见,中国新文学的产生并不在于鸦片战争后中国那点微弱的资本主义工商业的发展,不论是胡适、陈独秀、周作人,还是中国新文化的杰出代表鲁迅,都不与中国资本主义工商业的实际发展有多大直接联系,他们是在中外文化的交流中产生的,他们接受了西方文化的影响,接受了新的文化价值观念,而后有了改革传统文化的愿望和决心。也就是说,他们首先发生的是主体价值观念的变化、主观精神上的变化,因而同样的客观现实在他们眼前呈现了不同的面貌。新文学的发生不是祥林嫂变了,闰土变了,阿Q变了,而是表现他们的鲁迅的主体意识变了。我们完全可以说,没有这种主体意识、主观精神的变化,便没有"五四"新文学。但作家主体精神的变化,不仅仅是西方文化观念的简单接受,而是通过这种接受开发、强化了作家内部的主观精神和个体的生命力,冲击了他们的传统奴性意识。他们的"新",并不"新"在有了"新"知识、懂了"新"名词、提出了"新"口号、掌握了"新"技巧,而是因为他们是较少传统奴性意识、具有现代意识的一代新人,有了新人,有了新的精神境界,才有了新文学。但这种"新",不是一次性完成的,而是一种由旧蜕新的不断变化过程,是一种有多级精神层次组成的序列,主体精神的每一种变化,都改变着作家眼前的客观世界的面貌,新文学和新文学作家也必须在这种过程中变化和发展。但在"五四"以后的新文学作家中,仍有三种不同的发展趋向,并不把这种主体精神的变化作为文学创作的最根本的问题。胡风所集中批评的便是这三种趋向。

第一种情况是以创造社为代表的中国浪漫主义文学趋向,他们更多地注重西方文化和文学的新潮流本身,当自身接受了西方某些新的理论标准之后,便以为自己是这种理论的实际持有者了,而较少注意如何把这种理论实际地移化为自己内在的主观精神素质。因而他们的主张变化很快,像拣萝卜一样扔掉一个又拣起一个。第二种情况是像周作人、林语堂这样的一些新文化、新文学的倡导者,他们的特点是对旧文化的弱点有较清醒的理性认识,但这种认识也愈加使他们感到改造传统文化的艰巨性。在这种情况下,他们不是愈加强化了自己的精神抗争力量,而是愈加委顿了这种主观力量。在他们那里,理性认识的清醒化与主观精神力量的弱化是同时发展的。第三种情况是以茅盾为代表的中国的现实主义文学趋向,他们更强调对现实的理性认识,认为正确地分析现实是现实主义文学的主要前提。但脱离主体意识的不断深化发展,外部的客观现实将永远是一种色调、一种面貌。这种现实主义缺乏对人的精神震撼力,更多地着眼于对现实的描述,胡风称之为客观主义的倾向。我认为,胡风并非绝对否定以上三类作家在中国新文学史上的作用和意义,但作为一种整体创作倾向,他是持严峻批评态度的。作为与以上三种创作倾向对立的,胡风总结了鲁迅的创作倾向。可以说,胡风的文艺思想主要是在总结鲁迅的创作经验中建立起来的,这使他同时成为一个杰出的鲁迅研究专家。正是在全面总结"五四"新文学和当时左翼文学运动的经验和教训的基础上,胡风提出了作为他文艺思想核心的"主观战斗精神"的理论命题。他重视作家的主体精神的作用,但更重视这种主体精神在创作实践中进一步的发展和变化,他提出作家必须用强烈的主观战斗精神去拥抱现实,突入现实,肉搏现实,也就是从改造现实的角度去把握现实而同时又在把握现实、表现现实的过程中改造自己的主体精神,加强主观战斗的精神。更重要的是,胡风所说的作家世界观的改造,并不是教民接受圣徒的渡引,学生接受教师的训导那种卑屈的、被动的改造,而是作家进行的主动的、自觉的自我文化心理的调整。在这里,自我改造和创作自由是有机地统一在一起的。胡风对作家的评论是严峻的,但同时又为作家的创作自由而斗争,他反对"题材决定论",主张"哪里有生活那里就有斗争",正视作家对自己所熟悉的生活的表现和挖掘,反对以先验的理论束缚作家。显而易见,胡风文艺思想的这种统一性,恰恰因为他紧紧抓住了新文化与旧文化、新文学与旧文学最本质的差别,这种差别即是新文化和新文学是医治中国人民群众几千年来的"精神奴役创伤"的文化与文学,正是在这一点上,胡风把主观与客观有机结合了起来,对内的"主观战斗精神"是作家自身要摆脱传统奴役性意识对自己的束缚,而这种主观战斗精神又只有在与社会传统奴役性意识的斗争中才能得到表现和进一步加强。与此同时,胡风反对把"形式"和"内容"完全对立起来,反对把传统的形式当作"民族形式"凝固化起来,他认为在传统的形式中凝结着传统的意识,作家主体意识的发展必然通过艺术形式的发展才能得到体现。这一切,都表现出了胡风文艺思想的深刻性和独创性。历史事实证明,中国新文学的每一步发展,都是从胡风所强调的"主观战斗精神"这个基点上开始的,鲁迅早期对"精神界之战士"的呼吁,对"主观意力"的重视,"五四"时期周作人提出的"辟人荒",左翼文艺运动中胡风提倡的"主观战斗精神",冯雪峰提倡的"主观力",新时期文学中刘再复提出的"主体意识",在精神实质上都有一脉相承的东西。因而我认为,胡风文艺思想理应在中国现代文艺思想史上占有一个崇高的位置。

但是,胡风文艺思想也有一些严重的缺点。我认为他的文艺思想仍然没有挣脱历史决定论的束缚,当他把自己的主观战斗精神与历史决定论结合起来之后,他的主观战斗精神的具体含义变得相对狭窄了,现实的具体历史任务限制了主观战斗精神的更多方面的内涵,这在创作方法上使胡风把自己带有更普遍意义的文艺论强行纳入了现实主义这种相对狭小的文艺框架中来。事实上,胡风文艺思想的这种偏执化,是与他对中国传统奴性思想和现代个性意识的偏狭化理解直接联系在一起的。鲁迅文艺思想及一般文化思想的特征是在各种对立原则中把握中国文学和中国文化的发展,他把阿Q的消极忍耐和盲目革命都当作奴性意识的表现,同时又把个性解放与人类同情都当作现代意识的不可或缺的组成部分,正是在这种对立原则的彼此制约中,鲁迅较之胡风更充分地估计了中国文化改造的艰难性,因而他的思想中有更多悲剧意识,而胡风更多乐观主义,鲁迅的主观战斗精神更多地与"韧性"结合在一起,胡风虽然重视鲁迅的"韧性"战斗精神的提倡,但实际并没有在鲁迅的原意上理解"韧"的含义。鲁迅的主观战斗精神更多地与清醒的理性认识组合成一体,胡风对现实的认识远不如鲁迅细致和明敏,他对意志、精神、感情的重视远过于对现实细密认识的重视。他对现实人的了解陷于粗疏,鲁迅则有为胡风所不及的惊人的深刻。在实际的美学观念上,鲁迅更重视自然生命力同合理理性的结合形式,对原始生命力的盲目破坏作用有更加痛切的感受,因而他的作品更少外部的豪壮美,更多内含的严峻美,而胡风更重视原始生命力自身的价值,他的文艺思想以及在他文化思想影响下产生的文艺作品更多外部的震撼力,而没有鲁迅作品的忧郁美和严冷色彩。这或许是他的文艺思想和作品的个性特色,但在这个性特色中也表现着他的局限性。

胡风为他的缺点付出了严重的代价,我们更多地记住他的贡献吧!

绪　论

一、选题缘起

对胡风本人的兴趣最早是从胡风冤案开始的，同情于胡风的不幸遭遇，敬重于胡风的坚持。后来接触到胡风的作品，惊叹胡风在作品中的强大的情感气流和倨傲的论辩姿态，在尖刻和偏执的文字中透露出来的一种执拗的力量。因此，也就有了做胡风研究的念头。

无可讳言，在现代评论家中，胡风并不是最具艺术批评品格的。与鲁迅、沈从文、李健吾等批评家那透明无尘的作家作品批评相比，胡风并不占优。然而，胡风的文艺批评中透露出来的难以遏制的伦理力量，那深广的叹息和焦躁的呼唤，那行走于荆棘之路的双足流血的圣徒的悲欣，那峻急、严苛、嘲讽的文笔下涌动的仁爱和勇敢，那夹杂着时代的丰富、庞杂、分裂而又力图铸成超度之舟的自信……这一切都构成了胡风文本整体的抒情特色，穿越时间的长河仍不减心灵撞击的力量。

自 20 世纪 30 年代胡风开始他的创作和文艺批评生涯，胡风似乎一直处于论争的漩涡当中，和他论争的既有学院派的批评家，有国民党的政客，也有左翼内部的作家与批评家。而更有意思的是，从 30 年代到中华人民共和国成立，随着时代的风云变幻而带来的文学界、思想界的频频转型，大多数作家和批评家

(尤其是左翼内部)的思想本身多多少少也发生了变化,而胡风的思想似乎仍一以贯之,他带着自己一贯的立场而参与的各种论战,既记录了那个时代思想流变的面貌,同时也为这段变迁提供了一个很有意思的视角。因此,研究胡风,也是理解现代文学批评的一条重要途径。

二、研究综述

在 1980 年 9 月 29 号中央第一次为胡风平反前,一些学术单位和部门已经以研讨会等形式开始为胡风“平反”。1980 年第 1 期《南京师院学报》刊登了王臻中整理的《解放思想,探索现实主义发展规律》一文,对 1979 年 11 月 26 日到 12 月 5 日在南京师范学院举办的现实主义问题学术讨论会内容进行了总结概括,其中提到批判胡风的问题。会议有三种意见:一是胡风可以批判,但搞得过头了,后来发展成政治运动更是错误的,对现实主义文学的发展起了坏的作用,实际上胡风的文艺思想和有关现实主义的论述,在今天还有可资借鉴的地方。二是胡风文艺思想当然不会完全正确,但基本上是坚持唯物的反映论的,不是唯心论的。他的主观战斗精神,实际上是化客观物质力量为主观精神力量,是对创作中作家主观的创作热情和创造精神的强调。我们今天讲的写真实,没有超出胡风当年讲的范围。三是胡风问题,当年最严重的一条,就是说《讲话》是图腾。其实图腾一词,跟今天的“神化”等提法相比,根本不算得一回事。这是目前为止第一篇看到的为胡风文艺思想“正名”的文章。随着胡风事件的平反,随着政治环境的相对宽松,胡风在 20 世纪 50 年代的一些“罪证”现在成为一种理论“创见”。这一时期值得一提的文章有:胡铸的《论胡风的主观战斗精神》《胡风现实主义理论的特点》和《胡风文艺思想探源》，朱寨的《胡风的文艺批评》，陆一帆的《论胡风的文艺思想》，邹华的《胡风在中国现代美学史上的地位》等。胡铸对胡风的研究更多地带有一种“翻案”与“正名”的性质，在理论探索上似乎还有待来者。而邹华把胡风文艺理论与马克思主义美学连接起来，在具体的阐发中有着相对新颖的理论洞见。他认为，胡风的文艺理论不仅标志着中国现代美学思想在当时的历史条件下达到的最高水平，而且与 20 世纪 80 年代中国美学所达到的理论认识也几乎在同一水平线上。审美感性问题是胡风美学思想的核心，是贯穿他的全部理论活动的主线。他通过对“感性”的强调，把审美与功利活动和认识活动区别开来，从而避免了以功利或认识取代审美的错误；他提出的“主观战斗精神”，是对艺术家主体能动性的强调，在当时可谓是先见之明。邹华的这些观点明显看到 20 世纪 80 年代“美学热”和“主体论”的影响。这也标志胡风文艺理论研究在经过短暂的所谓的政治“正名”后很快与 80 年代的新思潮接轨，转入相对开放和深入的学术探讨中来。

与国外的作家、批评家的横向比较，如卢卡奇、厨川白村、高尔基……是 20 世纪 80 年代胡风文艺思想研究的一个热点，这种横向比较，主要侧重于寻找胡风文艺思想成分中的理论潜能，融入当时的规模宏大的思想解放运动中。张国安在《论胡风文艺思想和外国文学的关系》中梳理了胡风所接受的外国哲学、美学、文学思潮，他认为，胡风所接受的外来影响大致可分为三块：“一、黑格尔、费尔巴哈和马克思主义的哲学思想。二、别、车、杜、高尔基、阿·托尔斯泰、卢卡奇、厨川白村、“拉普’等的文艺美学思想。三、苏俄和欧洲现实主义优秀作品的感性营养。”①在具体分析中，他对厨川白村与胡风的思想影响关系分析得尤为详细到位。乐黛云在《关于现实主义的两场论战》中把胡风与周扬的争论，放到国际马克思主义文艺发展的视野下，和当时卢卡奇和布莱希特的争论做了细密的比较。张国安则在《莫把形似当神似——胡风和卢卡奇的现实主义理论错位》中指出，胡风主要是从马克思主义的“实践论”作为理论基点，以主体为轴心，以作家的创作作为批评的入口，更注重主体在审美活动中的能动性；而卢卡奇则以“反映论”为理论基点，强调客观现实的整体性和客观性，更注重审美形式的独立性，两个人在许多方面有着相当大的差异。艾晓明的博士论文《中国左翼文学思潮探源》里，对胡风的文学理论研究，尤其是胡风和卢卡奇的比较研究，做出了深入的剖析。艾晓明认为，胡风和卢卡奇都坚持现实主义和世界观之间的关系是复杂的，他们都强调现实主义真实性。这种真实性的外在尺度是现实生活本身，它的内在尺度则是历史上已经出现的伟大现实主义作家在其作品中达到的反映生活的深度和广度。但胡风和卢卡奇的批评模式又有深刻的不同，即以胡风为代表的主体模式和以卢卡奇为代表的客体模式。在卢卡奇的艺术反映论里，“客观性”占据着中心位置。卢卡奇认为艺术认识不同于科学认识，在艺术提供的现实画面里消除了现象与本质、个别与本质、直接性与概念的对立，艺术通过自我塑造、自我阐明的方式构造成一个自足的世界，独立地存在和发生作用，它是运动着的生活总体的反映，是生活作为过程和整体的反映。而胡风则强调艺术对现实的反映的能动性，通过作家

① 文振庭、范际燕主编：《胡风全集》，中国社会科学出版社，1991，第245页。

的创作过程看对现实的反映程度，对象与目的之间和本身都充满了动态和矛盾的特点。

另一方面，胡风与“五四”“左翼”“京派”等文学思潮流派及其作家的辨析，也是20世纪80年代胡风文艺思想的一个热点。李泽厚在《中国现代思想史论》中，对20世纪40年代文艺民族形式论争进行了详细的分析，认为胡风是“五四”新文艺传统的捍卫者，是着重于继续吸收外来文化并结合中国现实斗争来创造民族文艺及其形式的代表。但由于主要是从文艺自身的规律来谈论民族形式和现实主义，与毛泽东的延安文艺座谈会上的讲话相比，“便显得远为单薄、辽阔，空洞而不切于事情了”。钱理群在《胡风与五四文学传统》中，从左翼对资产阶级个性自由的扬弃、民族解放与社会进步、知识分子与人民大众等问题入手，梳理了胡风对“五四”文学传统的承接、扬弃，以及胡风本身所存在的一些缺陷，论文材料翔实、文字富有激情。王富仁的《胡风的深刻性与独创性》一文，认为胡风对以创造社为代表的中国浪漫主义文学，以周作人、林语堂为代表的“学院派”文学，以茅盾为代表的“理性化”现实主义文学给予了严厉批评，而与这三种文学倾向对立的，则是鲁迅的创作传统。胡风所主张的主观战斗精神，与鲁迅早期对“精神界之战士”的呼吁，对“主观意力”的重视，“五四”时期周作人提出的“辟人荒”，冯雪峰提倡的“主观力”，新时期文学中刘再复提出的“主体意识”，在精神实质上都有一脉相承的东西。但胡风还没有摆脱历史决定论的束缚，现实的具体历史任务限制了主观战斗精神的更多方面的内涵，充满活力的文艺思想被纳入现实主义这个相对狭小的文艺框架来，在对传统文化和其他非左翼文化文学的态度上有着偏执化和偏狭化的缺点。高远东在《历史·价值·主体性》中，则认为现实主义，对胡风来说，不仅仅是创作方法，而且还是一种世界观。在历史与价值、客观真实与主观真实、科学性与意识形态的倾向性的二律背反之间,创作主体及主体的实践活动,才是克服二律背反的中介(从高远东的理论阐释中,似乎可以看见卢卡奇《历史与阶级意识》的影子)。胡风对"主观战斗精神"的强调,对现实主义的思考,经过历史的考验和重评,依然有着积极的强烈的现实意义。

20 世纪 80 年代的胡风文艺思想的比较研究,厘清了胡风文艺思想的"影响因素",但另一方面,又使得胡风的文艺思想呈现出一种平面化的特点,胡风文艺思想自身的复杂性和矛盾性相对受到忽视。90 年代以来的胡风文艺思想研究,一方面在 80 年代开辟的研究路径上精耕细作,另一方面也开启了许多新的研究领域,总体呈现出文本感兴、历史考证、哲学沉思三维推进的趋势,少了一些"主义"的归类,多了一些"问题"的探究。王向远在《胡风和厨川白村》一文中,对胡风文艺理论和厨川白村的密切关系做了十分翔实的辨析。他认为,胡风的"精神奴役的创伤"与厨川白村的"精神底伤害"有很多相通的地方。他们在分析精神现象的时候,超越了、剔除了弗洛伊德主义的泛性主义,把"精神底伤害"或"精神奴役的创伤"看成是社会力量的压迫和毒害的结果;在谈到"精神底伤害"和"精神奴役的创伤"的时候,厨川白村和胡风都指出它们的两种存在状态,一是沉积的、潜在的状态,二是"不可抑止"的爆发的状态;他们同样热切地主张作家将人民身上的"精神底伤害"和"精神奴役的创伤"表现出来,而文艺创作正是表现"精神底伤害"或"精神奴役的创伤"的最好的途径和手段。胡风从现实主义文艺的要求出发,认为现实主义文艺应该正视和描写人民的"精神奴役的创伤",这既是中国人民摆脱"亚细亚的封建残余"的时代要求,又符合现实主义的中心任务。陈思和的《胡风对现实主义理论建设的贡献》将胡风的文艺理论放在中国左翼文学的理论构建的背景下来研究，陈思和认为，胡风一生所追求的，就是现实主义如何摆脱笼罩在左翼文艺——社会主义文艺道路上的庸俗社会学影响，使其成为从“五四”新文学发展而来的现实战斗精神在文艺创作上的指导原则。胡风把作家面对客观世界所表现出来的蓬勃高昂的人格力量和对客观世界进行改造、批判的战斗要求称作“主观战斗精神”，并将其注入现实主义创作规律，无疑是对那种认为现实主义创作原则只是“按生活的本来面目反映生活”的传统解释的否定，也是对宣传或图解革命原则而忽略了文艺创作自身特性的公式主义和客观主义的否定。他主张作家通过充满个性的实践活动来贴近现实、把握现实，用真诚的实践活动来展示生活的真实性，使得文学艺术参与政治斗争又不附庸于政治，从而保持了文学的精神独立。陈思和认为，胡风的现实主义文学理论就其理论实质而言，达到了中国的马克思主义现实主义所能达到的最高水平，即使放到当时世界马克思主义文学的范畴里，也是当之无愧的。

20 世纪 90 年代的胡风文艺思想研究还拓展了一些有价值的研究视域，如童庆炳先生的《心理学美学:“京派”与“海派”——朱光潜与胡风在三十年代对美学的贡献》之文，可以说填补了胡风文艺思想研究中“心理学美学”视角的空白。童先生将胡风和朱光潜视为 20 世纪 30 年代中国现代心理学美学 30 年代自觉期的双峰，认为胡风的创作美学理论，与朱光潜的美学相比，缺乏学术背景的支撑，在描述时运用着一些非规范化的词语表达创作的实践体会，但它更生动、更活泼、更切合创作实际，有着深入研究的价值。刘锋杰在他的著作《中国现代六大批评家》里对胡风的文艺思想既作精当的分析和肯定，又对胡风的理论缺陷做了令人叹服的总结。刘锋杰认为，胡风文艺思想的特色就是以人为中心的思维格局,其中对创作主体的论述,应占有最高位置,他的主观战斗精神才是对生活的超越与回归的统一,最终成为使生活为生活的一种力量。刘锋杰认为,胡风的批评,是以生命为特色,但这种生命特色,更多胶着于政治、社会。他的人论,缺少周作人、林语堂的大文化背景,与时代结合紧密,也就成为某个时代的人学思想,对其他时代及其他历史时期的指导意义要弱一些。就生命观而言,胡风的生命观更多伦理特点,缺少了生命的丰腴圆润,显得不够充分和饱满。在史料考证上,钱理群的《胡风的回答》对 20 世纪 40 年代胡风及“七月派”集团与主流左翼、自由主义知识分子的理论争鸣进行了谨慎而又不乏激情的梳理。钱理群认为,胡风及其友人以维护毛泽东文艺思想为立足点的理论纷争,却扮演了一个公开与毛泽东文艺思想相对抗的知识分子的角色,在共和国文化思想史上获得了一种特殊的地位和价值。鲁贞银的《鲁迅的“主见”与胡风的“主观战斗精神”》通过对胡风理论文本的细致解读,认为胡风“基于鲁迅所体现的现实主义的吸收”,把社会主义现实主义变成鲁迅化了,也变成自己化了,这就形成了以“主观”为中心的对现实主义的独特观点,同时也将鲁迅的思想在某种程度上窄化了。王丽丽在《胡风的理论问题解析》中通过对胡风理论问题的详细解析入手,探讨胡风的文艺理论与当时的主流文艺理论发生碰撞的主要症结。作者认为胡风所理解的“政治”是一种理想化的、终极意义的政治,它与政治家们所从事的具有明确现实目的的政治活动不处于同一个层次。但在新中国成立后的社会环境中,“政治”无疑具有十分具体的含义,这样对政治的理解就构成了对权威理解的冒犯,胡风的理解表现出一种道德主义立场,并与鲁迅对政治采取的道德态度一脉相承,反映了知识分子对社会的永恒批判性的共同特性。

在胡风文艺思想的研究中，来自哲学界的研究者的声音是比较独特而发人深省的。“七月派”诗人曾卓的女儿、海南大学哲学教授萌萌在《为诗而受难的意义——“七月派”诗人的理想主义分析》中指出，胡风事件主要的原因在于意识形态的权力话语同坚持独立思考的知识分子的自由话语之间的不相容。从战火中走来的“七月派”诗人，他们在苦难的黑暗中执着于希望和信念的追求，他们对个人自由和尊严的重视，这些构成了他们的精神底背。这种理想主义的抽象、和在抽象中不可避免的脆弱在胡风事件中，在25年牢狱生涯里对痛苦的咀嚼和反思的过程中必然经历着拷问、撕裂、变形，面对沉重的独特的肉身经验，个人主义的独特话语能否从这种他们曾经视为安身立命的“理想”中突围而出，这需要极大的自我反思和自我否定的勇气，而这一切又是别人所不能代替的。同济大学哲学院陈家琪的论文《有关胡风的三个理论问题》，则从胡风理论本身的内在矛盾来凸显其多义性和丰富性。陈家琪先生认为，胡风理论的第一个问题是个人与人民的关系。在胡风的以“主观战斗精神”为核心的现实主义理论中，如何处理人民和个人的关系，把所有的多样的、不可知的、相对的个人统一到一个不变的“人民”这个实体中去，胡风似乎没有清晰的解决方法。胡风理论的第二个问题是自觉站在民众一边与面对民众的“亚细亚的麻木症”，这个涉及启蒙问题。站在民众一边是出于对民众的困苦生活的同情还是基于一种“人人平等”的道德立场？自己是否需要接受民众的思想改造，自己的“精英意识”与民众的“亚细亚的麻木症”如何在互养中体现人的尺度？胡风的第三个问题是强烈的“入世精神”和“非党派”的个人主义、独立意识。胡风是一个理想主义者，也是一个乐观主义者，这种理想主义和乐观是基于一个普遍性的观念，这是因为有普遍性的观念，他才能对现实持批判态度。但同时胡风又是一个诗人,更多的是一种孤独、冤屈和悲愤。就胡风作为一个理想主义者而言,他应该有一种很强烈的在野的"党派意识",就胡风作为一个诗人而言,他又是一个彻底的个人主义者,只追求个人的独立性。胡风思想的内在矛盾体现了胡风将时代思想困境真诚而苦恼地融入自身所造成的对自我的疯狂撕扯。

胡风的文艺思想,不仅仅是理论性的思辨,同时,它也充盈于胡风自己的独特的表达方式之中,是和胡风的话语方式甚至胡风的生存方式紧密相连的,它是个性的,同时又是整体的,是一个"这个"。李怡在《现实的感受与文本的感受——胡风文学理论的独特意义》一文中对胡风文论的独特性进行了精当的分析。他认为,胡风的文学理论一开始就不是立足于对其他理论体系的移植和运用,他的全部理论灵感来自对现实的感受和文本的感受。胡风在批评中其炙热的情感将他的理论表述裹挟得磕磕绊绊,但这种"言语的不顺"本身就是胡风异常丰富的人生与艺术体验的复杂的呈现,它具有比学院派批评更生动、更丰富的生命内涵。在现代中国的学院派知识分子纷纷以引进的"理性"来代替和排斥文学固有的感受传统时,胡风个人独特的实践证明了感受的新的价值。文贵良在他的论文《胡风的话语方式》《渗透与超越:从战争意识角度理解胡风话语》《胡风的现实主义:置身于存在样式的开放》中对胡风理论话语作了绵密细致的分析。在《胡风的话语方式》一文中,文贵良指出,胡风的白话文的欧化的写作方式,具体体现在词汇、文法和叙事方面。词汇方面,胡风运用和改造大量的外来词,文法方面,主要表现为密集的修饰语,模仿印欧语系的复句包孕结构,尤为独特的是胡风的欧化的叙事,与其说是表达自己的观点,不如说是对他自身的一种叙述。胡风的写作方式,是从自身的存在的境况进入写作的。

当胡风将自己的经历和情感植入写作中，他的写作实现了从“零度写作”到“燃点写作”的突破，“自我充分燃烧”是这种写作的状态。胡风将他的痛苦化作他的激情表达，这就是胡风的话语方式。在《渗透与超越：从战争意识角度理解胡风话语》一文中，文贵良指出，战争的历史境遇和胡风的对抗性话语的结合，就形成了胡风话语中的战争式的二元对立思维。但胡风并没有成为绝对军事化的战争思维者，因为胡风对战争的性质有自己独特的认识。胡风认为，文艺的任务，就是使人民通过战争获得自己的觉悟，使战争成为人民精神解放的过程、事件与空间。战争的过程，就是人民获得解放自身觉悟的过程，是解除历史负担和战争负担的过程。在《胡风的现实主义：置身于存在样式的开放》一文中，文贵良指出，胡风把现实主义命名为“路”，其意义来源于鲁迅。路是人走出来的，从无路之处，从只有荆棘的地方走出来，这就有了艰难的意蕴。路是生命的外化，路永远有，前进着，生命也在前进着。“置身”是胡风话语的关键词，它有两种意义，一种是肉身，一种是意义。就胡风而言，肉身存在与意识存在是统一的，胡风在肉身的辗转流离中，产生了对自身存在和自身境遇的意识，他的置身是全身心的到场、环视与搏斗。胡风是个理想主义者，他以欧化白话文的燃点写作，在20世纪40年代的话语场上，四面出击。在文学的意义上，胡风向现实主义而有所作为，在人的解放的意义上，他是向战争启蒙而有所作为，在自身存在的意义上，他是向“置身”有所作为。

三、论文思路与框架

作为左翼的文学批评家，胡风文艺思想的马克思主义传统是显而易见的。本书试图以“施洗约翰”作为胡风文艺思想的精神原型,从典型、激情、现实主义、民族形式四个关键词切入,将理论溯源与胡风的现实阐述结合起来,理论溯源主要采取历时性叙述,作为借镜来观照和定位胡风文艺思想,而在胡风的现实阐述中则综合历时叙述与共时叙述两种路径,结合时代语境和文艺争鸣,凸显胡风阐述的历史境遇的色彩。总之,通过对胡风文艺思想的"一体"("施洗约翰")"四面"(典型观、激情观、现实主义观、民族形式观)的阐述,尽力厘清和透显胡风文艺思想的特点与局限,推动胡风研究的进一步深入。

据《圣经》记载,在基督开始传福音之前,约翰就在旷野向犹太人施洗,劝勉悔改,声称:"天国近了!你们应当悔改。"①而他的职责是"预备主的道,修直他的路"②。而施洗约翰在基督教中的作用,一是"预备人心,为接受耶稣的真理开辟道路"③。二是"悔改的洗礼不仅是仪式,还要求结出果子"④。三是"谦卑自己,让主显大"⑤。约翰坦承自己并不是救世主,而耶稣才是应许的救世主。"但在我以后来的,能力比我更大,我就是给他提鞋也不配。"⑥施洗约翰是旧约时代的最后一位先知,他的装束和言行带有先前以色列先知的特点,同时又是通向耶稣、通向新约的桥梁。

之所以用"施洗约翰"作为胡风文艺思想的精神原型,是基于如下因素。首先,在胡风所接受的文艺思想的影响中,本身就蕴藉着大量的"施洗约翰"的色彩,如马克思就称诗人雪莱为"社

① 《新约全书和合本》。第 2 页。
② 同上。
③ 曹圣洁:《施洗约翰的见证》,《天风》,2008 年第 24 期,第 19 页。
④ 同上。
⑤ 同上。
⑥ 《新约全书和合本》,第 2 页。

会主义的急先锋”，认为能够读到拜伦、雪莱诗歌的穷人是有福的；如卢卡奇在那篇对胡风思想影响很深的《什么是正统的马克思主义》对马克思主义的表述，“马克思主义正统绝不是守护传统的卫士，它是指明当前任务与历史过程的总体关系的永远警觉的预言家”①；如高尔基对作家作出“掘墓人与产婆”的定位；如罗曼·罗兰的“新英雄主义”里面的对艺术作为从现实通向未来的桥梁的定位；如厨川白村将作家作为新时代“预言者”的观点。其次，以“施洗约翰”作为胡风文艺思想的精神原型，也是胡风的文艺思想中对作家的有意识无意识的定位，如胡风就称无产阶级的作家要做“走在时代前面的自愿背上十字架的战士们的模范”，要有教徒式的献身，要仁爱与勇敢等等。最后，以“施洗约翰”作为胡风文艺思想的精神原型，更在于胡风关于文艺与政治实践的关系的理解。胡风认为革命文艺，就像施洗约翰一样，它起着“摧毁黑暗势力的思想武装，由这来推进实际斗争”②的作用，担负着“就是要从自己的道路上分担唤醒人、影响人甚至改造人，把人吸引到这个大斗争里面去的意识斗争的任务”③。这就类似于“施洗约翰”向大众呼告“悔改”来迎接“天国”。“精神力量，被当作这样的桥梁，被当作燃起民众力量的火种，它的估计是不怕过高的，但如果以为它可以君临历史道路上的社会物质力量，或者相反地变成良心上的道德的慰藉，那就会降落成立足点不稳的无力的东西。”④正如施洗约翰只是让人悔改，备一颗悔改的心，而不能代替真正的赎罪，最终的完成和实

① 卢卡奇：《历史与阶级意识》，杜章智，任立，燕宏远译，商务印书馆，2004，第 76 页。

② 胡风：《胡风全集》（第 3 卷），湖北人民出版社，1999，第 532 页。

③ 同上，第 546 页。

④ 同上，第 256 页。

现是体现在血与火的阶级的政治的实践中。

本书第一章，主要考察胡风的“典型观”。第一节，先叙述典型中的“型”的观念的流变，从柏拉图的“共相”一直到黑格尔的“绝对精神”以及马克思的“实践”，“型”的含义发生了诸多的变化，从一个“非物质性的存在”到具体事物内部的推动力、到超越一切的“元一”、到基督教的“上帝”、到莱布尼兹的“单子”、到康德的“物自体”、到费希特的“自我意识”、到谢林的“主体和客体的绝对同一”、到黑格尔的“绝对精神”、到马克思的“实践”。第二节，叙述“典型”的流变，亚里士多德的“典型”侧重个别人物身上体现出来的宇宙的“可然律与必然律”；而《圣经》中的约伯与耶稣他们身上体现出来的是对上帝的信仰；康德提出了“美的理想”的概念，主张在人的形象中表达和启示道德性；席勒则提出“活的形象”的观点，认为在典型人物身上，既能表现出感性的丰富性，又能体现出坚定的人格；黑格尔的“典型观”则定义为个体形象与一般精神内容的统一，这种统一的中介是“情致”，即道德化的情感，古希腊荷马史诗中的英雄形象则是完美的“典型”；而马克思恩格斯的典型观，则瞩目于无产阶级人物形象的塑造，在他们的视域里，无产阶级的“典型”，不在于英雄神力，而在于其深重的“受难”显示世界昭彰的罪恶，他们的反抗则燃亮自由、解放的火焰；卢卡奇的《小说理论》中将典型定位为“有问题的个人”，他以反讽的方式，赋予无意义的世界一种“主观的总体性”，而在他后来的《历史与阶级意识》中，这个个人，则成为无产阶级解放的先知和先锋。第三节，分析胡风与周扬典型论争时期的胡风的典型观，他体现出来的理论敏感和局限。第四节，分析胡风典型观的总体观点，一方面，典型体现出来“被生活践踏、折磨，但无论如何也不肯奴服的面貌”，它是生命意志的“开花”，是灵魂与现实碰撞后爆发的“火花”；另一方面，典型身上表现出主体不断否定自身的运动过程，展示出一条向着理想延伸拓展的希望之路；最后，典型在“瞬间”爆发的光亮，透显出散文化世界中生命自身的“诗”的意义，产生出“星垂平野阔，月涌大江流”的抒悦和雄强的境界。

本书第二章，主要考察胡风的“激情观”。第一节，主要叙述胡风“激情观”的平行影响。胡风的“激情观”，既有别林斯基、黑格尔、罗曼·罗兰等人的“外来影响”，也有“五四”新文学传统与现实境遇的激发。别林斯基的“激情”观直接成为胡风“激情观”的理论来源，而罗曼·罗兰的“新英雄主义”给胡风的“激情观”增加了强力的生命色彩，胡风把黑格尔的“情致观”“误读”为“激情观”，另外，“人的解放”的“五四”传统也是胡风接受“激情观”的“期待视野”，而战乱频仍的现实环境则赋予了胡风“激情观”的悲壮情结。第二节，主要对胡风的“激情观”进行理论溯源，胡风的“激情观”不同于黑格尔的“情致观”，它更多地来自于席勒的“激情说”的定义；对自然、社会的道德的反抗，来自于康德的“崇高感”的概念，如果再进行理论追溯，“施洗约翰”则成为胡风“激情观”的精神内核。第三节，主要考察胡风的“激情观”的一个侧面——“主观战斗精神”，通过胡风与林语堂、周作人、李长之等人的论争来阐释胡风的“主观战斗精神”观点，即作家对时代的“教徒式”地“献身”，而胡风在评价罗曼·罗兰等左翼作家中提出的“施洗约翰”则是“主观战斗精神”的内核。第四节，主要考察胡风的“激情观”的另外一个侧面——“精神奴役的创伤”，厨川白村的《苦闷的象征》为“精神奴役的创伤”提供了叙述的框架和基本的语汇，黑格尔的“主奴关系的辩证法”则为“精神奴役的创伤”提供了理论的基础，而文艺对社会的批判和救赎的功能则是“精神奴役的创伤”观点背后的精神支点。

本书第三章，围绕“真实性”与“倾向性”的关系来考察胡风的现实主义观。第一节,主要考察从小说的兴起到苏俄的现实主义观念的流变。在西方小说体裁区别于以往的文学传统,就是因为其“形式的现实主义”,之所以为“形式的”,就是因为不涉及任何特定的文学教条或目的,只是一种叙事方法,即通过对生活现象的详细、充分、精确的描写,展示一种特定的个人在特定时间和特定地点获得的特定经验,不过这种对个人生活现象的逼真描述的后面,其实与当时作家的清教个人主义与经济个人主义的世界观密切联系。而马克思与恩格斯则希望将这种反映成长的“资产阶级的史诗”形式运用过来,描写倔强的、叱咤风云的无产阶级英雄。但在马克思与恩格斯的现实主义理论中,已经提出“真实性”与“倾向性”问题,来探讨文学如何处理无产阶级受难的现实和解放的远景之间的关系,而“典型”以其反抗受难的现实的行动作为联结真实性与倾向性的中介。别林斯基也主张现实主义小说要创造典型(不过他对典型的看法与马克思的理论旨趣并不相合),主张作家在暴露现实的丑恶时也要展现新理想、新道德的“希望”,列宁则以党的利益来衡量现实主义小说的创作,使得这种“倾向性”由道德信念变成了党的具体利益,在某种程度上以“阉割”现实主义小说的生命力来保障党的政策的推行。高尔基前期主张作家的坚强人格以及文学在现实与未来的桥梁作用,后期则用“社会主义现实主义”的官方理论为苏联的政权进行鼓吹。第二节,考察胡风的现实主义观点,胡风在20世纪30年代中期就提出“主题积极性”的问题来探讨现实主义的“真实性”与“倾向性”问题,刚开始胡风也主张“先进阶级的实践”来解决这个矛盾,随后胡风以“人民精神解放的欲求”来代替这“倾向性”,从而赋予这种“倾向性”以道德伦理的色彩。而围绕着“真实性”与“倾向性”的主旨,对“形象化”“标语口号”的批评成为胡风所反对的“主观公式主义”的主要内容,而对“暴露黑暗”“自然主义”的批评成为胡风反对“客观主义”的主要内容。抗战以来，胡风主编的《七月》杂志上，对主观公式主义、客观主义的批评成为杂志理论版块的核心主题，而《七月》上国外左翼现实主义理论的译介滋养、丰富了胡风的现实主义观点，在对曹白的小说《杨可中》的批评中，胡风将“真实性”与“倾向性”的问题聚焦到了作者的创作心境上，作家的主观人格成为连接现实主义文学中“真实性”与“倾向性”的中介。在1946年胡风发表的雄文《论现实主义的路》，凝结了他的现实主义观点的主要成果。

本书第四章，主要考察胡风的“民族形式观”。“民族形式”论争是抗战时期左翼文学界讨论的一个热点话题，本章第一节，引用波兰美学家瓦迪斯瓦夫·塔塔尔凯维奇在他的美学名著《西方六大美学观念史》中对西方形式概念的梳理，来作为对“民族形式”的“形式”进行考察的理论借景。他认为，从古希腊以来的西方理论，形式至少有以下几种含义。1.首先，形式是各部分的比例和安排，而它的反面或相关者就是元素，这种形式可称为形式甲。2.事物的外表，有时又可用形象来代替，它的相关项则是内容、内涵或意义，这种形式可称为形式乙。但当形式和内容的观念运用到视觉领域后，用意起了变化，此时的形式(我们称它为形式乙＋)具有两种含义：既指外表、表象，又指整体的安排。3.形式也可意指一个对象的界限或轮廓，我们称之为形式丙。4.形式的第四种概念来自亚里士多德，他把形式视为事物的本质，是其必要而又非外来的成分，这种形式如同行动、能力、目的，它是存在物的主动因素，我们称之为形式丁。5.第五种形式观由康德所创。在《纯粹理性批判》中，康德认为知识来源于人类先验的观念形式与经验事实的综合判断，而形式或范畴是我们“先验统觉”的一种属性，它使我们以一种特殊的方式去体验事物，这种形式有着普遍与必然的特点，我们称之为形式戊。在上述五种形式的主要含义以外，在美学中，形式还有着其他的含义，有时也被指为那种用以生产形式的工具，我们称之为形式已；如形式有时也指作曲家和文学家从事创作的常规和定格，我们称之为形式庚；如形式还可以指各式各样不同种类的艺术或同一艺术的各式变化，这种形式我们将之称为形式辛；还有形式有时也可以指艺术品中精神的因素，我们将之称为形式壬。本章第二节，主要考察斯大林的“民族形式观”与毛泽东的“民族形式观”的区别，笔者认为，斯大林的表述中，“社会主义的内容”，主要指意识形态的教育，而“民族形式”，则是指民族语言、历史传统与文学传统，其“形式”更类似于形式乙。而毛泽东的“民族形式”，主要指“马克思主义中国化”，这个“形式”，更类似于康德的带有主体性质的“形式”，即形式戊。本章第三节，主要考察延安、香港、桂林、重庆等地的论争情况，大致可分为中国化、通俗化、大众化、现代化等四种倾向。通俗化的代表为陈伯达、艾思奇、向林冰等，主张文学应该配合与服从动员民众参加抗战的宣传任务，因此要考虑到人民大众的知识水准，利用民间形式服务抗战；和通俗化相对应的是现代化，如葛一虹、郭沫若、周扬等人的部分观点，主张“五四”以来的新文学是更现代化的民族形式，它更适合表现当下的现实社会；中国化的代表主要为郭沫若与潘梓年等人的部分观点，强调以民族为本位，吸收外来思想，并力图创造出具有中国模式的文学，在世界上占一席之地；大众化的代表主要包括冯雪峰、胡风的部分观点，主张用20世纪30年代左翼“文艺大众化”的历史经验来理解“民族形式”。本章第四节，主要考察胡风的“民族形式”观，胡风理解的“形式”，更类似于亚里士多德以来的“形式”，即形式丁。胡风认为，“新民主主义的内容”，就是“国际主义”的“活的形象”，而“民族形式”，一方面是把生活题材组织为“新民主主义内容”的过程和方法，另一方面也是人民解放的欲求在生活题材中的凸显。胡风最令人惊讶和信服的是，他立足于形式的这两个特点（方法、形象），把“形式”归结为“现实主义”，这是胡风对“民族形式”论争得到的理论创获。

第一章　典型论

典型理论作为马克思主义文艺观的一个核心内容，也是胡风文艺思想中的重点，历来专家学者对典型理论的研究专著、论文可谓浩如烟海，在此，笔者试图从“型”、典型等观念的流变梳理入手，为胡风的典型观提供理论借镜，再结合胡风关于典型的论述来深化理解，有不妥之处，希望方家指正。

第一节　“型”的流变：西方思想视域下的“型”

关于典型理论中“型”的概念的追溯，一般引证亚里士多德论述中的“型”，这就使得典型理论的论述中总是或多或少地看到亚里士多德哲学的影子，而忽略了西方思想中另外一个强大而深远的传统——柏拉图，另外也相对忽略了基督教以后西方文化的影响，这些就使得典型理论的探讨有很多缺失。因此要探讨典型理论，首先就要对西方思想文化视域下的“型”的概念及其流变，进行有效的考量，才能使典型理论不再停留在“共性与个性统一”之类的语焉不详的讨论层次上。

在古希腊，关于“型”的讨论，实际上来源于苏格拉底和柏拉图。面对智者派“人是万物的尺度”这一希腊哲学的人类学转向的命题，苏格拉底进一步用“理性”对“人”进行了规范，即理性是万物的尺度。当苏格拉底在伦理学方面为感性事物寻找普遍的定义时，柏拉图则创立了一个庞大的哲学体系：理念论或“相”论。这个理念或“相”并不是那种主观性的精神或概念，而是“通过概念而认知的非物质性的存在”①。我国著名学者陈康专门提到这个词的翻译，认为翻译为理念，其弊病在于将其理解为观念性的东西。而 idea 是 idein 的阴性形式，eidos 是中性的形式，idein 其原意就是“看”，由它产生的名词 idea 即指所见的，所见的是形状，因此，最好是以“相”来译“idea”。而亚里士多德则用 eidos 用来指和“质料”对应的“形式”，即“型”。在柏拉图的思想中，前期更多地主张“相”论，后期则更多地用“型”论，与亚里士多德有些类似。

在《美诺篇》中，柏拉图认为，对于美德问题，必须先认识整体——相，才能认识它的各个部分。在《斐多篇》里，柏拉图指出了“相”和具体事物的区别：相是单一、不变，只能由思想掌握、纯粹和永恒不朽的存在，而具体事物是复杂、混合、易变，由感觉感知的存在，它“分有”着“相”。在“相”和具体事物的关系上，柏拉图主张“相”在事物之上，同时“相”也是具体事物的目的和理想，它是“真善美”的统一，但它并无“动力因”之意。在《理想国》中，柏拉图认为，哲学家就是那些能够认识真正的存在，认识绝对真理的人，他们应该成为国家的统治者。而关于善的相，柏拉图认为善的相是所有的存在能够存在的原因，是所有存在的最后的根据和目的，正如太阳使对象能够被看见，又是事物产生、生长的原因。值得注意的是，柏拉图提出了灵魂的概念，它处在两个世界之间，在它的本质中，必定有符合“相”的东西——理性，还有符合于知觉世界的东西，其中热情的意志力量使其倾向于理

---

① 文德尔班：《哲学史教程》（上卷），罗达仁译．商务印书馆，2004，第162页。

性，而对感官事物的贪恋使其倾向于腐朽的肉身。只有通过教育，使灵魂“转身”，从尘世生活中解放出来，转向追求理性的崇高的使命。

而在《巴曼尼德斯篇》中，柏拉图对自己的“相论”进行了修订，认为伦理目的的相，不能解释一切问题，而且如果相的世界和现实世界对立起来，便会发生相离、分有等问题，最终导致“人不能认识相，从而毁灭了相论”，因此，只有进入存在，才能被理性和感觉所认知。在《智者篇》中，柏拉图提出了“通种论”，认为“种”（与“相”类似）在抽象意义上，本身是不动的，但它是可以和别的“种”结合的，如“动”分有“存在”，也分有“同”“异”等“种”，同样 “存在”既动又静，既是“存在”又是“非存在”。在《蒂迈欧篇》中，柏拉图提出了宇宙的创造者是理性神，它是善，没有嫉妒，将无秩序安排为有秩序。创造者把理性放在灵魂中，把灵魂摆在躯体里，宇宙是带有灵魂和理性的生物，由于受到阻力和限制，实际的物体世界有着很多的缺陷。

亚里士多德用三段论的形式逻辑进一步明确了柏拉图“相”论中一般与特殊、相与现象、概念和直觉之间的关联。而他更带有创造性的是提出了“隐德莱希”（即本质在现象中的自我实现）这个概念。亚里士多德认为，现实中的每一事物都以形式化的质料出现在我们面前，宇宙变化过程就是本质在现象中的现实化，真正现实的东西是自身被形式所决定的个别事物，但同时，形式是实体的本质，是事物变动的原因，此形式因有形式因、目的因和动因三种。因此，一方面，由概念确定的个别事物是实体；另一方面，个别事物又沿着形而上学的价值次序排列，一直到最高的无质料的形式——神，它是永恒的、不变的、不动的、与其他事物完全分离的，其内容是纯粹的自我意识，同时它又是第一推动者。而世界及世界上发生的事情，起源于质料对上帝的渴念。

同样,亚里士多德探讨了灵魂问题,他认为,灵魂就是身体的“隐德莱希”,是身体形成和运动的原因,依照目的而起作用的原因。植物的灵魂:合目的的物理变化和化学变化;动物的灵魂:快乐和痛苦的感觉,在人的身上只是质料,而人的形式就是理性,人通过理性得以幸福。亚里士多德与柏拉图一样,都强调国家对公民的道德培养,强调人的伦理美德在社会生活中实现,但亚里士多德更认为,理论理性是最高的、最完美的境界,凭借对最高真理的直观,人分享纯粹思维,也分享神的自我意识的极乐世界,这种不带欲念的、沉浸于永恒真理的知觉是最善、最幸福的。

亚里士多德的这种对真理进行“直观”的境界,在希腊化时代逐渐成为一种“圣人”的理想。随着希腊城邦制度的解体,柏拉图、亚里士多德的整体主义的道德伦理观失去了实践的基础,斯多葛派、伊壁鸠鲁派、怀疑派等都将这种“恬静”“无动于衷”颂扬为“圣人”的优越性。他对外部世界漠不关心,只在自己身上寻找幸福,而这种幸福,表现在冷漠无情上,他征服世界即是征服自己的感情冲动。在斯多葛派看来,圣人的道德就是服从作为世界理性的自然。而这种世界理性,是正义和普遍之爱的人类的王国,它超越了柏拉图和亚里士多德的希腊民族的界限,也突破了其贵族式的等级制,奴隶也有权享受。斯多葛派采用了亚里士多德的宏观世界和微观世界的类比,认为个别灵魂,也有神性——“普纽玛”,它最终的命运是被带回到灵魂的总部。

古希腊最后的终结是新柏拉图主义,在新柏拉图主义中,柏拉图、斯多葛、亚里士多德的思想被融合为一个体系,其理论集大成者是普罗提诺的《九章集》。普罗提诺认为,上帝是超越的元一,它高于一切规定,超越于主体与客体的分裂,超越于自我与世界的分裂。而努斯(心灵或精神),是元一自我直觉的原则,它在“努斯”原则中显示出自己,并分化为思想与存在。世界灵魂是努斯和实在物体之间的中间物,它有五个基本概念:存在、静止、运动、同一、差异,这五个概念是现存世界的创造性力量,用来形成和控制质料。这个世界灵魂在许多个别的灵魂中显示出来,每一个事物都有一个个别的灵魂,灵魂凭借静观,接受精神理念的内容,并仿照原型创造感官世界。与创造性的精神相比,是被动性的,与质料相比,又是主动的,它给每一事物以运动和生命。整个世界就是一个从最高的存在到世界灵魂、灵魂、质料的流溢体系,每个事物都有它的地位。而安排整个世界秩序的原则是逻各斯,它是努斯或心灵的理性方面,它按照天意的运动力指挥自然规律和道德规律。值得提出的是,新柏拉图主义中的质料,并不是亚里士多德意义上的质料,而是柏拉图意义上的“非存在”或“虚空”,从这个意义上说,它是邪恶,善的缺乏,因此,感官世界是存在和“非存在”的混合体。

当希腊哲学越来越趋于衰弱时,东方的基督教正在朝气蓬勃地兴起。与希腊哲学的对于宇宙空间的探究、对于理性认知的热情不同,基督教更注重人和上帝的现实关系,更注重神的天启、自由意志,更注重信仰的坚定。德尔图良甚至将理性和神的天启置于极端对立的地位,“此事可信,因为它是荒谬可笑的,此事可靠,因为它是不可能的——我相信它,正因为它是荒谬的”①。基督教坚持上帝的概念是精神的人格,世界的创造不是上帝本质显现的物理或逻辑的必然性,而是上帝自由意志的结果,世界之所以这样,就是上帝要它这样。对于基督教来说,外

① 文德尔班:《哲学史教程》(上卷),罗达仁译,商务印书馆,1997,第304页。

部自然只不过是人与人之间关系发展的舞台，特别是有限精神与神之间关系的舞台。人类和人类的命运成了宇宙的中心，灵魂堕落和拯救就成了世界现实的真正内容。在古希腊和基督教的联系和分歧最具标志性的就是圣·奥古斯丁的教父哲学。

在奥古斯丁的学说中，“内在经验的直接确实性”是其整个哲学的基点。奥古斯丁认为，当主体在怀疑时，他证实怀疑者本身确实存在，而且他知道他有思想、有认识、有判断，这种怀疑，更多地表现为一种意志的行为。意志是最本质的因素，灵魂的一切状态、一切运动都是意志的表现形式。善的意志所决定的信仰，先于一切用理智获取、用理智领悟的知识。人只有通过意志的决断、选择和赞同，才有可能接受上帝的“天启”。在新柏拉图主义中，灵魂由于对努斯的渴念，离开物质，沿着形而上学的秩序层层上升，直至最终与“元一”融为一体。奥古斯丁去掉了新柏拉图主义中的等级结构，代之灵魂对神圣的直接体验和渴望，这种渴望，这种信仰，这种爱，是一切事物的神圣的根基，也是判断人和上帝分离与否的标志。奥古斯丁的历史观，是典型的二元论的历史观。一方面，它是个上帝之城；一方面，是个地下之城、魔鬼之城，基督徒则是魔鬼之城中的异乡人，在罪恶的强盗国度等待耶稣的再次降临和末日审判，那时，承蒙神恩的选民将得以救赎，其余则永远沉沦于不幸的苦难中。在奥古斯丁那儿，基督教关于上帝的绝对因果关系的概念与新柏拉图主义者的静观的神秘主义，与意志自由都僵硬地扭结在一起。一方面，奥古斯丁号召人为上帝而战，在善与恶的选择中自由决断；另一方面，其最高理想则是在对最高真理的直观中的神秘和宁静的境界，还残留着古代心灵观的残余。

在中世纪，随着阿拉伯哲学的传入而转运回的亚里士多德思想，与奥古斯丁的教父哲学产生了激烈的冲突，奥古斯丁主义者以方济各修会为代表,亚里士多德主义者以多明我修会为代表,其哲学事件就是关于"共相"的争论。

司各脱是方济各会的修士,主张由奥古斯丁而来的新柏拉图主义的"观念论"。他认为共相、本质、事物的本性等,是个别事物——如个别的树木或个别的人——将发展成为什么样的东西的力量,这种实在从自身产生特殊、包含特殊,它在"特殊"中成形并展现自己,它越普遍也就越现实。这种共相观念,其概念顶峰就是作为普遍之极的"神"的概念,但这种"神"或"上帝",则与普罗提诺的"元一"类似,是没有任何规定性的东西,宇宙万物则是神的显现。而个别事物并不积极活跃,它的等级存在则是根据其自身所反映的"共相"的程度而定,存在的程度越完善,它就越存在。

唯名论则持相反的观点,认为只有具体的特殊的事物是真实的第一实体,这个实体存在于感官现实的世界中,而共相只是一个符号,一个实体的非本质属性的符号。托马斯·阿奎那根据亚里士多德的形式论,认为人类的灵魂,作为最低级的纯理智,是一种纯形式,同时也是肉体的"隐德莱希",即在物质中自我实现的最高形式。只有通过人类灵魂,毫不间断地前进,最后达到绝对的形式——神。正是基于唯名论的立场,阿奎那并不像奥古斯丁那样,主张上帝之国与尘世之国的僵硬分裂,而是主张国家从属于教会,是人类灵魂拯救的低级阶段,在这个阶段中,应充分培育国民的道德。而教会,则通过神恩给予人灵魂拯救,实现从自然社会到恩赐社会的过渡。阿奎那的唯名论,肯定个体人格,肯定了现实政治世界的价值和意义,为文艺复兴奠定了思想基础。但由于对教会力量和个人的充分要求,使上帝本身成为一种个人,成为给其他个人颁布法律的君王,则瓦解了作为"灵的担纲者"的教会的"团契"性质。

“纯粹理论精神的复活是科学的文艺复兴的真正含义，文艺复兴与希腊思想在精神上的血缘关系即基于此，这是文艺复兴发展的决定因素。”①近代哲学之所以不同于古代哲学，就在于它是通过科学方法和认识论去寻求通往实质性问题的道路。笛卡尔的“我思故我在”，之所以不同于奥古斯丁的“内在经验的直接确实性”，就在于奥古斯丁的“内在经验的直接确实性”是一个基本的经验事实。而笛卡尔的“我思故我在”与其说具有经验的含义，不如说具有第一、基本的理性真理的含义，它的明晰性并非由另外的概念推出，而只根据于他们自身。在文艺复兴期间，基督教的上帝在哲学家那里变成了宇宙真实存在的“神”。在斯宾诺莎那里，上帝就是宇宙，就是一切，因而上帝“空无一物”，上帝的本质方面存在于广延形式中，也存在于意识形式中，每一有限事物（包括精神和肉体）都是神的本质的样式，在斯宾诺莎的泛神论中，我们可以看到新柏拉图主义、奥古斯丁的强烈深刻的影响。

而莱布尼茨的“单子”论可以看作亚里士多德主义和新柏拉图主义理论的融合。莱布尼茨认为，单子就是力—实体，每一单子对于其他单子都是完全独立的存在物，既不承受影响，也不给予影响，单子“没有窗户”，不可渗透。但这个单子不是物质的，而是心灵的，它是内在活动的力，它的状态是表象，活动原则是欲望。每一个单子都是一面世界的镜子，它在自身中将整个宇宙当作一个表象，但是每一个单子又是一个个体，不同于其他单子。单子之间的区别就在于其表象宇宙的清晰性和明确性的程度不同，如果表现得清晰而明确就是主动的，如果晦暗而浑浊就

---

① 文德尔班：《哲学史教程》（上卷），罗达仁译，商务印书馆，1997，第471页。

是被动的,单子冲力的方向就是从晦暗的表象走向清晰的表象,澄清它的内容就是单子活动的目标。每一个单子在自身内部自由自在地发展,只凭他们的内容的同一性而彼此协调一致,这就是实体之间的先定和谐。而上帝,就是最高级的中心单子。就单子的独立性、独特性而言,莱布尼茨明显是借鉴了亚里士多德的“第一实体”观点,但就单子本身是精神性的本质而言,这个单子又类似于新柏拉图主义中的那个事物的“灵魂”,而单子对宇宙的表象以及单子自身发展的路径,我们能看出明显的新柏拉图主义特点。

在启蒙运动时代,康德则把上帝从自然界的场域转入道德实践的领地,“因此我不得不悬置知识,以便给信仰腾出位置”①。在《纯粹理性批判》中,康德认为,由于人类的感性直观的特点,我们只能认识现象,而对于现象后面的“物自体”,我们无法认识。但在实践领域中,我们可以公设物自体和超感事物的现实性,不过这不是认识,而是信仰。在《实践理性批判》中,康德认为道德命令是一种绝对的直言命令,它是理性意志的纯粹自我规定,是实践理性的自由意志的表现,它与意志行为的实体内容无关,而只与其形式相关。在感官和超感官、现象和物自体、必然和自由之间,其中介物就是人。就人作为自然秩序的一员而言,他表现为经验的、受因果律限制的品格,就他作为道德世界的一员时,他又表现出自由的品格,感性和道德之间的张力,是人一辈子要面临的问题。而在自然和道德的天堑间,康德又建立起了审美判断力和目的论判断力的原则,实现认识领域和实践领域的象征性过渡。

康德之后,德国古典哲学掀起了浪漫主义的热潮。费希特

① 康德:《纯粹理性批判》,邓晓芒译,人民出版社,2004,第 22 页。

打破了康德的"物自体"概念。在《知识学引论》中,费希特认为,事物是意识的产物,是自我规定的自由功能的产物,存在属于意识自我注视的本质,它们的共同基础是理性,是自我意识。意识依靠本身的活动越过了自我在作为对象的非我身上所设置的每一个界限,认识是理性自我认识的过程,它的先决条件是自我原初的自我限制,这种原初的自我限制是无根据的自由活动(感觉),它本身确是其他一切活动的依据,它代替了康德的"物自体"。而这种只以自身为对象,只被自身所决定的自我,就是伦理的自由,而世界则是实践理性活动的质料。为了摆脱费希特哲学必然陷入的唯我论,谢林认为人的认识活动和实践活动的统一基础不是自我,而是自我和客体的绝对同一的客观精神。自然界是绝对自身从无意识向有意识发展的阶段,而人类历史则是客观精神有意识的(即自我意识的)发展阶段,这种客观精神只有在创造艺术的艺术活动中才能通过审美的或艺术的直观最终意识到自身的"本质"——主体和客体的绝对同一。

作为唯心主义的集大成者,黑格尔从谢林的"主体和客体的绝对同一"这个原则出发,逻辑地推演出绝对精神在逻辑哲学、自然哲学、精神哲学的各种发展阶段。在黑格尔看来,绝对精神是世界的本原,哲学本质上是神圣的绝对精神在历史领域中的逐步展开,自然、人类社会和人的精神现象都是它在不同发展阶段上的表现形式。《精神现象学》是黑格尔哲学的"真正起源和秘密",书中,黑格尔指出,绝对精神不仅是实体,还是自我否定、自我发展的主体,而"否定性的辩证法"是绝对精神的推动原则和创造原则,这种辩证法表现为"异化"或"自我意识的异化"这一中心概念。黑格尔在论述每一个概念、事物和整个体系的发展中自始至终都贯彻了这种辩证法的原则,这是人类思想史上最惊人的大胆思考之一。

黑格尔去世后,黑格尔哲学分裂为“老年黑格尔派”和“青年黑格尔派”。在“青年黑格尔派”中,大卫·施特劳斯的《耶稣传》是黑格尔学派解体的先声,书中施特劳斯认为福音书中关于耶稣的超自然的奇迹和超自然的能力,实际上是没有的,也是不可能有的,它们经不起人类理性和经验的检验。这些虚构和神话传说,是整个民族或宗教团体集体思想和普遍意识的产物,是团体精神由于对救世主的渴望,而给予了历史材料以神话的形式,借以表达永恒的真理。因此,宗教关于神的表象,无非是绝对精神,它是先于一切个别东西并严格控制其活动的绝对实体。在施特劳斯的“实体”观中,我们似乎又看到了柏拉图理论的影子。“青年黑格尔派”中,鲍威尔兄弟不同意施特劳斯的宗教观,他认为基督教并不是一下子以完备的教义和伦理形态从犹太教里产生的,而是在亚历山大里亚学派的斐洛的哲学中,有新柏拉图学派,还有新斯多葛学派塞涅卡那里综合形成,毋宁说它是当时抱有宗教目的的个别人物完全有意识地创作的产物,或者说,是“自我意识”的产物。

施特劳斯和鲍威尔将黑格尔的主体与实体统一的“绝对精神”割裂开来,暴露了黑格尔体系中的内在矛盾,费尔巴哈则用直观的唯物主义炸毁了黑格尔的唯心体系。费尔巴哈认为,人是灵魂和身体、思维和存在的统一体,这种统一体是以身体为基础的,唯心主义否定这个统一,把灵魂和身体割裂开来。另外,自然界、客体不仅是感觉的对象,还是感觉的基础、条件和前提,同样,人还应该理解为我与“你”的统一,人不是绝对孤独的自我,而是人类的一分子,只有得到他人的承认,自我才是真实的。费尔巴哈将他的唯物主义原则概括为“存在是主体,思维是宾词”,现实生活中的人,他的感官是向外开放的,他的思维不能不去掌握现实且不能不同于这个世界。但是,费尔巴哈作为哲学基础和出发点的人还是抽象的人,不是现实存在和进行创造、实践活动的人,他的整个哲学带着静观和直观的片面性。

"哲学家们只是用不同的方式解释世界,问题在于改变世界。"①实践的唯物主义,是马克思主义哲学的精要。而马克思所谓的实践,是与外部感性的对象世界直接相关的自由自觉的实践,它是历史的、社会的,在实践中主体通过对象化和异化来实现自身。马克思认为,实践的唯物主义,就是在历史场域中人的自由自觉的创造活动,所谓社会存在决定社会意识、经济基础决定上层建筑等观点,如果离开了亿万追求自己自由生活的感性的人,离开了人的感性活动,就会变成僵死的教条。而黑格尔的"否定性的辩证法"这个内核,离开了抽象的"绝对精神",被马克思运用到人的感性实践活动中,在实践中,劳动者否定了自己的封闭性、主观性和有限性,使人的活动成为社会性的对象性的活动,使他人的存在成为自己存在的外化,证明了人的对象既是他的对象,又在他之外,不以他为转移的客观对象。因此,在马克思主义中,"实践"的活动成为柏拉图以来关于"共相"的问题的一个回答。

第二节 什么是典型:西方美学视域下的典型观念

西方真正在美学视域下关于典型理论的探讨是在德国古典哲学时期,而之前美学是附属于伦理学或认识论或神学的,而关于典型的定位也是如此。

在古希腊,最早也是最精辟地阐释典型论的是亚里士多德

---

① 马克思:《马克思恩格斯全集》(第三卷),人民出版社,1986,第8页。

的《诗学》。在《诗学》中,亚里士多德指出诗与历史不同,历史描述已经发生的事,而诗(文学)则描述可能发生的事,因此,诗比历史更哲学,更带有普遍性。而普遍性是"指某一种人,按照可然律或必然律,会说的话,会行的事"①,当然这种普遍性还需透过"安上姓名"的个别人物表现出来,这实际上就是古希腊时期的"典型"论。

亚里士多德的"典型"论,实际上是基于其哲学和诗学理论的。如前章所述,与柏拉图的"相"论不同,亚里士多德将"个体"定位为第一实体,而所谓的"相",是存在于第一实体内部、推动实体运动的"形式因"。同样,与柏拉图中关于文艺是对实在事物的摹仿,与理念或"相"隔了三层的艺术观不同,亚里士多德把艺术的地位提高到历史之上,成为对推动具体感性质料的"形式"的摹仿,如他在《诗学》第二十五章里面评价宙克西的画,认为"画家所画的人物应比原来的人更美"②,这种改进其实是将"实然"提高为"应然",从而使理性的"形式"充盈在这种感性的质料中,在古希腊的语境中,这种"形式"是知识性的。所以,亚里士多德的典型论中,实际上强调的是"可然律和必然律"这种人物行动的逻辑形式,人本身,其实是没有多少自由可言的。

亚里士多德的典型论在他的悲剧理论中又有着进一步的展开。在关于悲剧的人物上,亚里士多德认为悲剧的人物是一种"中等人":在道德品质和正义上并不是好到极点,但他的遭殃也不是由于罪恶,而是由于某种过失或弱点。正是这种过失或弱点——也就是人的有限性,使得人物无法像神一样知晓任何事情,从而产生错误的行为,引发悲惨的后果,使观众产生怜悯和

① 亚里士多德:《诗学》,罗念生译,人民文学出版社,1997,第 29 页。

② 同上,第 101 页。

恐惧之情，并在怜悯和恐惧中得以净化。难能可贵的是，亚里士多德拒绝“机械降神”这种外在的解决方式，使行动的逻辑充分地展开，人物自身担当自己行动的后果，在毁灭中领悟宇宙的神圣，在卑微中体现人性的尊严。其实，在亚里士多德的典型论中，作为典型人物，其典型性主要体现在人物的符合可然律或必然律的行动中，这是所谓典型的普遍性或“一”。作为人物的性格，是在这种行动中展现出来的。而人物既然是作为“人”（亚里士多德尽管将悲剧人物定位为贵族），它就脱离了神的无限性或永恒性，他的智慧和理性是有限的，是被作为人的感性质料所区隔和限制的“杂多”，他的过失和惩罚更多的是彰显宇宙审判的神明和公正，因此，亚里士多德的典型论并没有将人放在论述的中心。

在古希腊，人通过理性可以达到对宇宙的洞见（尽管这种洞见只是对宇宙理性的部分的认知，不可能完全，但毕竟理性给予哲人这种充满信心和希望的路径），这和谐而有规律的宇宙给人一种存在的稳定感和秩序感。而在犹太—基督教传统中，人对上帝的认知是一种理性的僭越，一种错误的自由意志，上帝的福音不但不能用理性理解，而且必然与世俗见解相矛盾，对于上帝的启示，我们只能信仰和服从。犹太—基督教的神学是没有自己独立的美学观念的，也没有自己独立的文艺创作，一切都在神学的堂奥中。因此，我们考察基督教的典型理论时，其蓝本依据就是《圣经》。

在《旧约》中，典型人物的代表是“义人”，就是信仰上帝、无条件服从上帝旨意的信徒，其代表作是《神试验亚拉伯罕》和《约伯记》等。在《神试验亚拉伯罕》中，上帝要亚拉伯罕将自己的独生子以撒给神做燔祭，这种极端违背人间伦理的要求是世俗理性无法理解的，为了表明对神的信仰和神的命令的遵从，亚拉伯罕备上驴,带着自己的儿子去神指定的地方为上帝做燔祭,当亚拉伯罕拿刀准备杀自己的儿子时,被天使制止,而采用公羊代替燔祭。《约伯记》中,敬神、正直的约伯在上帝和撒旦的打赌中,被撒旦攻击,丧失了所有的子女和财产,并患上了令人厌恶的疾病,面临这样的困境,约伯依然坚守对上帝的纯真的崇拜,并坚信人对上帝的全能无法测度,人不可与上帝争辩,在上帝面前人只能是谦卑的仆从。在约伯和亚拉伯罕的"义人"中,人和上帝的纽带就是无条件的"信仰"和服从,而不是古希腊的理性。而在《新约全书》中,耶稣则作为上帝与人的"中保",在十字架上代替人类赎罪,使得上帝与人类重新订约,爱的福音取代了严苛烦琐的律法,作为基督徒凭"信"即可"称义"。而马丁·路德在《基督徒的自由》中更是将这种因信称义发扬到了极致,他认为,基督徒只要凭着对上帝和基督的信,就可将心灵与基督联合,就像新妇与新郎结合一样,从而分有了基督耶稣的恩典、生命和救赎,分有了基督耶稣王的地位和祭司的地位,基督徒就是万有之主,就是永远的祭司,信就是基督徒与上帝与基督的精神纽带。

可以说,基督耶稣及其麾下的圣徒,就是基督教里的典型,其普遍性也是一种逻各斯(基督本身就是"道成肉身"),但这种逻各斯不是古希腊意义上的对宇宙的静观的理性,而是关于人和上帝关系的知识,关于拯救和信仰的知识,同样这里也没有对于人的感性的地位。

人的发现是文艺复兴运动的标志,但觉醒后的人刚开始对美并没有表现出太大的理论兴趣,人与神、人与自然、个人与社会……这些吸引着当时的哲人巨子,直到 18 世纪,夏夫兹博里才将美作为集中关注的中心。夏夫兹博里出身贵族,早年曾受过洛克的教育,但坚决反对洛克的"白板说"(洛克认为人心本来是一张白纸,并没有先天观念和道德感,一切只是感官印象的拼凑)思想,更倾心于当时的剑桥派的新柏拉图主义和莱布尼兹的理性派。他认为,人内心里先天的有理性观念,如“秩序”和“德行”,这些观念才是道德行为在人内心的基础,利己主义和利他主义必然会在一个成熟的人身上统一起来。而道德的基底在于全部个性的充分发扬,而其最高体现则是艺术鉴赏力,辨别善恶的道德感和辨别美丑的美感在根本上是相通的,即美善统一,其共同特点在于它们都是通过“内在的眼睛”(类似于普罗提诺的“心眼”,即收心内视,悉心体会自己心中那些道德的、智慧的、精神的美)对事物的整体的把握,也就是对其“形式”的把握。夏夫兹博里的“个性的充分发扬”与宇宙整体的“秩序”和“德行”其实是相得益彰的,而其统一的逻辑基础在于那个普罗提诺式的不可规定、无限自由的“元一”。“元一”的无限自由保障着个性的有限自由,个性的有限自由表象着或趋向着“元一”的无限自由。夏夫兹博里将伦理学与美学融合的思想,深深影响了启蒙运动哲学家和德国古典哲学如伏尔泰、康德、席勒、黑格尔等人的美学思想,是近代美学的隐隐的开创者。

近代美学中关于“典型”的论述主要是聚焦在“类型说”和“个性说”两种主张,17 世纪新古典主义(区别于古罗马的崇拜希腊哲学、艺术的“古典主义”)的美学家如布瓦洛、维嘉、孟德斯鸠、伏尔泰等主要主张“类型说”,主张人物的“合式”,而 18 世纪之后典型更多地主张“个性”说,其哲学基底似来自于德国古典哲学的“主体”意识的觉醒。而康德在《判断力批判》中则非常明确地将典型理论的讨论放在美学即情感的领域,提出了“美的理想”的概念。他认为,“理想作为一个单一存在物、作为符合某个理念的存在物的表象”①,这个表象不是基于概念上,而是基于

① 康德:《判断力批判》,邓晓芒译,人民出版社,2002,第 68 页。

描绘上,这就是近代美学意义上的"典型"。这种典型的"存在物"不可能是鲜花、家具、风景这些自然物,而只能是人。"只有那在自身中拥有自己实存目的的东西,即人,他通过理性自己规定自己的目的,或是当他必须从外部知觉中拿来这些目的时,却能把它们与本质的和普遍的目的放在一起加以对照,并因而也能审美地评判他们与那些目的的协调一致:因而只有这样的人,才能成为美的一个理想。"①在人的形象这里,理想在于表达、启示道德性,即"以美启善"。当然,这里的"人"是作为整体的、类的意义上的"人",他引发着经验意义上个别的"范本",却不能完全在经验的"范本"中完全显现。在这里,康德区别了"审美的规范观念"和"审美的理性观念",所谓"规范观念",意指同一人种的多数形象中"平均意义"的标准,其旨趣类似于亚里士多德在《修辞学》中提及的"类型"(数量上的总结或统计的平均数,更多指描写的准确性),而"理性观念",则指见之于形体所表现的道德观念,如灵魂的善良或纯洁、坚强或宁静,此则是典型的要义所在。

席勒在《审美教育书简》中,发展了康德的美学观念,提出了"活的形象"的观点。席勒认为,由于文明的发展,人类丧失了其在希腊时期的人的完整性,一方面由于经验的丰富和思维的扩展,以分析为特点的现代科学得到了长足的发展;另一方面,国家也脱却了基督教会曾有的神圣观念,成为统治管理的机构,而市民社会也在契约的基础上脱离了原先道德的有机性,人的天性的内在联系被撕裂。要弥补这个裂痕,必须通过更高的艺术即审美教育来弥合这种分裂。作为人性本身,一方面有着不变的"人格",一方面又有着感性的易变的状态,作为经验的人在他

---

① 康德:《判断力批判》,邓晓芒译,人民出版社,2002,第69页。

的生活中永远无法协调二者的张力，但在“游戏”中，人既能感觉到他的自由，又能感觉到他的丰富感性的生存，这种游戏冲动的对象就是“活的形象”，即丰富多样性的整一，也就是“典型”。美也因此成为实践理性的形式，成为在现象中的自由，成为我们的“第二造物主”。

康德、席勒在关于美的论述中，都强调了典型所具有的形式和感性协调统一的一面，强调了主体在“静观”客体时的心满意足的愉悦状态。而在关于崇高感的论述中，康德则注意到了对象的“无形式”（无限的超出主体把握能力的形式）给主体带来的压迫和不适感，从而使想象力越过知性直接和理性协调。在量的崇高中，主体唤起了对自然的敬重，在力的崇高中，主体则将自己心灵超拔出日常的中庸状态，在强烈的对抗中显示出自己的灵魂的勇气。当主体在内心中唤起对存在者的崇高性的理念，意识到存在者意志的崇高性，从而对存在者产生真正的敬重，这种崇高理念也就通向了宗教。当然，在康德看来，这种宗教并不是中世纪式的对神的无条件的迷信，而是对作为“道德的元宰”的绝对者的庄严的沉思。席勒把康德的崇高概念从自然延伸到艺术作品，尤其是古希腊悲剧和雕塑。在论及古希腊悲剧艺术时，席勒对亚里士多德的悲剧观有着很大程度的借鉴，不过亚里士多德悲剧观中通过情节来强调可然律或必然律这种宇宙运行的圆满逻辑模式，在席勒这里已经转化为通过情节来凸显人物在悲剧情境下的选择表现出来的自由意志的高昂。在对《拉奥孔》的分析中，席勒指出，为了解救危难中的孩子，拉奥孔克服了人自身的“自我保存”的本能，自由选择牺牲自己，他的这种牺牲，就是对“受苦的自然”的“道德的反抗”，体现了主体自身至上的尊严。心灵的激荡以及随之而来的身体的扭曲——这种违拗了古希腊艺术规范的“典型”特点，在自由意志的旗帜下，其实已经消化着经过马丁·路德改革后基督教的因素。

对典型做出充分完整论述的是黑格尔。作为德国古典哲学、美学的集大成者,黑格尔在康德、席勒、费希特、谢林等人的美学基础上构建了自己的美学大厦。与康德从主体本身对自然界的静观的形式美学不同,黑格尔的美学思想,是以对"绝对精神"在"感性形式"中的显现考察为中心,"绝对精神"在其中更多的是艺术创造者的角色。同样,黑格尔美学所关注的"形式"和"内容"也就不同于康德美学中的"形式"和"质料"。康德意义上的"质料",是呈现在主体面前、被主体接受过来的感性丰富的世界,而"形式"则是主体自身的理性思维对这些"质料"所进行的意义赋形。而黑格尔的"内容",则是显现在感性形式中的"意蕴"——"绝对精神",这个"绝对精神"就是康德所言的"物自体",而形式则是"绝对精神"外在的性状,是显现"绝对精神"的路径,在其内容与形式的关系中,内容毋宁更占着主动的地位。这种内容,在创造和能动的意义上类似于亚里士多德意义上的那个纯形式的、推动万物运动的"神",它对形式的关系就像"神"对万物的关系一样,就是对形式的"形式",不过黑格尔意义上的"绝对理念"的创造和能动性,是指绝对理念对形式的"灌注生气"作用,这点他又倾向于柏拉图。黑格尔在他的《美学》中涉及的"实践"概念,其实就是这种"绝对精神"的创造力的表达(他以人作类比,认为人除了以认识的方式形成自己的观念以外,还要以实践的活动在外界事物上刻下自己内心生活的烙印,就像小孩把石头抛在河水里那样),而艺术,则是"绝对精神"进行实践活动来进行自我确认的方式。

基于对"绝对精神"的创造性和能动性的强调,黑格尔将艺术美——而不是康德所强调的自然美——作为考察的重点,而典型则是重中之重。黑格尔意义上的典型、理想人物,其实就是符合具体的心灵性的人的形象，它是个体形象与一般精神内容的统一，是形象的确定性和丰富性的统一，是自由的个别精神和丰富性的实体精神的统一，而古希腊神话以及荷马史诗中的英雄，是体现黑格尔艺术典型的最恰切的代表。黑格尔认为，在希腊神话中，自然神服从于精神因素，又和谐地统一于精神因素，正是这种将自然统一于社会、将自然力统一于精神的特点，使希腊艺术具有兼容并蓄的气度。在古希腊的英雄身上，体现着实体性的普遍精神，如宙斯代表权力、法律、契约等等，阿波罗代表知识，雅典娜代表智慧，但这些神身上又有着其他神的特点，同时也有着人本身的一些行动、情欲等，不过这些典型的普遍性和个性是协调统一的，其有效连接就是“情致”。“这个意义上的‘情致’是一件本身合理的情绪方面的力量，是理性和自由意志的基本内容”，这种情致是艺术表现的中心内容。黑格尔认为，在古希腊艺术中，精神意义与自然形象是互相渗透的，而“情致”主要体现在人的形象上面，如面孔、眼睛、姿势和仪表等，同时还有人的感情、事迹、际遇和行动，这些肉体作为精神的存在而属于精神。而在古希腊社会伦理中，城邦政治的理想信条浸入公民的个人生活中，个人的独立自由与现实政治处于和谐状态。而要通过个别的人的形象凸显精神，就需要对个体形象上的残疾、病态的东西进行“清洗”，呈现出静穆和悦的面貌，来容纳精神的和谐与完整。

这种古典主义的典型观，在浪漫型艺术中遭到了削弱，如基督耶稣的画像。在基督耶稣身上，“神”变成了有限的肉体，遭受着苦难、羞辱、谩骂，以致最后在十字架上受难，联结耶稣和上帝的是卓绝的信仰，这种信仰不是体现在耶稣的肉身形象中，而是体现在耶稣的言谈、传道、忏悔等直接精神性的内容中，肉身反而成为一种偶然性的存在。画像中十字架上的耶稣，他的虔信和仁爱,恰恰与肉身的摧残形成强烈的对照。而在关于宗教圣徒的传说、故事和诗歌中,那些追随耶稣的圣徒,像耶稣一样,弃绝“被造物”的现实世界,弃绝家庭、友谊、爱情、职业等等,自愿忍受着一切的苦难、酷刑、痛苦,通过受难荣耀神的伟大,争取获得神的“拣选”的资格,这些是无法在古希腊的“典型”观里容纳的。精神不再完全地通过肉身的感性形象这个中介来显示自己,而在完全的内心精神生活中直接反观自身。

马克思和恩格斯则将黑格尔的纯粹“绝对精神”转变为感性丰富的“实践”,原始社会、奴隶社会、封建社会、资本主义社会……历史的演化合辙着逻辑的进程,进步和堕落、自由与必然都吊诡地共存于现实的场域,而黑格尔的精神辩证法的“正反合”也被马克思恩格斯转喻为阶级实践的对立统一。在马克思看来,辩证法对每一种既成的形式都是从它的暂时性方面去理解,从而在对事物的肯定中同时包含着对事物的否定,这就决定了辩证法的批判和革命的性质。而艺术则是作为实践真理的“感性呈现”,马克思在称赞英国批判现实主义小说家时认为,“他们在自己卓越的、描写生动的书籍中向世界揭示的政治和社会真理,比一切职业政客、政论家和道德家加在一起所要揭示的还要多”①,在这里我们可以听到普罗提诺的“艺术是对理型的分有”的观点的回声。

马克思恩格斯的典型观,显然受黑格尔美学中“典型”观念的影响。不过在黑格尔的典型理论中,这种完美的理想人物也只出现在以荷马史诗为代表的古希腊艺术中,而自浪漫主义艺术兴起以后,精神的内容撑破了艺术的躯壳,个别的感性的人物

---

① 马克思,恩格斯:《马克思恩格斯论文学与艺术(一)》,陆梅林辑注,人民文学出版社,1982,第154页。

形象已无法体现时代精神。而马克思恩格斯之所以仍然强调这个典型观念,是基于他们自身对无产阶级的观点。马克思认为,某个阶级若代言全人类的解放的诉求,那就要求这个阶级与整个社会融为一体,并且被看作和被认为是整个社会的总代表,这个阶级本身的要求和权利必须成为社会本身的要求和权利。而无产阶级,由于其绝对的贫困和被奴役,在它身上体现出人的完全的丧失,它本身的存在,就是对整个社会的罪恶的揭露,就是社会普遍的不公正的象征,它本身的解放,就代言着整个社会普遍的自我的解放。从这里我们可以看出,马克思的这个典型与古希腊荷马史诗中的典型是不一样的,荷马史诗中的典型,是英雄人物,是神的眷顾者,而马克思这里的典型之所以成为代表性人物,不是因为他的功勋伟业,而是因为他的清白的、彻底的受难。而无产阶级解放的诉求,不仅仅是因为理论上意识到这种损失,而且是因为从无法掩饰的、绝对的贫困中所体现出来的肉体的痛苦,而不得不愤怒地反对这种反人性的现象,它代言着正义的人类解放的诉求。这样,无产阶级既是社会的受难者,又是社会的拯救者,它就处于这种奇特的辩证法中。

因此,在马克思、恩格斯和拉萨尔就悲剧《济金根》的论争中,恩格斯指出,拉萨尔之所以“为了席勒而忘掉莎士比亚”,并不仅仅是没有提供那种五光十色的典型环境,更重要的是,拉萨尔对当时的历史悲剧的认识本身就有问题。恩格斯认为,济金根命运的真正悲剧,就在于由于贵族必须压榨农民才可能获得收入的情况,贵族革命不可能与农民结成联盟,而贵族革命若要真正能够体现时代精神,必须要与农民和城市结成联盟,因此就出现了“历史的必然要求和这个要求的实际上不可能实现”的悲剧。恩格斯曾写过《德国的农民战争》专著,认为当时德国农民的状况正如现在的无产阶级,处于受剥削、受压迫的最底层,因此托马斯·闵采尔领导的德国农民战争——较之济金根所代表的骑士阶级为挽救自己没落的历史命运而掀起的战争——才真正代言着解放、自由的人道主义精神,当然恩格斯并不赞成德国农民战争中的宗教旗帜,认为它扭曲了农民战争的意义。

由于马克思、恩格斯的主要兴趣点不在文艺上,因此他们对于典型理论的探讨更多地立足于人的实践,特别是无产阶级的解放这个视角,在美学方面并没有太大的突破,真正从艺术形式上对典型理论进行深度探讨的是卢卡奇。在其前期代表作《小说理论》中,卢卡奇指出,人类社会的发展是一个从古典向现代堕落、倒退的过程,现代社会面临的最大问题是由于上帝的退隐,人的存在失去了和世界总体的和谐统一。在古希腊,英雄和神灵浑然一体,个人和集体圆融无碍,无论主人公的每一次的行动和冒险,都不会引起灵魂的震荡,这也就是黑格尔意义上的"典型"观念。而自从古希腊悲剧和哲学出现以后,这种"总体性"走向分裂,柏拉图的理念和现象、基督教的上帝之国与尘世之邦之间,都面临着难以逾越的鸿沟,弥补鸿沟的是柏拉图意义上的哲人和基督教的耶稣。而启蒙时代以来对人的主体性的张扬和对传统形而上学的怀疑,使得"一切坚固的东西都烟消云散了",因此人必须直面自己的有限性,在个人和世界之间重构一种有效的意义关联。从康德在认识和道德、自然与自由之间的天堑之上架起了审美的彩虹桥之后,美,就成了近代哲学家重点探讨的问题。古希腊的史诗和悲剧,由于和现代社会中人的存在状况的背离,无法为现代人提供自我塑型的文学样式,真正担当起这个任务的,是小说。

作为"罪恶时代的史诗",作为"成熟男性的艺术形式",小说中的典型人物自然与史诗不同。在小说里,主人公不再是神灵庇佑的英雄,而是一个有限的、成问题的个人,它是一个被弱化的神。面对强大的、无法理解的外部世界，这个个人通过自我的探寻，寻找自身存在的意义。它联结无意义的、离散的现实事物的方式是个人的传记，“一方面，世界的范围被主人公可能有的体验的范围所限制，世界的芜杂按照主人公在自我认识中，为发现生活的意义而设定的发展方向组织起来；另一方面，通过用主人公的生活故事将孤立的元素与主要人物及其所象征的问题串联在一起的方式，举凡疏离的个人、非感性的结构、无意义的事件等离散的、异质的芜杂得到了统一的、清晰的表述”①。因此，小说通过个人的体验来创造一个完整的有意义的世界，并且使之平衡，就像但丁的《神曲》，主人公从无边的混沌状态开始，到主人公得到天启而结束(但丁的《神曲》是小说结构和史诗意蕴的混合物，还不是真正意义上的现代小说)。但这种平衡不像史诗那样坚实稳固，而是一种脆弱的、不时被拷问的平衡。世界和主人公的心灵只不过暂时被佯谬地掺杂在一起，作为主人公与世界相互审视的妥协的结果，很快就会被主人公对现实发起的新一轮的进攻所撕裂，同样作为有限的个人，他在这种平衡中获得的意义的稳定性也是值得追问的。卢卡奇引用“德国浪漫派”的“反讽”这个诗学概念，将其作为小说的结构原则。在施莱格尔那里，所谓“反讽”，就是打破语言对真理的桎梏，打破真理的封闭和独断，反讽作为否定，不是破坏，不是黑格尔所说的“坏的无限”，而是超越和创造。卢卡奇将施莱格尔的作为认识真理原则的“反讽”改造为作为“成问题的人”的生存之道，他认为，所谓反讽，就是现代人抗争无意义的世界的一种方式，通过反讽，“有问题的个人”创造一种主观的总体性，来艰难地支撑住自己。

以 1918 年卢卡奇加入匈牙利共产党和 1923 年《历史与阶

① 李茂增：《现代性与小说形式》，东方出版中心，2008，第 70 页。

级意识》论文集的出版,标志着卢卡奇向马克思主义的转向。在《什么是正统的马克思主义》一文中,卢卡奇认为,马克思主义的正统,不是无批判地接受马克思的成果,不是对马克思没有反思地"信仰",而是坚持马克思的总体性的研究方法,即将社会生活中的孤立事实作为历史发展的环节并归结为一个总体,从而达到对现实的认识,既认识到它的现实存在,又认识到它与总体性的关系。而作为马克思主义的哲学家,不是守护传统的卫士,而是指明当前任务与历史过程总体关系的永远警觉的预言家。《小说理论》中的那个赋予主观总体性的"个人",现在成为无产阶级解放运动的先知和先锋。

第三节 "典型"论争:并不成熟的典型观

在20世纪30年代中期,胡风和周扬在"典型"问题上有一个小小的理论交锋,由于对典型理论的认识还处在译介和理解当中,由于个人之间的一些意气因素的纷扰,这场争论就其总体水平来说并不太高,不过还是触及了典型理论的相关问题,反映了胡风早期的典型观点。

一、争点之一:典型的普遍性和个性

胡风在《什么是典型和类型——答文学社问》一文中表达了自己对典型问题的看法。他认为:"它(典型)含有普遍和特殊这两个看起来好像是互相矛盾的观念。然而,所谓普遍的,是对于那人物所属的社会群里的各个个体而说的;所谓特殊的,是对于别的社会群或别的社会群里的各个个体而说的。就辛亥前后以及现在的少数落后地方的农村无产者来说,阿Q这个人物的性格是普遍的;对于商人群地主群工人群或各个商人各个地主以

及现在的在不同社会关系里的农民而说，那他的性格就是特殊的了。”①

周扬则在《现实主义试论》一文中对胡风的这个观点进行了小小的“修正”，周扬认为：“阿 Q 的性格就辛亥前后及现在落后的农民而言是普遍的，但他的特殊性并不在于对他所代表的农民以外而言，而是就在他所代表的农民中，他也是一个特殊的存在，他有他自己独特的经历，独特的生活样式，自己的容貌，习惯，姿势，语调等，一句话，阿 Q 真是一个阿 Q，即所谓‘This one’了。”②

胡风在《现实主义的一“修正”》一文中，对周扬的修正进行了回应。胡风首先排除了周扬的一种可能的他所认同的合理“修正”，即典型一方面在本质上具有某一特定群体的特征（也就是普遍性），另一方面须得是把这特征个性化了一个活的人物，有着生活中人物所没有的完整和突出的性格。然后胡风开始反击，认为既然典型的性格的习惯是从特定社会群里抽出来的，必然为社会群里的其他个体所分有，既然是分有，典型的在社会群里的独特性就无法落实。反之，如果阿 Q 在所代表的农民中是一个特殊存在，那他性格的普遍性就无处落实，他的代表性也无法体现，典型也就是一句空话。胡风认为周扬在此陷入了自相矛盾当中。

从上述的论争内容来看，典型的普遍性和个性的问题是论争的焦点，而这恰恰就是典型理论的问题核心。而从两个人的观点来看，他们对普遍性与个性的关系的把握都不是很到位。胡风主张的典型对所属社会群体的各个个体而言的普遍性，是

① 胡风：《胡风全集》（第 2 卷），湖北人民出版社，1999，第 105 页。
② 周扬：《周扬文集》（第 1 卷），人民文学出版社，1984，第 161 页。

指典型作为其所生活的社会各个个体的共相,对这些个体的精神、性格和生活有着概括的性质,这种普遍其实是一种类的共相,胡风的这种观点明显带有机械性。胡风认为,典型之所以"是一个具体的活生生的人物,然而却又是本质上具有某一群体的特征,代表了那个群体的"①,是因为典型作为群体特征的个性化,其性格较实际存在的社会个体的性格更明显、更完整、更突出,这也就是典型的特定的个性,从胡风关于个性的观点看,他所强调的个性,其实是指典型较一般人物突出。因此,在胡风看来,典型对于所代表的社会群体中的各个个体,在其认识内容上是共相的概括(普遍性),在其表现形式上是纯度的提炼(个性)。

周扬也认为典型对其所在的社会阶层的各个个体而言具有普遍性,不过周扬所认为的普遍性,实际上是指典型与所代表的各个个体共同分有类的共相,那么,周扬所理解的典型,其实就类似于康德所言的"规范观念",即平均人物。对于典型的特殊性或个性,周扬似乎认为是典型本身的某些感性形象,如容貌、习惯、姿态、语调等。他认为:"各个人具有群体的共同性,但是在同一个群体的界限里面,各个人对现实的各方面有各种各样的接近和体验,因此虽是同体的利害的表现者,但各个人的性格确是沿着不同的独特的方向而发展的。"②典型的个性不是胡风主张的性格的突出,而是某些给人留下的"惊异"的感性形象。从周扬对典型的阐述看,周扬的理解似乎更逊色于胡风,他在区别典型的个性与共性的同时,对个性与共性之间的联系似乎缺乏理论的敏感。

---

① 胡风:《胡风全集》(第2卷),湖北人民出版社,1999,第366页。

② 周扬:《周扬文集》(第1卷),人民文学出版社,1984,第167页。

胡风和周扬在关于典型的普遍性的内涵所指也不同。在进行具体的文学作品中的典型形象分析时，周扬认为，巴尔扎克的《人间喜剧》里的各个典型既然都体现着资产者对利润的追求和私有，然而他们又有着各自的热情、感情、气质去追求金钱，显示出自己独特的个性，既然如此，胡风关于典型对于他所代表的社会群体中的各个个体只有普遍性而无特殊性的解释，就有使"个性消解在原则里面"的危险。在这里周扬所主张的典型的普遍性（资产者对利润的追求和私有）是指阶级的政治本质。而胡风随后在《典型论的混乱》里则指出：巴尔扎克的许多典型人物，可以理解为有产者社会的多层面相，即"每个典型较强地表现了那个社会群的本质的共同性的一个侧面，代表了性格上把这一侧面露出较浓的许多个体"①。胡风通过这种细分，使得典型的普遍性在左翼的阶级论中，容纳了较为广泛和多元的现实社会层面的精神内容，有着更多的现实社会的复杂面貌，这是胡风典型理论中的积极的要素。

在这里，胡风对恩格斯的"每个人都是典型，但同时又是一定的单个人，正如老黑格尔所说的，是一个'这个'，而且应当是如此"②这句话的理解，似乎有着偏颇的地方。胡风认为典型应该具有现实的人物所有的复杂的含有矛盾要素的面貌，应该从事态和行动中自然流露出倾向性，而不应该理想化，从而使得典型"个性消失在原则当中"，成为类型人物，这大体符合恩格斯的意思。但是，恩格斯所言的"每个人都是典型"这句话的深刻含义似乎被胡风所忽略了。每个人都是典型，这是指典型身上所

① 胡风：《胡风全集》（第 2 卷），湖北人民出版社，1999，第 366 页。

② 马克思，恩格斯：《马克思恩格斯选集》（第 4 卷），中共中央马克思恩格斯著作编译局译，人民出版社，1975，第 453 页。

体现的就其追求的时代精神或理想的这一维度而言的，典型身上，一方面体现出所追求的时代精神，另一方面具有特定情境中所代表的社会阶层的精神气质，这时代精神和特定阶层的精神是有着强大的矛盾张力的。对于前者，典型人物表现为一种“不在(全部或部分)而属于”的不懈追求；对于后者，典型人物表现为一种“在而不属于(完全或部分)”的自觉超越，而在这两者的张力中，恰恰凸显了典型作为主体的自我否定的自由。而胡风所言的典型的代表性和独特的个性，主要是针对典型所处的特定社会阶层而言的，与特定社会群体紧紧捆绑在一起的典型，其对所属社会群体的精神反思和超越，其向着时代精神追求的这一意义维度似乎被遮蔽掉了。

二、争点之二:社会的物事与个人的物事

正是基于对典型普遍性和个性的不同认识，胡风和周扬在关于如何塑造典型的问题上又产生了第二个争点。如果说在第一个争点主要论述典型的普遍性和个性的所指以及它们之间的关系，那么，在第二个争点上，双方更主要的是论争典型的个性内容及其表现方法问题。胡风认为典型的个性在于反映所在社会层的思想风貌的强度和密度，那么在塑造典型时应该注意能够体现其典型的“社会的物事”；周扬则强调塑造典型的个性在于其感性形象的鲜明和独特，胡风将周扬的这种个性的内容归之于“个人的物事”的范畴，认为这种“个人的物事”并不是典型之所以成为典型的核心特征。

周扬认为，由于典型不仅要反映社会群的共性，而且也要有典型本身“独有”的性格，那么，在塑造典型时，典型人物的普遍性则主要体现为阶级成员所共享的阶级观念，个性主要体现在人物自身的某些外在的性格和气质上。在周扬随后的叙述中，

“形象”成了一个关键词，他引证高尔基的话：“有的是饶舌的，有的是寡言的，有的是非常执拗而自负的，有的是腼腆而无自信的。”主张作家在挖掘典型身上的社会意义的同时，也要将这些特征进行详细的描写，要探究和指摘出说话的神情、举止、姿态、容貌、微笑、眼睛的转动等性格独创的特殊性，比如《死魂灵》中马尼洛夫的文雅肉麻和梭巴克维奇的粗暴不堪等等，鲜明地印入读者的耳目，给读者留下深刻的印象。从周扬的表述中我们可以看到，周扬所认为典型的塑造，就是在典型所具有的已经预设的同一的本质之下，侧重描绘出典型所具有的独特的形象，这种形象，并不构成对共性、对阶级本质的触动，而是通过一幅幅细描的人物形像来区分，从而引起读者的注意，加深读者的印象，胡风后来则把这种创作方式讥讽为“教条加花样景”。

周扬的典型观与他的文艺观点密不可分。在《文学的真实性》中，周扬针对“第三种人”苏汶的“艺术家宁愿为着真实而牺牲正确”这一观点，坚定地认为：“文学自身就是政治的一定的形式”①，“作为理论斗争之一部的文学斗争，就非从属于政治斗争的目的，服务于政治斗争之任务之解决不可。”②而在《现实主义试论》中，周扬认为：“新的现实主义的方法必须以现代正确的世界观为基础。正确的世界观可以保证对于社会发展法则的真正认识，和人类心理与观念的认识，把艺术创作的思想力量大大提高。”③针对恩格斯指出的巴尔扎克面对现实生活而克服世界观的典型事例，周扬却认为这种“奇迹”并不能降低世界观的指导作用，恰恰因为巴尔扎克的旧的资产阶级世界观，使他无法真正

① 周扬：《周扬文集》(第 1 卷)，人民文学出版社，1984，第 67 页。

② 同上。

③ 同上，第 111 页。

把握现实、反映现实。而能拥有正确的世界观只能是无产阶级，它是一个“完整的，各部一致的，没有内在矛盾的世界观”。

周扬认为现实生活必须有正确的世界观才能认识，只有正确的世界观才能保证从现实生活中选取本质的、典型的事例，才能达到“一面描写出种种肯定、否定的要素，一面阐释其中一贯的社会主义革命的胜利的本质，把为人类更美好的将来而斗争的精神灌输给读者”①的目的。而典型之所以为典型，就是因为它符合“无产阶级正确的世界观”，体现着社会现实的“本质”。对于艺术，周扬更多地把它当作表现的技术，作为形式的技巧，其主要目的是达到更完全的形象化，“未来的艺术就是把广大的思想上的世界观和最高度的丰富的艺术形式结合起来了的东西”②。因此，作家所谓的创造典型人物，不是从现实生活中取材，以人物在现实生活中的行动为中心，来塑造人物形象；而是从世界观或者现有的理论政策出发，选取一些体现“本质”的现实生活，运用想象和夸张，描画出一个个所谓生动的人物形象，来图解党的路线方针政策，配合政治工作。

对于周扬提出的典型化的塑造方法，胡风则引用了吉尔·伯丁的“社会物事”和“个人物事”的观点进行辨析，“社会的物事是社会学的范畴，是群体性的现象，如习惯、趣味、欲望、信仰、语法等等，皆可以得到社会学的法则的说明；但个人的物事是以生物学的东西做基础的，是个体的现象，发生在活的个体上面，如在内面的心理的律动、情绪的变化，在表面说话的样子、姿态、容貌、微笑，眼睛的转动等等，不能有社会学的法则，随人而异”③。

---

① 周扬：《周扬文集》（第 1 卷），人民文学出版社，1984，第 160 页。

② 胡风：《胡风全集》（第 2 卷），湖北人民出版社，1999，第 388 页。

③ 同上。

胡风认为，艺术典型是通过个人的物事来反映社会的物事，社会的物事是典型的内容，个人的物事只不过是给予社会物事以温暖、血肉和生命的感性形象，社会的物事对于个人的物事是处于优越地位的。

在关于阿Q的论争中，针对周扬“阿Q在所代表的社会群体中，有他自己独特的经历，独特的生活样式，自己的容貌、习惯、姿势、语调等”的说法，胡风认为阿Q的经历、生活样式等等，是他那一类农民所常有、所能有的，因此阿Q就不可能是特殊的。其实，胡风主张的阿Q的普遍性，主要是针对着阿Q的社会物事这一层面而言的，而阿Q的容貌、习惯、姿势、语调等应该属于因人而异的个人物事的范围，是不能列入典型的普遍性与个性问题的范畴，因为它“不典型”。但胡风在他的文章中并没有做这样细致的梳理和甄别，在否定阿Q的经历和生活具有独特性的同时，也随意地否定了阿Q的语调、容貌、习惯、姿势(胡风用了个大大咧咧的省略号将这些涵括其中)的这些个人物事的个人性，从而引起不必要的混乱以及后来研究者的批评。而如何通过个人物事来描写社会物事、塑造典型性格，胡风在此语焉不详。

从胡风与周扬的关于典型的论述中，我们看到两人对马克思主义文学典型的理解都不太到位，胡风将典型理解为最能代表社会群体共性的人物形象(这种共性包括较周扬的“无产阶级世界观”更为丰富的社会精神内涵)，而忽视了人物本身对其所属的社会群体的精神超越；而周扬则把典型作为共享阶级本质、反映无产阶级正确世界观的平均人物形象，人物自身的精神主体性被遮蔽了，相比较而言，胡风的理解力和逻辑性更好一些。

第四节 “花”“路”“诗”

在《林语堂论》和《张天翼论》中,胡风才找到适合自己的文学批评方式,也更能相对自由地表达出自己的美学理念。胡风的文学批评的鲜明特点主要表现在:其一通过对文本的深入细密的分析,强调作家的思想与作品本身的相互映现,使得批评的观点有着坚实的文本基础;其二以人物形象为解剖重点,联结美学(形式)与伦理学(内容),其联结点则是人物内心的情感(包括作家自身的情感),更着重作品对作家欲求的表达,着重作品本身的精神世界的独立性。胡风的这种文学批评的模式,更多地受到了黑格尔、马克思、恩格斯、厨川白村、托尔斯泰、高尔基等人的文艺美学观点的影响(如胡风所译的托尔斯泰“关于艺术的目的是把人结合在一个同样的感情里面……而善的东西、好的东西、道德的东西是艺术”的观点),同时也承继着“五四”以来的为人生而艺术的文艺观念(不过胡风将这个人生更多地与道德化的政治相结合),而黑格尔、马克思、卢卡奇的政治理论影响从前沿转为背景。

“封建社会的现实和历代乱世文人的逃避现实的作品养成了我的‘绝代有佳人’式的‘遗世’思想,由于从来不能和都市的生活相通的固执,以及‘五四’运动后的思潮,尤其是文学作品所给我的没有注释的‘光明’,这思想终于使我成了一个先天不足的理想主义者了。”①在《理想主义者时代的回忆》一文中,我们看到了胡风的“夫子自道”。胡风从五四青年成长为马克思主义

① 胡风:《胡风全集》(第2卷),湖北人民出版社,1999,第267页。

者的过程,可以理解为"光明"寻找"注释"的过程。而在过去、现在、将来……这个历史时间的维度——而不是古希腊式的宇宙空间的维度,同时也不是基督教那种弃绝尘世的上帝之国的维度——来重新构建典型的主体与实体的关系,是胡风文艺批评所面临的一个重要问题。

一、"鲜花"与"心花"

"人是世界的花,具有能够使自己吃惊的一切根源。"①胡风在纪念高尔基的文中引证着这句话,可以看作是胡风典型观的譬喻。而胡风用牛顿的墓志铭来表达对已过世的高尔基的赞誉,"这样的伟大的人类的花存在过,人类是以这为夸耀的"。这种"人类的花"自然不仅是伟大的科学家、艺术家的殊荣,同样也是人民群众的"真实"的精神风貌,这就是"被生活践踏、折磨,但无论如何也不肯奴服的面貌"。这种"真实",是艺术家的创造的"真实",是在未来维度上的"真实"的"新人","洗去了历史遗毒或者简直没有沾染过历史遗毒的美丽的新人"。因此,此时胡风的典型观更侧重在英雄的层面上来阐释典型的。

黑格尔在《美学》中曾以"鲜花"和"大地"来譬喻希腊艺术中的英雄——即典型——和人民,"和个别英雄们不同,合唱队代表人民,人民就是丰收的大地,英雄们像是从大地里长出来的花朵和树干,他们整个的生存是要受这种土壤制约的"②。黑格尔认为,在古希腊的悲剧中,英雄的行动的动机来自于实体性的伦理力量,如伦理爱、国家政治生活、宗教生活等,同时要服从个

① 胡风:《胡风全集》(第2卷),湖北人民出版社,1999,第352页。

② 黑格尔:《美学》(第3卷下),朱光潜译,商务印书馆,1987,第304页。

体化的原则，他们的冲突和争辩最终揭示了宇宙的终极正义。其实这种“鲜花”的譬喻正是“英雄”的原始语义，即草木之精华。

“在初期的古代里的个人生活和社会生活的统一，是古代诗的感动力（pathos）的基础，是一个一个个性的被写实地描写了的情热和社会生活的决定的诸问题之直接的关联的基础。这个关联，在资本主义的社会的现实里不存在。为了得到在罗曼里特有的新的感动力（pathos）——‘布尔乔亚社会的唯物论’的感动力，罗曼的创造者们不得不努力于穷究个人行动的社会的根源，不得不努力于借一个一个的个性的性质或情热等媒介物的力量去显示那些根源，而且不得不经过再也没有的复杂的道路，在能够感觉的知觉的形态上把外见的‘原子’（Atom）中间的真正存在的社会的经济的关联复活。”①在胡风对卢卡奇的《小说的本质》勉为其难的翻译中，我们还是可以看到胡风典型理论在马克思恩格斯以外的另外一个来源。卢卡奇认为，面对资产阶级社会的两重性：自由（家长的封建的其他诸关系的破坏，物质的生产力之革命的发展）和堕落（私有制），上升期的资产阶级作家力图用“积极的主人公”（典型）来克服，这种典型一方面带有阶级的特征（主体），一方面又是积极典型所展示的人（实体）。但是罗曼中的主人公的主体与实体的统一不像荷马史诗中的主人公那样有机和自然，它更多的是一种悖谬的、反讽的、有疑问的结合。进步的资产阶级作家既深刻地认识到了资产阶级社会的自由、独立的一面，又深刻地认识到了它的人性堕落的一面，真诚的人道主义和无伪的现实主义使得他们在这种困境中无法再塑造所谓弥合两者距离的“积极的典型”，如果戈理的《死魂灵》，从而使得这种统一趋于瓦解，而流俗的大多数作家则将自己

① 胡风：《胡风全集》（第8卷），湖北人民出版社，1999，第800页。

的主人公“削足适履”，来适合伪饰过的庸俗的资产阶级社会，使得典型丧失了典型本身的意义。

如何既发扬资产阶级积极意义上的“个性自由”，又克服其本身的道德堕落，避免落入黑格尔所言的“坏的无限”，胡风提出了“和人民深刻结合的真正的个性解放”的观点。在这里，个性解放、自由是根本要义，而个性解放、自由的路径则不是“原子式”的孤立的个人奋斗，而是争取那些“受侮辱受损害”的人民大众的解放，这个主张彰显了胡风的马克思主义特质。而在文学观点上，胡风所主张的能够体现其理想的典型，就与荷马史诗中的民族英雄形象有了质的不同，因为作为现实生活，特别是胡风所处的当下的现实生活，它无法为典型及其行动提供圆满的伦理基底（胡风同意马克思和卢卡奇关于对荷马史诗所做出的“正常的儿童”的观点）。而所谓的个性自由的体现，这种人民群众解放欲求的表达，恰恰是以对当下现实的怀疑、否定的态度为前提，以主体对客体的批判和救赎为内容，以未来的“一切自由人的联合体”的理想为目标，而这与其说是现实的、经验的，不如说是理想的、道德的。“爱罗先珂牵惹我的不仅是他的光明的国土，最有力的是他的在黑暗重压下的人物向往那光明的国土的心。”①这种现实与理想的二元论，明显地看出与对宇宙秩序的认同和服从的乐观的希腊思想的区别。而在《联共（布）党史简明教程》中，斯大林以巨人安泰与地神盖亚来比喻苏联布尔什维克党（也许还有政权）与群众的关系，周扬在《现实主义试论》中也用巨人安泰与大地的关系来比喻文艺与现实的关系，在抗战时期，茅盾提出的塑造“肩负这个时代的阿脱拉斯型的英雄”（阿脱拉斯是希腊神话中的大力神，因支持巨人族首领泰坦反对主

① 胡风：《胡风全集》（第 2 卷），湖北人民出版社，1999，第 85 页。

神宙斯,被罚做苦役,用头和肩将天撑起。现代人则把 Atlas 想象成一个身背地球的巨人),这些具有鲜明希腊色彩的比喻与胡风的典型观的趣味是不一样的。在胡风看来,典型最重要的不是英雄的神力、威武、令名,也不是李长之所言的聪颖脱俗的天才,而是普通人身上的倔强不屈的道德意志,向往光明的心,这些其实就是席勒在《审美教育书简》中谈及的人格。

这样,荷马史诗中的鲜花与大地即典型的主体与实体的关系,在胡风所言的典型中就不合适了。典型的实体,就胡风而言,已经从现在转向未来,而未来与其说是一个时间点,毋宁说它存在于时间之外、历史之外,它实际上从一个所谓“历史规律”的机械力学模式的“第一推动者”转换为理想的光源。典型的主体,就不再是荷马史诗中对伦理实体的“摹仿”式的表现,而是“像爱罗先珂童话似的,展开着万灵跃动的虽然是想象然而却流着人生热血的世界,狂歌着向太阳向光明的‘雕的心’”①这个模式,其实可以看作普罗提诺的太一“流溢”说的变形承接。胡风在谈及文艺作品与现实的关系时,与厨川白村一样,强调文艺作品对现实的“唤醒”作用,就是唤醒在人的身体中已然存在但在沉睡的“灵魂”,唤醒“灵魂”对美好世界(如普罗提诺的“太一”)的渴求以及对当下现实的改造,这种唤醒,都显示着与新柏拉图主义传统的无意识的借鉴。作为“鲜花”的“典型”,它与当下的现实的关系就不可能是荷马史诗中的“静穆和悦”,而是以灵魂突进的方式展开的对现实环境的超拔,从而“使文学的力量能够提高生活”②。作为“赤地千里上的耕者或是在火热的沙石路上双足流血的旅客”的典型,在对世界的反抗的行动中,他的灵魂

---

① 胡风:《胡风全集》(第 2 卷),湖北人民出版社,1999,第 81 页。

② 同上,第 356 页。

觉醒了,他的生命意志"开花"了。这个"花",不再是荷马史诗英雄的"鲜花"(flower),而是灵魂的"火花"(spark),"诗就是作者在现实这火石上面碰出的自己的心花"①,这个"火花"或者"心花"来源于理想,而现实则是其试炼的场域。

胡风认为,就像血管里流出的自然是血一样的,作家的"人格"与典型的"人格"息息相关,而作家的人格则来自于神圣的人生。如罗曼·罗兰,"他苦痛了,忍受苦难,从苦难里追求,于是他的心俯向灵魂的深渊,从人类历史的洞底搜捕人类的猛兽,千头的动物:人民和战士"②,如奥斯特洛夫斯基,"只要有燃烧似的信念,那就够,即使不希望来世的抵偿,即使除开了严格的义务这个满足以外没有任务酬报"③,如高尔基,"最后依然是被人创造出的洁白的、正确的东西得到胜利,人没有那就不存在的东西得到胜利"④。而作为作家痛苦的结晶,典型则是"那创造历史的要求艰苦地突破了地皮挣扎出来、向阳光盈盈发笑地歌唱着的秧苗,那发出了使爱者感泣、亲友欢喜、世仇痛恨、闲汉也会注意的呱呱叫声的新生赤子"⑤。这个赤子,他的"父亲"是理想或道德也就是胡风所言的解放欲求,而其"母亲"则是现实的社会生活。

因此,胡风的这种英雄的典型的含义,更多的是一种道德的内容,而不是智力的特出或名誉的传播,同时这种道德的内容不是通过与现实世界的和谐而凸显出来,相反,是要通过与当下现实的对抗甚至决裂来伸张。在《文艺界的风习一景》中,胡风微

---

① 胡风:《胡风全集》(第2卷),湖北人民出版社,1999,第573页。
② 胡风:《胡风全集》(第3卷),湖北人民出版社,1999,第243页。
③ 胡风:《胡风全集》(第2卷),湖北人民出版社,1999,第352页。
④ 同上,第355页。
⑤ 同上,第558页。

讽了当时的名画家张大千与知识界同仁的喊喊喳喳的纠缠,微讽了国人对莎士比亚、托尔斯泰作为“洋状元”来接受的有趣心态。与这种“动物的个人主义”相反,北京青年学生为抗日救国而举行的游行中,他们奔走呼号的激昂,与军警肉搏的坚决,才是一首真正的抒情诗,他们才是真正的英雄,才是“人民之花”。在《〈生死场〉后记》中,胡风高度评价了萧红笔下的农民,“然而这里面是真实的受难的中国农民,是真实的野生的奋起”①。面对愚夫愚妇的清白无辜,面对他们丧失了一切合乎人性的东西,甚至丧失了合乎人性的外观的悲剧命运,面对他们的撕裂着自身精神的悲剧性的反抗,是怎样震撼着胡风的灵魂。在胡风这里,典型的“理想性”在于对社会的反抗来彰显道德的正义,这是因为:“更何况我们还活在相砍之世,背上是黑暗污浊的历史,周遭是血肉的人间,诗人或艺术家独不走进尘世的敌友关系,当是奇迹,不在敌友关系里面经验爱爱仇仇的精神状态而能够创造出艺术,那就更是奇迹里面的奇迹了。”②

二、向理想延伸的“路”

正像太阳的光线来源于太阳同时又是回归太阳的路径一样,典型一方面是魂灵的火花的迸发,另一方面也是一条联结生活和艺术、现实和理想的路径,正因为如此,别林斯基才把塑造典型作为创作的一项基本法则。在《略论文学无门》中,胡风提到奥斯特洛夫斯基和志贺直哉两种创作的类型。胡风认为,奥斯特洛夫斯基从神圣的生活中产生艺术,即使没有艺术也无损他的伟大,而志贺直哉则出于对艺术的忠实,从艺术迫近人生,

① 胡风:《胡风全集》(第 2 卷),湖北人民出版社,1999,第 432 页。

② 胡风:《胡风全集》(第 3 卷),湖北人民出版社,1999,第 432 页。

这条路也难免有失败的时候。其实借用普罗提诺的流溢说，我们可以把奥斯特洛夫斯基的创作看作是从道德高位（类似于普罗提诺的太一，在胡风看来奥斯特洛夫斯基的神圣的生活不仅是个人的生活与道德的圆融整一，而且是个人道德与社会伦理的圆融整一）向艺术的流溢，而志贺直哉的创作则是从生活低阶向艺术的回返。（这个观点在鲁迅的《白莽作〈孩儿塔〉序》里也有着类似的表达："这是东方的微光，是林中的响箭，是冬末的萌芽，是进军的第一步，是对于前驱者的爱的大纛，也是对于摧残者的憎的丰碑。一切所谓圆熟简练、静穆悠远之作，都无须来作比方，因为这诗属于别一世界。"①）

在胡风看来，作为联结现实生活与道德理想的典型，"不要在原则性的钢绳上吊死，也不要在丰富性的海洋里面淹死"②。在具体的创作中，典型中思想力量或思想要求的成分，即"人民的负担、觉醒、潜力、愿望和夺取生路这个火热而坚强的主观的思想要求"③，"开始是尽着引导的作用，中间是尽着生发、坚持的作用，同时也受着被丰富、被纠正的作用，最后就收获了新的思想内容的果实"。④ 这种新的思想内容的果实就是"自发性的精神的昂扬"。

但是，这种"自发性的精神的昂扬"，一方面面临着现实环境的拘厄，另一方面又聆听着理想的召唤，这"夹在锤和砧之间的存在"，使得典型不是一个静穆和悦、圆融整一的静态的存在，而是一个不断分解、组合、再分解的否定性辩证法的狂飙运动。与荷马史诗中的英雄相比，散文时代的典型已不再具有无所不能

---

① 鲁迅：《鲁迅全集》（第 6 卷），人民文学出版社，1999，第 493 页。

② 胡风：《胡风全集》（第 3 卷），湖北人民出版社，1999，第 423 页。

③ 同上，第 506 页。

④ 同上，第 266 页。

的神力，他只是一个个弱化的精灵，它用理念向现实发起的一次次的暴动，既否定着现实的充分合理性，又显现着精神自身的有限性，这种“历史的必然要求和这个要求的实际的不可能实现”，就构成了典型身上浓厚的悲剧气质。

牺牲、失败、受难……这些在典型身上就具有特殊的意义。胡风在《〈死魂灵〉与果戈理》一文中，认为果戈理一直试图为《死魂灵》中的主人公（玛尼罗夫、泼留希金等），这些无法典型化的“典型”（因为在他们身上，缺少典型所特有的“自发性的精神的昂扬”）“净罪”，一直试图从黑暗中掘出光明，试图使这些主人公成为真正意义上的“典型”。然而他的诚实使得他不能和当时的流行作家一样，在现实面前闭上眼睛，制作符合心中理想的傀儡人物，因此他一次次烧掉了《死魂灵》的第二部。在灰色的现实中，果戈理以自毁作品的方式拒绝了从黑暗到光明的虚伪的“济度”，表达了艺术家对社会的抗议，保持了艺术家真正的良知，他以雄大的气魄擎着精神的火把站在现实的废墟上，向着未来进行深情的召唤。而罗淑的《生人妻》中，那个在新丈夫家里被指使到猪圈里去“洗晦气”，面对憨厚可掬的肥猪的农妇，她那对生活的爱恋的情致是怎样自然而又突然的开花，如同黑格尔在论及莎士比亚的朱丽叶的那段经典的描述：“……好像一朵玫瑰突然放蕊，每一片花瓣和每一条皱纹都现出来了，又好像潜伏在心灵最深处的一股清泉突然源源不绝地迸射出来了。”①她给了胡风怎样的惊异和敬重，“这是农妇的灵魂，就是在这样悲惨的处境下也依然是活着的。……就是被人当作了蚯蚓似的东西，但

① 黑格尔：《美学》（第2卷下），朱光潜译，商务印书馆，1987，第349～350页。

对于合理生活的期望依然不死地在她的心里闪烁”①。在《一个女人和一个世界》中，胡风高度评价了路翎的小说《饥饿的郭素娥》中的女主人公郭素娥，“郭素娥，是这封建古国的又一种女人，肉体的饥饿不但不能从祖传的良方得到麻痹，倒是产生了更强的精神的饥饿，饥饿于彻底的解放，饥饿于坚强的人性。她用原始的强悍碰击了这社会的铁壁，作为代价，她悲惨地献出了生命”②。但是郭素娥以受难、反抗乃至最后的牺牲，使得空洞的、无休无止的时间突然在此刻变得密集和黏稠，精神的价值和意义在此以原子裂变的方式得到荣耀和彰显，成为如何从“生存”转变为“存在”的示范，从而“扰动了一个世界”。

在《罗曼·罗兰断片》中，胡风引用了罗兰的话对“典型”做了描述，“那些战士是雪底下的火山，是人类的‘原子’，是半人半神、似人似牛的仙怪……那些战士们，虽然失掉了生命，然而却是赢了的，他们给后人留下了理想和信心的光辉”③。因此，在胡风看来，典型就是先锋和前驱，就是从现实走向理想的道路，“把自己当作泥土吧，让众人把你踩成一条道路”④，向着理想生长和延伸的泥土，这正是典型所具有的平实但不平凡的气魄。而走上这条道路的，不是凭借荷马史诗中的神的庇佑，而是人的信念、希望和爱，是“教徒”式的献身激情。

三、诗意的“瞬间”

但丁的《神曲》最后一章，作者在贝阿特丽采的指引下，终于见到了上帝，但是上帝只是电光一闪倏而消失，在《神曲》中，生

① 胡风：《胡风全集》（第2卷），湖北人民出版社，1999，第453页。
② 胡风：《胡风全集》（第3卷），湖北人民出版社，1999，第100页。
③ 同上，第254页。
④ 鲁藜：《鲁藜诗选》，人民文学出版社，1983，第3页。

活的意义从荷马史诗中的现实“存在”转变为悬置于生活之上的理想。卢卡奇在他的《小说理论》中认为,小说的内部形式被理解为成问题的个人走向自我的旅途,那条路从“纯粹现存现实——一个本质上是异质的、对个人又是无意义的现实——之阴暗的囚禁中延伸出来,朝着那明确的自我认识走去。……小说形式所要求的意义的内在性,通过它的这种体验得以实现,即他对意义的惊鸿一瞥就是生活所能提供的最高的体验,就是唯一值得整个生活全力以赴的东西,就是唯一值得奋斗的东西”①。在散文化的现代社会重建诗的整一性,就只有在“光明从黑暗的重重包围下面透露出来”的“瞬间”才有可能。而典型的美就是主人公在日常生活中所透露出来的意义(在胡风语境中更多的是指道德的光亮),就是典型在行动中所体验到的“一种如释重负的舒适”的自由感。

胡风认为:“革命文艺就是要把各自抱着各种各样的半封建半殖民地性的杠杆所规定的反省和情热的人转变为被那个反抗半封建性半殖民地性的总的冲动力的发展要求所吸引、所改变,因而能够为那个发展要求献身战斗以至献命流血的人。”②这个转变的瞬间,正是典型的“共性”与“个性”的“结穴”之处。典型自身的情致得到了精神圣火的洗礼,获得了脱胎换骨的新生,迸发出浓浓的诗意,这种诗意与其说是希腊式的,毋宁说是基督教式的。作为诗情浓郁的批评家,胡风在进行作家作品批评时,极其敏锐地抓住作家作品中出现的这种吉光片羽的精神“开花”的“瞬间”,并精当地阐发出这“瞬间”背后的道德的光点,而这个光

① 卢卡奇:《卢卡奇早期文选》,张亮、吴勇立译,南京大学出版社,2004,第54页。

② 胡风:《胡风全集》(第3卷),湖北人民出版社,1999,第546页。

点又使得作家作品的精神脉络得到澄澈的朗照，产生出“星垂平野阔，月涌大江流”的抒悦和雄强的境界。

在胡风的文艺批评中，胡风所关注的这种“瞬间”大致有以下三个层面。

一是典型用自身的强悍撞击着命运，这种撞击往往以一种毅然决然的姿态和动作凸显出来，如鲁迅所说的“立意在反抗，旨归在动作”。当主人公被现实挤压到一种绝望的境地时，它内在的反抗冲突如原子裂变式的突然外现，这种理念对现实的暴动和突入，以痉挛的、愤怒的指爪，撕裂了现实的僵硬的铁罩，把现实扬弃进历史，把未来引进到现实。在《林语堂论》中，胡风大幅引录了林语堂对“五四”的回忆，那些揭竿抛瓦的巷战，赤足冒雨的游行……充盈着自由意志色彩的美丽的青年，同样出现在《文艺界的风习一景》里那些为宣传抗日而与政府对抗的青年学生身上，他们以自己的行动“翻开了民族解放史诗的一页”，他们也从一个个别的个人转变为时代的“肖子”。而在丘东平的《一个连长的战斗遭遇》里，战士们舍弃了壕沟，向着敌人的阵地冲去，胡风写道：“兵士——穿着了军装的工人和农民，军官——穿着了军装的青年知识分子，一旦和敌人屠杀的炮火相遇，就这样地在生命的付出里面经验了战斗意志的交互燃烧过程。”①

二是平凡、日常生活中，主人公之间美好的感情（爱）在磨难和考验中，在虚伪、自私和怀疑中，在被侮辱、被损害、被撕裂的瞬间，露出了其纯洁、善良的质地，在这爱中，爱者、被爱者、爱就像奥古斯丁所譬喻的一样（他将圣父、圣子、圣灵的关系譬喻为爱者、被爱者与爱的关系）相互映现、“三位一体”，从而用苦难塑造出诗意的典型形象。在《生人的气息》中，在被丈夫卖掉的但

① 胡风：《胡风全集》（第2卷），湖北人民出版社，1999，第651页。

对丈夫葆有深情的农妇身上,胡风看到了“从受难者的心上所散发出来的洁光”,在《王炳全的道路》中,在农妇送别前夫王炳全时的依依不舍和体己的关怀,在王炳全对前妻的痛苦的爱中,胡风看到了愚夫愚妇身上对符合人性的生活的渴望。同样在《人道在控诉》中,当意大利电影《偷自行车的人》的主人公、失业者里希的自行车被人偷了以后,他带着自己的孩子布鲁诺去找车,在找不到而将要失业的绝望情绪中,里希打了布鲁诺一巴掌,在这一瞬间,胡风看到了失业后的生存困境对人性的扭曲,然而里希后来当听到有人喊落水、以为布鲁诺负气所为时,他狂喊着儿子的名字,狂乱地奔向河边,在这一瞬间我们又看到父亲对孩子真挚的爱心。在他们联手找车过程中的希望、失望、争吵、惊惶背后,流露出了他们对生活的无限的热爱,他们父子之间的休戚与共的亲情,胡风认为,这种平凡的亲情和爱,正潜伏着历史大斗争的思想力量。

三是在现实的废墟上,主人公通过对未来理想的高声唱赞,以其整个生命对未来发出呼唤和企望,从而体会到被理想灌注的幸福。奥古斯丁在《论信望爱》中指出,信是相信上帝,望和爱则是向上帝请求。在《财主底儿女们》中,蒋纯祖则对教条的权威集团保持着一种严肃的矜持和尖刻的批判,宁愿落荒而走,放逐到荒凉的石桥场。在真实而阴冷的石桥场,他和好友孙松鹤、张春田等从事的教育事业,步履艰难,节节败退,乃至最后从乡村逃亡。当他临死之前,从城市跌跌撞撞地回到石桥场时,乡村依然是荒凉、冷酷的,但蒋纯祖依然怀抱着自己的梦想,临终之前他让万同华读报的意义是:“她,万同华,或实际的、中国的、日常的冷静和麻木,必得在他,或这个时代底热情和斗争下面屈服，以证明他并不是罪恶的。”①胡风认为：“作者是向着未来，为了未来的，所以他的热情的形象到了以蒋纯祖的传记为主音的第二部，就更凄厉，更激荡，更痛苦，也更欢乐而庄严……”②

① 路翎：《财主底儿女们》，人民文学出版社，1985，第1314页。
② 胡风：《胡风全集》（第3卷），湖北人民出版社，1999，第267页。

第二章 激　　情

20 世纪 30 年代，胡风在《略论文学无门》中提出了“Passion”的概念。胡风认为，真的战士和诗人本来就是一体两面，而那些所谓拿生活去衡量作品的所谓“反映论”者：“这中间恰恰抽掉了‘经验’生活的作者本人在生活和艺术之间受难(Passion)的精神！”①志贺直哉通过对艺术这种无伪的表现形式的追求来提升人生，奥斯特洛夫斯基则从神圣的人生中产生出无伪的艺术，这两者就是所谓“到文学的门”。

在后来的一系列文章中，胡风对 Passion 的理解和翻译并不统一，主要有“激情”和“受难”两种，前者重点强调情感的状态，后者重点阐明情感的品质。而 Passion 在胡风这里主要应用于两个论域：一个是作家对世界、对生活的主观态度，一个是作品中人物的精神状态，当然这两个论域在某种程度上具有相互映现的关系，都是对主体(作家或者人物)和客体(社会)之间的精神关联的凸显。作为胡风文艺思想的关键概念，学界对于“激情”观的研究是非常多的，不过笔者认为，对胡风“激情”的学理层次上的梳理，似乎还有空间。

---

① 胡风：《胡风全集》(第 2 卷)，湖北人民出版社，1999，第 429 页。

第一节 时代影响与理论溯源

胡风的“激情”观，并不是他自己的独创，而是西方文艺理论传统中一个非常重要的概念。对“激情”的考量，一方面要注意胡风接受“激情”思想的影响来源，包括共时的影响与历史的嬗变；另一方面也要注意胡风在运用“激情”这个概念时，他真正的所指，从而将胡风的“激情观”放在一个恰当的坐标系中，得到较为准确的定位。

一、时代思潮的碰撞与融合

胡风的“激情”观念，明显折射着时代思潮的光影，举其大者，主要来自以下几方面。

首先，“五四”时期以“人的觉醒”为标志的自由意志观念可以说是胡风“激情”观的精神根底。康德在《对这个问题的回答：什么是启蒙》中提出：“启蒙就是人类脱离自我招致的不成熟。…… Sapere aude(敢于知道)！要有勇气运用你自己的理智！这就是启蒙的座右铭。”①这种脱离权威和传统进行独立选择的勇气，其实就是自由意志，即陈独秀在《吾人之最后觉悟》中所提出的“伦理的觉悟”。胡风在《文学上的五四——为五四纪念而写》中指出，“五四”的新文学之所以叫“革命文学”，是因为它体现了伟大的革命精神，“不但用被知识分子发动了的人民的反抗帝国主义的意志和封建、买办的奴从帝国主义的意志相对

① 詹姆斯·施密特编：《启蒙运动与现代性——18世纪与20世纪的对话》，徐向东、卢华萍译，上海人民出版社，2005，第61页。

立,而且要用‘科学’和‘民主’把亚细亚的封建残余摧毁”①。而这种精神最典型的体现者就是鲁迅的作品,“由于他,文艺形象里面最初出现了人民的觉醒了的自由意志,同时也鲜明地被画出了这觉醒了的意志不得不和半封建半殖民地的黑暗现实苦斗的运命”②。正是基于对“五四”的高度肯定,胡风在抗日战争时期全面爆发、民族主义情绪高涨的形势下,依然坚持着反封建的立场,他在《关于鲁迅精神的二三基点》中认为,鲁迅一方面坚持民族独立解放,另一方面也坚持着“进步”的目标,所谓“进步”,也就是个性解放的精神。同样在“民族形式”论争中,胡风坚决反对向林冰的“民间文艺形式中心”的观点,他认为,“五四”不仅仅是建立了白话文这个语体形式,更重要的是他还介绍了“易卜生主义”,介绍了民主和科学,这些与传统文学、传统文化见解截然不同的东西,它是堪与西方文艺复兴运动媲美的现代中国的文艺复兴。

其次,俄苏时期作家作品及文学批评理论直接激发了胡风的“激情”观。“五四”以来,基于文学“为人生”的观念,中国大量引进了俄罗斯批判现实主义流派的作家作品,如普希金、契诃夫、别林斯基、托尔斯泰、爱罗先珂、高尔基等,而随着左翼运动的开展,对俄苏文学的介绍和翻译更是蔚为大观。作为“左翼”的批评家,俄苏文学及文艺理论对胡风自然产生了很大影响,胡风更有“中国的别林斯基”的美誉。而在文艺理论上,别林斯基就主张作家的热情,他认为:“热情是什么?——就是对某种思想的热情的体会和迷恋……那是被激起的情感的力量,他从人物的口中伴着炽热的语言的浪潮迸涌而出,这种独白,常常可以

① 胡风:《胡风全集》(第3卷),湖北人民出版社,1999,第637页。
② 同上。

看到人物受到某种思想的战栗的热烈的刺激，就是这种思想构成他的一切活动和他那甘于牺牲一切已达到自己目的的意志力之隐蔽的原动力。”①“但热情永远是在人的心灵里为思想点燃起来的激情，并且永远向思想追求——因此，这种激情是纯精神的，伦理的，神圣的。”②别林斯基在具体的文学批评实践中表现出来的对专制政权的不妥协的反抗、对底层人物的悲悯、对于现实的无伪的揭露和抨击、对自由的信念以及其明显的清教徒气质，这些要素同样也渗透在胡风的文学批评里，并被胡风总结为“主观战斗精神”。在作家作品方面，胡风盛赞爱罗先珂的童话“展开着万灵跃动的虽然是想象然而却流着人生热血的世界”③，认为普希金“歌颂叛逆，歌颂对于丑恶现实的憎恶情绪，歌颂对于自由的渴望”，而高尔基的作品在人压榨人的残酷的光景下面记录了“人对于人的爱，对于世界的爱，对于光明和自由的爱”④。而在《论现实主义的路》里，胡风对俄罗斯的批判现实主义文学作了高度的评价，“客观主义所缺乏的，正是批判的现实主义所有的，即抱着强烈的思想要求，通过那要求向现实对象艰苦搏斗的创作实践的斗争”⑤。

如果说俄罗斯批判现实主义奠定了胡风“激情”观的精神内核的话，罗曼·罗兰的“新英雄主义”则扩张了胡风“激情”观的生命维度。唐湜在《〈七月〉与〈希望〉》中评价“七月派”作家，认为：“一种新英雄主义的理想使他们在坚韧乃至坚忍的特立风格

---

① 别林斯基：《别林斯基论文学》，梁真译，新文艺出版社，1955，第51页。

② 同上，第53页。

③ 胡风：《胡风全集》（第2卷），湖北人民出版社，1999，第285页。

④ 同上，第353页。

⑤ 胡风：《胡风全集》（第3卷），湖北人民出版社，1999，第505页。

下从事一种巨伟的塑像的建造。”①这种新英雄主义即来自罗曼·罗兰。1926 年,《莽原》(半月刊)的“罗曼·罗兰专号”刊登了由鲁迅翻译,日本人中泽临川、生田长江作的《罗曼·罗兰的真勇主义》一文,剖析了罗兰的思想内核“英雄主义”,认为主要体现为两个方面:“在认识上,这成为刚正的真实欲;在行为上,则成为宣说战斗的福音的努力主义。”②也就是说,真正的英雄主义者是始终追求真实的人,是“在真实的底里看见‘爱’的,而且,这种爱不是抽象的观念与知识,而是可以实践的”。罗兰重视忍苦之德,但同时赞美战斗之德。因此,“他的英雄主义的中心,要而言之,即在真爱上的战斗。……神——生命——爱——为了爱的战斗”③。罗兰说:“我所说的英雄,是那些由心力而伟大的人。……世界上只有一个英雄主义——便是了解生命,而且爱生命的人。”④1932 年,白桦发表《克里斯朵夫与悲多汶——罗曼·罗兰的新英雄主义》一文认为:“罗曼·罗兰的新英雄主义,一方面是刚正的真理欲,同时一方面是‘战之福音’的努力主义。”⑤作者认为罗兰虽然强调忍苦主义,其精神内涵非常近于基督教,但是他又赞美战斗,则是立足于尼采的强力的个人主义。

与俄罗斯批判现实主义的作家相比,罗曼·罗兰的小说更多有着法兰西民族的热情、博大以及生命力的雄强,代表作《约翰·克里斯朵夫》即是“新英雄主义”理想的象征。小说对音乐

---

① 唐湜:《翠羽集》,山东友谊出版社,1998,第 16 页。

② 中泽临川,生田长江:《罗曼·罗兰的真勇主义》,鲁迅译,《莽原》,1926,第 7、8 期合刊,第 61 页。

③ 同上,第 65 页。

④ 同上,第 67 页。

⑤ 白桦:《罗曼·罗兰的新英雄主义》,《黄钟》,1931,第 7 页。

家约翰·克里斯朵夫的精神世界的描写，在繁复、壮阔中又有着奇异的单纯、明朗和热烈，主人公强悍、蛮性的主体似有纳庞杂的世界于一身的气魄和诗情，同时又有着卢梭式的诚实和自剖，不过在精神的深邃幽微上稍逊于俄罗斯作家。罗曼·罗兰对胡风的影响是明显的，胡风在给路翎的信中提到《约翰·克里斯朵夫》，认为："这是理想主义，甚至带有宗教的气息，但有些地方甚至使我觉得受了洗礼似的幸福。"①而胡风在《关于抽骨留皮的文学论》中，大声疾呼，"因而我们反对把青年变成和尚尼姑的'为人'上的'冷静'哲学，而要歌颂为民族为人民受苦受难的献身热情(Passion)"②，完全可以说是对罗曼·罗兰的"新英雄主义"的呼应，这也是"七月派"作家的精神旗帜。

正如路翎在《认识罗曼·罗兰》中提出："比起那些伟大的现实主义的作家来，他是更少底落到我们底这混沌的生活里面，他底崇高的境界缺乏深刻的细节。"③胡风的"激情"观，更多是来自于火热的生活实感的触发。胡风出身农家，自幼饱尝生活的艰辛，在20世纪20年代主动投身于革命实践活动，一直过着颠沛流离的生活。在《"霭理斯的时代"问题》中，针对周作人的对世界的"明净的观照"的态度，胡风所言的"赤地千里上的耕者或是在火热的沙石路上双足流血了的旅客呢"正是自己的自况。而对底层群众生活的深切关怀和切肤体会，使得胡风更注重作品里"愚夫愚妇"的"沉默的魂灵"后面蕴藏的情感力量。在《〈生死场〉后记》里，当论及寡妇们的号啕和抗争时，胡风写道，"这是用钢戟向晴空一挥似得笔触，发着颤响，飘着光带"④。在罗淑

---

① 胡风:《胡风全集》(第9卷)，湖北人民出版社，1999，第208页。

② 胡风:《胡风全集》(第3卷)，湖北人民出版社，1999，第28页。

③ 路翎:《路翎批评文集》，珠海出版社，1998，第14页。

④ 胡风:《胡风全集》(第2卷)，湖北人民出版社，1999，第433页。

的《生人妻》中论及农妇受到去猪圈“洗晦气”的屈辱时在给猪喂食时表现出来的自然情态,胡风指出:“这是农妇的灵魂……就是被人当作了蚯蚓似的东西,但对于合理生活的期望依然不死地在她的心里闪烁。”①因此,胡风主张“置身在为民主的斗争里面”,坚持直面生活,坚持“真实无毒素”。在给路翎的《财主底儿女们》序里面,胡风指出:“欢乐,痛苦,追求,这些原是‘我们时代的热情’(借用那个蒋纯祖的用语)还没有找出适当的表现语的那个 Passion 所必有的含义。时代的 Passion 产生了作者的 Passion 和人物的 Passion。”②

作为左翼的理论批评家,胡风的“激情”观不仅仅是对时代思潮的具体感应,更有着美学上的承接和建构。胡风在《论现实主义的路》中对黑格尔美学的分析和批判中指出,在黑格尔看来,艺术的任务就是要反映“激情”(Pathos),反映被这种激情所冲击而行动的人。胡风同意黑格尔的这个观点,认为“这个力量(即激情)就正是内容上的真假问题和艺术上的生死问题”③。值得注意的是,在由著名翻译家朱光潜先生翻译的黑格尔《美学》中,Pathos 这个词被翻译为“情致”。朱光潜先生在注释中特别说明,Pathos“本意有‘忍受’和‘怜悯’或‘恻隐’的意思,Passion(情欲)是从这个字来的,但是意义变了。Pathos 与古汉语中‘情致’相近,这在中国过去诗文评论里也是习用的字眼”④。在笔者看来,胡风其实是误读了黑格尔的“情致”观,但这种误读的背后,正揭示了胡风“激情”观的真实美学内涵。

---

① 胡风:《胡风全集》(第 2 卷),湖北人民出版社,1999,第 453 页。

② 胡风:《胡风全集》(第 3 卷),湖北人民出版社,1999,第 265 页。

③ 同上,第 534 页。

④ 黑格尔:《美学》(第 1 卷),朱光潜译,商务印书馆,1987,第 295 页。

二、崇高感:“激情”观的美学内涵

“美是理念的感性呈现”①,这是黑格尔对美的著名定义。而黑格尔意指的艺术中的理念,不是抽象的概念,而是体现为具体形象的现实,即艺术理想。而“艺术理想的本质就在于这样使外在的事物还原到具有心灵性的事物,因而使外在的现象符合心灵,成为心灵的表现”②。这种艺术理想,就体现为“活的个性”,即“典型”,其普遍性与个性的联结则是“情致”。“这个意义上的‘情致’是一件本身合理的情绪方面的力量,是理性和自由意志的基本内容。”③这种情致是艺术表现的中心内容。在黑格尔看来,以古希腊艺术为代表的古典型艺术最恰切地表现了这种“情致”。

黑格尔认为,在古希腊艺术中,精神意义与自然形象是互相渗透的,而“情致”主要体现在人的形象上面,如面孔、眼睛、姿势和仪表等,同时还有人的感情、事迹、际遇和行动,这些肉体作为精神的存在而属于精神。而在古希腊社会伦理中,城邦政治的理想信条浸入公民的个人生活中,个人的独立自由与现实政治处于和谐状态。而要通过个别的人的形象凸显精神,就需要对个体形象上的残疾、病态的东西进行“清洗”,呈现出静穆和悦的面貌,来容纳精神的和谐与完整。而基督教以来的浪漫型艺术,其最鲜明的特点是“内在主体性”的原则,即精神从自然界返回到自身,自己成为自己的认识对象。由于精神要代表普遍、永恒的伦理思想,它就必然要把自己从有限的人格提升到绝对无限

① 黑格尔:《美学》(第1卷),朱光潜译,商务印书馆,1987,第142页。

② 同上,第201页。

③ 同上,第295页。

的人格，因此，浪漫型艺术的表现内容是绝对的内心生活，其具体的形式是主体集中在自身上的情感，而不是外在的肉身形象。尽管这种情感也需要通过肉体、眼光、神色等来表露，但这种肉身不再是古希腊意义上的完美的身体，有时甚至是通过对肉体的践踏、侮辱和抛弃来表现精神的崇高，这显然与古希腊艺术理想大异其趣。它的发展最后撕裂了意义与形象的统一，艺术于是终结。

由此，我们可以看出胡风的“激情观”与黑格尔的“情致观”的联系和区别。黑格尔的“情致观”中，人的情感能力是现象，而欲求能力则是其意蕴或内容，这个方面与胡风的“激情观”所主张的对真理、思想的追求似乎是一样的。但是胡风与别林斯基所主张的情感的汹涌和激烈，对当下现实的怀疑、批判态度，与黑格尔所赞赏的古希腊的“高贵的单纯，静穆的伟大”的古典风格并不兼容，而更倾向于浪漫主义的感伤抒情。两种不同的情感态势也决定着其情感所包孕的伦理内容的差异，胡风、别林斯基的“激情观”中那种对现实的批判和理想的追求，实际上与浪漫主义艺术所表现的有限主体向绝对主体的追求并无二致。

其实，黑格尔的美学是将康德的“知、情、意”的平面并列结构改造为以欲求（或者说绝对精神）为目的的逻辑递进结构，他以巨大的历史感和丰赡的材料展开的“古典型艺术”与“浪漫型艺术”的论述，其理论原型其实就是康德的“优美感”和“崇高感”这两个美学范畴，古希腊艺术是“优美感”的艺术赋形，而“崇高感”则是浪漫型艺术的核心概念。

进一步深化对胡风的“激情”观的美学内涵的理解，我们就有必要从黑格尔回溯到康德、席勒的美学观念。康德，作为近代哲学的集大成者，其代表作《纯粹理性批判》《实践理性批判》《判断力批判》可以说是对人类的知性、情感、意志领域进行深入探讨的经典之作。在《纯粹理性批判》中，康德提出了“不是观念符合于对象，而是对象符合于观念”①的真理观，认为人先天有一套固定的认识框架，这种框架来源于主体自身的先验的自我意识的统觉，这是他的知性认识，一切科学知识的最高点。在此，古希腊的宇宙世界的绝对的“一”，已经被主体的先验自我意识的统觉的“一”所代替。在《实践理性批判》中，康德提出自由意志的自律的道德观，将基督教中上帝的绝对的自由意志，转移到主体道德实践领域中。更重要的是，在《判断力批判》中，康德创设了一个全新的领域——美学，美从古希腊宇宙神和基督教上帝的附属物中独立出来，回到了主体内心的情感当中。它不仅是连接思辨理性和实践理性的“拱顶石”，而且它本身就是自然与自由（古希腊精神与基督教精神）得以和谐共存的区域，同时它又有着自己独立的审美规范。在美的分析中，康德指出，在此类鉴赏判断中，主体与对象的表象直接融为一体，对象呈现为无目的的合目的性形式。这种美感正是基于可以被普遍传达的反思性的判断力，即人类的共通感——情感的“一”。而在崇高的情感中，由于对象的极端的“无形式”，使得我们的统觉能力无法将对象统摄为一个整体，因此想象力跳过知性与理性相和谐。不同于美的静观，在崇高中，更多地体现为内心欲求的激动，它是由认识过渡到道德的象征性的“桥梁”。

如果康德的审美判断只是自然与自由之间一条象征的彩虹桥的话，席勒则将这条彩虹桥转化为自然与自由在此嬉戏的桃花源。在《审美教育书简》中，席勒提出了审美的“游戏说”：“说到底，只有当人是完全意义上的人，他才游戏，只有当人游戏时，

① 康德：《纯粹理性批判》，邓晓芒译，人民出版社，2002，第22页。

他才完全是人。”①在游戏中，感性与理性才能自由协调，人才能既意识到他的自由，又感觉到他的生存，其对象是“活的形象”，而希腊人及其艺术就是一个典范。在《论崇高》中，席勒提出崇高感的表现形态，那就是痛苦与快乐交融的灵魂的战栗状态，而其道德内涵则是精神的独立自由，这种自由在某种程度上超越了美感的自由。“在美的事物那里，我们感到自由，因为感性冲动与理性冲动相和谐；在崇高的事物那里，我们感到自由，是因为感性冲动对理性的立法毫无影响，是因为精神在这里面行动，仿佛除了它自身的规律以外不受任何其他规律的支配。”②

席勒也曾就“激情”问题专文论述，他认为，激情分为“肉欲的激情”“痛苦的激情”“超感觉反抗的激情”三种。肉欲的激情即“使人熔化的情绪激动，仅仅温柔的感动”，“仅仅与人的外在状态有联系，与人的内在状态却没有联系”的激情，它们由于精神的空洞而导致的人的高尚力量的衰弱，它被排斥于艺术之外。痛苦的激情是“那些仅仅使感官痛苦而对精神没有补偿的情绪激动”，如害怕、惊恐、焦虑、恼怒、绝望等，这种激情支配下的人“仅仅是一个痛苦的动物，而不是一个受苦的人”，而不能表现出人对“痛苦的道德反抗”，因而也被悲剧艺术排除在外。超感觉反抗的激情是借助理性的理念，“通过克制”，也即通过意志努力与道德反抗“与情绪激动的斗争”而不是与产生情绪激动的原因做斗争的非本能的情绪激动，这种激情其实也就是“人格的激情”，即人在受难的境遇下表现出来的精神的自由。席勒之后，谢林将美定义为“以有限形式表现出来的无限就是美”③，正是

---

① 席勒：《审美教育书简》，冯至译，上海人民出版社，2003，第124页。

② 同上，第249页。

③ 鲍桑葵：《美学史》，张今译，商务印书馆，1997，第412页。

基于对于无限的追求，德国浪漫派的领袖弗·施莱格尔提出了“反讽”的概念，其核心是主体相对于客体，具体地说是诗人相对于客观世界的绝对自由，以及向着“无限”的永不停歇的然而也是绝望的追求。

因此，从上述的“崇高感”的分析中，我们可以清晰地看到，胡风的“激情”观所展现出来的那种对精神的追求，那种对未来的渴望，那种血液燃烧的炽热，都恰切地被“崇高感”这个美学范畴所阐释。那么，别林斯基的“热情”、康德的“崇高感”、罗曼·罗兰的“新英雄主义”……这些庞杂的内容，其内在的联结枢纽在哪里？20 世纪 40 年代，胡风在纪念罗曼·罗兰的文中对罗曼·罗兰进行了这样的评价：“他自己正是一个他所形容的，一手握着斧子一手捧着头的，身首分离的圣·约翰。他自己正是一个他所赞颂的忍受苦难、克服苦难的英雄。”①胡风的这个评价，给了我们重要的启示。

三、施洗约翰：激情的精神原型

康德的“优美感”与“崇高感”，是从自然（思辨理性）向自由（实践理性）过渡中的一种美学情感，优美感是对自然的体验，崇高感则是对自由的体验，实际上它就是存在于美学领域内的变形的希腊理性与基督教信仰，因此，“激情”或“崇高感”，其根基就在于基督教的信仰。

“激情”在古希腊哲学的观点中，是处于智慧的助手的角色。在《国家篇》中，柏拉图认为灵魂由智慧、激情、欲望三个部分组成，智慧起着主导作用，激情服从智慧，作为智慧的助手制约欲望，但激情并不是智慧本身，更多的和意志有点类似，而欲望是

① 胡风：《胡风全集》（第 3 卷），湖北人民出版社，1999，第 253 页。

贪得无厌的,受智慧和激情制约。在柏拉图的《会饮篇》中,柏拉图提出了"厄洛斯"的概念,他认为厄洛斯是介于神和人之间的精灵,是智慧和美的爱好者(这个厄洛斯类似于近代哲学中的主体),而"美的相"是厄洛斯所追求的对象。厄洛斯通过逻各斯,从个别的美开始,到美的灵魂、法律、制度、学问等等,一直到最后"突然跳跃"到最高的超越经验的"美的相"——作为世界灵魂的"神"。在《斐德罗篇》中,这种超越日常的世界向上攀升的渴念,灵魂对最高的真、善、美的爱被称为迷狂。

在对文艺的态度上,柏拉图的态度是厌恶和贬抑的。在《理想国》第 10 卷中,柏拉图一方面嘲笑诗歌戏剧对"相"的三重摹仿,另一方面谴责荷马史诗和希腊戏剧中对情感的张扬,逢迎了人性中的卑劣部分,毒害了公众的心灵,因此柏拉图提议将诗人剧作家逐出理想国。而亚里士多德则认为,诗人的职能不是记录发生的事,而是描述出于必然性、或然性而可能发生的事,因此艺术也是一种求知活动,受理性指导,对社会有益。在其《诗学》中,亚里士多德认为悲剧通过人物的过错和命运,从而产生认知性的恐惧与怜悯,起着道德净化和舒缓情感的作用,同时艺术的创作技巧、完美的形式,都给人以一种美感的熏陶,而这种伦理道德,是受理性支配的。

希腊化时代的斯多亚派则继承了苏格拉底的观点,认为人的灵魂只是理性的,激情也是理性,不过是错误的理性,是对宇宙理性的偏离或过多沉湎于外物,理性与激情的斗争就转为理性内部的斗争。斯多亚派认为,由于宇宙理性已经把世界安排得井井有条,人分有着宇宙理性,那么人的道德就应该是按理性生活。斯多亚派突破了希腊城邦和国家的限制,提出了世界公民的概念,认为每一个公民(包括奴隶)都因分有着宇宙理性而有独立自主的人格。而同期的伊壁鸠鲁则认为快乐是至善的,但这种快乐并不是感官性质的强烈的快感，而是有教养的、审视权衡过的惬意的恬静。总之，古希腊哲学的理想是沿着逻各斯的道路，将个人归融为宇宙的普遍“一”中，静观、安宁的理性始终是真善美的最高标准，而激情，或者作为理性的助手，或者作为理性的敌人。

如果说理性是希腊思想的关键词，信仰则是犹太教以及基督教的关键词。上帝从无中一举创造了世界，并与摩西订立了契约。然而，出于愚昧和骄狂，人类背叛神圣的契约，遭到上帝的惩罚，信仰上帝的“余剩者”则得到救赎。而以色列的先知，就是这些虔信上帝并代言上帝的“余剩者”。先知，就是“纯粹个人性之卡里斯玛的拥有者，他基于个人所负使命而宣扬一种宗教学说或神之诫命”①。所谓卡里斯玛，就是因具有普通人所缺乏的超自然以及超人的禀赋，从而能够感召和激发他人的魅力。在古代以色列，先知是与祭司、国王传达耶和华旨意的激烈竞争者。这些先知，听到了上帝的命令，他们走向人群，大声宣扬着上帝的言论，预言着以色列由于偶像崇拜、淫乱、不信上帝而发生的灾祸，训谕人们要谦卑，虔信上帝，遵守律法。这些先知身上最大的特点就是那种忘我的激情，这种激情既不同于当时农耕祭祀时的性迷狂和酒迷狂，也不同于希腊哲人的理智的迷狂，而是出于对上帝之言的强烈的确信，以及践行上帝命令的紧迫感。

个人性的召唤，是先知和祭司的重要区别。祭司起源于以色列对于牺牲的供奉，后来，这种牺牲祭渐渐转化为因背弃与耶和华的契约而导致过错的赎罪祭。这种赎罪祭更多地用来探求

① 韦伯：《宗教社会学》，康乐、简惠美译，广西师范大学出版社，2005，第57页。

神的意旨、教导,追问触犯意旨的过失。起初,王权有着祭司地位的任命权,也支配着祭祀的供养,但随着利未族的世袭性祭司地位的确立和强大,随着王朝的衰落,祭司逐渐取得了独立性的律法教谕的权利。他们通过赎罪祭、赎愆祭、斋戒等手段,传达耶和华命令的纯粹理性的知识,借此免除即将面临的灾祸,从而获得自己的威信。而先知,则是得到耶和华的默示,通过自身的口述来直接传达耶和华的意旨。如《以赛亚书》第八章中,“耶和华对我说”,第二十二章“主万军之耶和华这样对我说”等等。能否得到耶和华的神旨,全在于先知本身的禀赋。这种与神直接接触的垂直性,使得先知更强调内在心志伦理意义上的“心的包皮的割礼”,而区别于祭司的仪式主义。

传达清楚确定的神的启示,使得先知与巫师区别开来。在这点上,先知和祭司有着更多的共同点。尽管先知和巫师都靠着从奇迹和启示所表现出来的个人天赋来发挥影响力,两者在传达神旨时都有着某种“忘我”的迷狂,不过巫师主要是通过非理性的手段(如咒语、法术)来强制自然。而先知的忘我,更多地来自于对神旨的强烈的确信,衡量真假先知的并不是这种忘我,而是先知所传达的神的旨意是否符合神的律法,是否遵循了神的契约,在此,先知普遍表示了谦卑的服从。

对于偶像崇拜的厌恶和谴责,显示了先知犹太一神教的纯正立场。在《以赛亚书》《耶利米书》《何西阿书》中,先知们不仅对当时的巴比伦等地的偶像崇拜进行谴责,同时也谴责了以色列人对受巴比伦神观影响的地方神的祭拜。当时以色列最有典型的就是“巴力崇拜”,所谓“巴力”,主要是农耕时代的土地神,此外还有以牛犊像而被膜拜的哈达德等。以色列先知不仅反对这种偶像崇拜,更反对在这种祭仪中的酒的狂迷与性的狂迷,如田地里的仪式性交,纵酒乱舞等。同样基于对耶和华的信仰,先知对以色列的王，几乎没有过多的谀颂(除了摩西等少数人)，经常见到的是对王的谴责甚至咒骂，认为他们背叛了与耶和华的神圣契约，才导致当前或今后的政治灾祸，从而遭到王的羞辱甚至报复。

对宇宙世界意义的探询的淡漠，使得先知明显区别于希腊人文知识分子。韦伯用“反文化”来归结以色列先知的态度，他认为，在纯粹宗教因素的影响下，“不只是一般而言对一切审美的和一切高贵生活样式的价值，而且也对一切世俗的智能，他们无不冷眼以待”①。而古希腊的人文主义知识分子，从泰勒斯到亚里士多德，从荷马到阿里斯托芬，在他们的笔下，无不凸显出对宇宙、对世界、对生活的热爱、惊奇和惬意，“‘生命的力量在生活赋予的广阔空间中卓异展现’。这是古希腊人对幸福下的一个古老的定义”②。而他们心目中的宇宙，则是一个理性、和谐、完美的空间，理性的人则是这个世界的艺术品。相比较而言，以色列先知所面对的世界，则是一个破败、淫乱、动荡不宁、没有公义的社会，而这一切，恰恰是因为人的堕落，对耶和华神圣契约的背叛。先知借耶和华之口，诅咒着这个世界，但同时，先知又深深地爱着这个世界。在先知书里，不论以色列一次又一次地背叛耶和华，耶和华在惩罚之后，仍然满怀爱心地来拯救以色列，拯救遵循上帝契约的“余剩者”，预约着“奶与蜜”的将来。在先知眼中，耶和华是个大能者，是个行动的战神，而不是永恒秩序的神；而与神结合，不是理性的沉思，而是无条件执行神的指令(甚至包括类似于何西阿不断地遵循神的指令一次又一次地

① 韦伯：《古犹太教》，康乐、简惠美译，广西师范大学出版社，2005，第 364 页。

② 依迪丝・汉密尔顿：《希腊精神》，葛海滨，华夏出版社，2008，第 18 页。

娶妓女为妻)的焦虑,激烈地甚至恶毒地批判当下的社会,宣告神的审判和救赎。

随着耶路撒冷圣城的陷落,玛拉基之后,以色列几百年来再没有出现过先知。而在希律王在位时,旧约的最后一位先知,同时又是耶稣的开路先锋——施洗约翰出现了。据《圣经》记载,在基督开始传福音之前,约翰就在旷野向犹太人施洗,劝勉悔改,声称:"天国近了!你们应当悔改。"①而他的职责是"预备主的道,修直他的路"②。施洗约翰是旧约时代的最后一位先知,他的装束和言行带有着先前以色列先知的特点。施洗约翰对先前以色列先知的突破,就是大胆提出了以色列并不是上帝永恒庇佑的选民,"不要自己心里说:'有亚拉伯罕为我们的祖宗。'我告诉你们,神能从这些石头中,给亚拉伯罕兴起子孙来"③。而上帝真正庇佑的是那些心转向上帝的真正的信徒。施洗约翰的观点,既是对以往以色列先知注重内在心志伦理升华的观点的最终阐发,个人对上帝的信仰,对上帝旨意的遵循,这种"心的包皮的割礼"成为衡量选民的最高标准,最终突破了以色列本身的民族主义框架,真正使上帝从一个民族神成了世界神。另一方面,施洗约翰将以色列先知与祭司以及后来的法利赛人的内在冲突,发展到了全面决裂,为后来《新约全书》的感恩主义对律法主义的代替奠定了基础。

而施洗约翰在基督教中的作用,一是"预备人心,为接受耶稣的真理开辟道路"④。二是"悔改的洗礼不仅是仪式,还要求

---

① 《新约全书和合本》,第 2 页。

② 同上。

③ 同上,第 3 页。

④ 曹圣洁:《施洗约翰的见证》,《天风》,2008,第 24 期,第 19 页。

结出果子"[1],施洗约翰批判了法利赛人的唯律法主义和撒度该人的只注重外表的做法,提倡用实际行动践行悔改,诸如要求税丁"除了例定的数目,不要多取"等。三是"谦卑自己,让主显大"[2]。约翰坦承自己并不是救世主,而耶稣才是应许的救世主。"但在我以后来的,能力比我更大,我就是给他提鞋也不配"[3]。总之,施洗约翰是通向耶稣、通向新约的桥梁。

第二节 "主观战斗精神"论

"主观战斗精神"是胡风"激情观"的一个重要内容。本章笔者主要从两个角度来论述,一是通过胡风与现代作家,特别是学院派作家的争鸣来延伸出胡风的"主观战斗精神",另一是通过胡风对世界左翼文学(包括鲁迅)作家作品的评价来正面阐述胡风的"主观战斗精神"的内涵,力图能够较为全面地把握胡风"主观战斗精神"。

一、"幽默"与"霭利斯的时代"

20 世纪 90 年代以来,中国现代文学史上的学院派文学(包括 30 年代的京派文学和抗战以来的西南联大作家群)开始得到了广泛深入的研究和肯定,这也是与学院派文学在现代文学的中坚地位是相称的。自"五四"到中华人民共和国成立的三十多年里,学院派文人始终是现代文学创作的主要群体和艺术标杆,他们丰厚的学养、自由主义的理念、对传统和现代的"兼容并包"

① 曹圣洁:《施洗约翰的见证》,《天风》,2008,第 24 期,第 20 页。
② 同上,第 21 页。
③ 《新约全书和合本》,第 3 页。

的胸襟已经成为历史上一道不可再现的风景。同时,学院作为西方现代思想的高品质的“蓄水池”,自“五四”以来一直是启蒙思想的大本营,如果按照柏拉图的“洞喻”理论,我想大多数人的“走出洞口,观看世界”的启蒙时期似乎也许就在大学时期。因此,当我们以现在的眼光再去审视当年的左翼文学与京派文学的论争,再来观照胡风对林语堂、周作人、李长之、朱光潜等人的批评,也许就多了几层复杂的意谓。

当然这种复杂,也是胡风面对林语堂和周作人这些批评对象的情感的复杂,一方面,周作人和林语堂作为“五四”时期以来的重要作家,他们都作出了自己的重要贡献。周作人的“人的文学”的提出,将“五四”文学的精神凝聚为“人的觉醒”这面高扬的旗帜,而林语堂在《语丝》时期的文章,“浮躁凌厉”,匪气纵横,很是打了几场有声有色的笔仗,这些都成为胡风对“五四”文学的生动记忆。作为“五四”运动中成长起来的青年,胡风与周作人和林语堂等毋宁有着精神上的承接关系,后辈向前辈论战,情感自然是百感交集。另一方面,20 世纪 30 年代以来随着国民党统治的逐渐稳固,知识分子的分化,京派、海派、左翼的局面已大抵形成,周作人、林语堂的思想较之“五四”时期已经发生了较大的变化。罗钢先生认为,“五四”时期周作人的“人的文学”理念中所包含有四个要素:厨川白村的灵肉一致的进化人性观,个性主义,基督教和 19 世纪俄国文学中的人道主义传统,武者小路实笃的新村主义。而随着周作人新村理想的破灭,随着心理学家霭理斯的影响的加剧,周作人逐渐放弃了“人的文学”中人道主义和新村主义的部分,只剩下个性主义和灵肉一致的人性观部分。而在文艺观点上,“进一步扩大和强化自我表现的艺术观，另一方面又逐步削弱竟至完全取消了艺术的社会使命”①。同样，20 世纪 30 年代林语堂的“闲适”“幽默”则代替了早期那严肃的“剪拂”气。而处在被殴打、驱逐、缉捕的严峻的生存环境中的胡风，看到昔日文化偶像的当下面容，不免有着“偶像破灭”的酸楚和愤激。

在《林语堂论》中，胡风写到林语堂的“黄金时代”时，用了“不胜今昔”四个字，文中自然是描述林语堂《剪拂集》序言的笔调，但未尝不可以看作是胡风对林语堂的百感交集？当年的林语堂，发动“打狗运动”来“肃清”投身在当时北洋政府下面的“文妖”；“坚决主张欧化，反对国粹主义”；主张“性的改造”，主张“骂人的必要”；这些充满朝气、“发芽吐叶”的战斗成绩，在胡风看来，即使有着这样那样的不足，也无碍那辉煌的存在。

汪晖在他的长篇论文《中国现代历史中的“五四”启蒙运动》中细密地分析了“五四”启蒙运动的“态度同一性”问题。汪晖认为，西方的启蒙运动，“几乎在一切知识领域——自然哲学、心理学、认识论、宗教、历史、法和国家以及美学等——进行重新思考”，具体来讲就是“抛弃了 17 世纪形而上学的抽象演绎的方法，而代之以分析还原和理智重建的方法”②。而“五四”运动，更多的是用各种新的思想来批判和否定中国几千年来的封建传统，提出“人的解放”“民主”“科学”等现代思想，“并没有人从思想启蒙的方法论特征这一基本线索来描述‘五四’启蒙思想的复杂内涵”。这里面既有“五四”期间宣扬的各种新思想对中国社会结构和历史过程的“悬浮”性，还有着各种“异质”学说的并存。

① 罗钢：《历史汇流中的抉择——中国现代文艺思想与西方文学理论》，中国社会科学出版社，1993，第 30 页。

② 汪晖：《汪晖自选集》，广西师范大学出版社，1997，第 338 页。

在这种“情感的同一性”中,实质上是“‘人’试图从各种实体的或观念的桎梏中获得解放”的无政府主义思潮。从俄国引进的马克思主义思潮,由于其完整的、逻辑严密的世界观和方法论,满足了知识分子对中国社会问题进行“根本解决”的心理期待。“马克思主义不仅解释了历史和现实,而且也为他们找到了自己的位置和回到自己的社会的道路”①,这就是从叛逆者成为解放者,从“人的解放”的鼓吹者变成了“阶级解放”的信仰者和实践者,而20世纪30年代的左翼知识分子相对“五四”时期的知识分子“也许斗争更加艰苦,然而内心却获得了安宁”②。

不过,汪晖所提出的“五四”思想的“态度同一性”,其实暗含着西方近现代思想中具有相当深度的一个课题:自由意志。康德在《对这个问题的一个回答:什么是启蒙》中提出:“启蒙就是人类脱离自我招致的不成熟。……Sapere aude(敢于知道)!要有勇气运用你自己的理智!这就是启蒙的座右铭。”③这种脱离权威和传统进行独立选择的勇气,其实就是自由意志,这里,康德进行考量的不再是知识性的方法论问题(运用什么),而是道德实践问题(敢不敢运用)。这个道德实践或自由意志问题,是有着浓厚的基督教的影子的。尽管“五四”时期的知识分子并没有建构出像西方17世纪那样的坚实的方法论基础,但它毕竟为建构新的体系提供了可能的条件。

“五四”以后知识分子的分化固然除了政治因素,也有“五四”期间西方错综复杂的思潮在中国进行沉潜、吸收、消化、对话的文化因素,而这一方面,学院派知识分子可以说取得了相当大

---

① 汪晖:《汪晖自选集》,广西师范大学出版社,1997,第338页。

② 同上。

③ 詹姆斯·施密特编:《启蒙运动与现代性——18世纪与20世纪的对话》,徐向东、卢华萍译,上海人民出版社,2005,第61页。

的劳绩。就新文学来说,周作人、林语堂等人的文学探索和创获,是无论如何都抹杀不了的。但是,就林语堂来讲,从“浮躁凌厉”到“幽默性灵”,并不能说一点都没有“犬儒”的影子。同样在《剪拂集》序言中,林语堂曾言:“头颅一人只有一个,犯上作乱心志薄弱目无法纪等等罪名虽然无大关系,死无葬身之地的祸是大可以不必招的。”我们并不低估林语堂及其所创办的《论语》等杂志所具有的意义,同时也不回避“论语”时期的林语堂的较之“五四”时期的某种“后撤”倾向(当然也应抱着理解的态度)。面对胡风的批评,林语堂并没有回应。而周作人,因胡风论林语堂中涉及蔼理斯,云“蔼理斯的时代已经过去了”,针对这个观点,他写了一篇《蔼理斯的时代》作为回应,认为蔼理斯的时代从来没有到来,又何曾云过去。而胡风则写了《“蔼理斯的时代”问题》对周作人的回应进行“回应”。

在这篇回应文章中,胡风认为,周作人主张的蔼理斯的心理学,在破除关于性的迷信和道德成见方面,“是寄予了进步的意义的”。但如果离开社会,单纯从“性心理”方面了解社会制度,把人还原为“纯自然性”的东西,这就使得对社会问题的理解出现偏差。当然,这并不是胡风和周作人的分歧的焦点。焦点是对人生、社会的态度问题,胡风鲜明地亮出了与周作人的“明净的观照”的不同态度,那就是周作人所讥讽的“教徒的热诚”。面对周作人所言的“天天看着日出于东而没于西,却总期望明天是北极的一个长昼,不,便是那么把太阳当作水月灯挂在头上的无穷尽的白天”①,胡风给予了很有力的反驳:

是的,世事很凄惶,熙熙攘攘的众生大都无法保持明净

① 胡风:《胡风全集》(第2卷),湖北人民出版社,1999,第88页。

> 的观照态度,但那错处并不是凡俗的他们"一心念着安养乐邦以至得度"或期望明天是"那么把太阳当作水月灯挂在头上的无穷尽的白天",要不过是为了知堂先生在"浮躁凌厉"的时代也向我们说过的"求生"以至"求胜"这一笔"孽债"耳。知堂先生怪我们没有"明净的观照",但他不晓得对于陷在"孽海"里的我们那只是一个可望而不可即的太虚仙境;他看不起我们的"教徒般的热诚",但我们却正是因为不能皈依一个上帝才没有法子来麻醉掉在这个现实社会里所受的肉体上的、精神上的苦恼。我不懂,连生命都朝不保夕的中国大众为了"求生"为了"求胜"的"热诚"为什么反而是可嘲笑的东西?知堂先生"身入地府","如实地观察过去",然而却鄙视现在身在"地府"的我们想争取一个较好的明天!他希望我们感谢那曾为晨光之垂死的落日,但如果我们并不是苦雨的诗人而是赤地千里上的耕者或是在火热的沙石路上双足流血了的旅客呢?①

可以说,胡风这一段剖白,是左翼作家对周作人批评中最有力、最庄严的观点,某种程度上也可以说是胡风苦涩的"谢本师"。胡风所言的"求生""求胜"的"孽债",其实就是周作人在"五四"时期所发表的《人的文学》《平民文学》《平民的与贵族的》中的观点。周作人认为,平民精神可以说是叔本华所言的求生意志,贵族精神便是尼采所言的求胜意志了。"前者是要求有限的平凡的存在,后者是要求无限的超越的发展"。而针对"五四"新文学,周作人提出了自己的意见:"我想文艺当以平民的精神为基调,再加以贵族的洗礼,这才能够造成真正的人的文学。

① 胡风:《胡风全集》(第2卷),湖北人民出版社,1999,第88页。

……从文艺上说来,最好的事是平民的贵族化——凡人的超人化,因为凡人如不想化为超人,便要化为末人了。"①周作人这"人的觉醒"的思想,曾经作为胡风这代人的精神宣言(胡风在关于"五四"运动的所有论述,均是将"人的觉醒"作为"五四"的精神主题)。然而当学生执着火把前行时,却看到"导师"黯然转身的面影。

舒芜先生在《周作人的是非功过》里,对周作人的文化心态曾专章论述。舒芜认为,周作人身上具有18世纪启蒙主义者的质朴明朗的理智,而又有着现代人清醒的悲哀。周作人的现代意识表现为绝望的历史观,即"尼采的世事轮回观"。其实,就思想本身来说,尼采的永恒轮回与周作人的"暗黑的新宿命观"并不完全合辙,周作人的"轮回""重来"等思想观念更多是基于对中国历史、对人性的认知和洞察。正是基于这种历史观,周作人对左翼知识分子的历史观进行了讥诮,"浅学者流妄生分别,或以20世纪,或以北伐成功,或以农军起事划分时期,以为从此是另一世界,将大有改变,与以前绝对不同,仿佛是旧人霎时死绝,新人自天落下,或从空桑中跳出来,完全是两种生物的样子:此正不学之过也"②。

在这里,胡风和周作人的争端,其实并不在一个层面上讨论问题。周作人讥诮的是左翼知识分子将这种历史观当作认识性的真理看待,而胡风则是将其当作"求生""求胜"的道德行动,更强调其自由意志的层面。在胡风看来,"身在地府"的受难的"愚夫愚妇"固然不是"圣人",但其精神解放的欲求恰恰是改变现实的最重要的精神动力,这也是他们的精神尊严。同样,北伐、农

① 周作人:《自己的园地》,河北教育出版社,2002,第88页。

② 周作人:《永日集》,河北教育出版社,2002,第63页。

军起事,并不是所谓的“新人自天落下,或从空桑中跳出来”,而如胡风在《生死场后记》中写到的:“蚊子似地为死而生的他们现在是巨人似地为生而死了。”①它是一个被意义照亮的、与日常生活迥异的瞬间,它是对自由的呼唤,即使这个瞬间过后,呼唤的声音消失,生活仍然如常,但被理性所拷问过的现实生活也暴露了其虚无的本质。正如鲁迅所言的:“从来如此,便对么?”②

二、“天才”论

在中国现代文学史上,李长之是最为多产的学者和批评家之一,1935 年,25 岁的李长之发表了我国第一部系统评论鲁迅的专著,从此奠定了他作为著名青年批评家的地位,至 1956 年,他才 46 岁,却已出版了近三十种著作和译著,所撰写的单篇文章也在百万字以上。李长之本人更着重提倡“批评精神”,所谓“批评精神”,明确地说:“就是正义感;就是对是非不能模糊、不能放过的判断力和追根究底性;就是对美好的事物,有一种深入的了解要求,并欲其普遍于人人的宣扬热诚;反之,对于邪恶,却又不能容忍,必须用万钧之力,击毁之;他的表现,是坦白,是直爽,是刚健,是笃定,是勇猛,是决断,是简明,是丰富的生命力;他自己是有进无退地战斗着,也领导人有进无退地战斗着。”③而“不批评则已,批评当然要分析得鲜血淋漓”,“不但好坏要分明,就是好之中的坏,坏之中的好,也要分明”④,这就是李长之反复倡言的“理智的硬性”。

---

① 胡风:《胡风全集》(第 2 卷),湖北人民出版社,1999,第 432 页。

② 鲁迅:《鲁迅全集》(第 1 卷),人民文学出版社,1981,第 428 页。

③ 李长之:《李长之文集》(第 3 卷),河北教育出版社,2006,第 213 页。

④ 同上。

胡风对京派批评家李长之的了解，更多地来自于鲁迅，鲁迅在致胡风的书信中，称李长之为“李天才”，并言“我和他恐怕终久是弄不好的”，这大概也是胡风对李长之比较反感的原因。而在20世纪30年代，胡风就针对李长之的《大自然的礼赞》发表了一篇反驳的文章《自然·天才·艺术》，对李长之的天才观进行了针锋相对的批评。

值得提出的是，像李长之这样注重批评精神、对作品严苛以求的人，他在评论胡风的论文集《看云人手记》时，却难得地流露出称许。李长之认为，胡风的《看云人手记》尽管是旧稿，“却依然感觉那在沉着洗练的笔底下的内容之充实和沁人心脾”①。在具体的文本分析中，李长之认为，胡风的纪念鲁迅的《悲痛的告别》，“却也显示了作者有着抒情的然而也同时是矫健的笔锋”②。胡风对高尔基的评价“不失为颇中肯綮的见地”，胡风和周扬关于“典型”问题的论争，“胡风的阐说是精到而且有益的”，胡风对艾青和田间的评论，“仍若有先见之明”。总之，《看云人手记》尽管也有高头讲章的语调，“然而细密和深沉却也是有的，社会的立场和现实主义的呼号是一贯着，也坚定着”③，“对文艺工作者也仍是有些助益了”。

李长之在文艺思想上的一个重要观点就是“天才”观，他在《论天才》中完整地阐述了他的“天才观”。李长之认为，所谓天才，就是“对应当做的事，就以为能做，那趣味是浓烈的，不信达

---

①　李长之：《李长之文集》（第4卷），河北教育出版社，2006，第210页。

②　同上。

③　同上，第212页。

不到目的,所以叔本华说天才是勤勉来的"①。当然,天才不仅仅是勤勉,还应当有"个性","个性的发挥是一个人的独创性(Originalitat),被派作天才的人便是的,康德(Kant)即如是说"②。另外,天才还应该有像陀思妥耶夫斯基那样的"人类的灵魂深处的一致点"。总之,勤奋、独创、坚韧、深刻是李长之对"天才"的画像,这种天才其实类似于西方的"爱智者"。天才的对应者则是"愚妄者",在《愚妄者的脸谱》中,李长之刻画了愚妄者的形象。首先,"愚妄者多半是某一种意味上的虚无主义者。他们无所赞成,也没有信心,对别人总是在怀疑着,对自己则是在气馁着"③。其次,"愚妄者绝不求进步,也绝不愿见人进步"④。再次,"愚妄者反对说人坏话,可是反对的结果,只把坏话退还给原来说这坏话的人即足,并不取消坏话中真理……即此为止,愚妄者便以为自己已经胜利了"⑤。

在《大自然的礼赞》中,李长之认为,大自然是一个"堂皇伟大,神秘而崇高的剧场",而人类则是"最不自量,而又最不安分的动物"。作为人类的母亲,"大自然有种种律则",但这种律则,愚妄人是不可解的,"她呈现给愚妄的人们的,就是驳杂和混乱"⑥。而只有"天才"——"大自然的娇儿"——才能猜出大自然的律则,"大自然在天才们的跟前,却是和悦的,她那条理和秩序,完全启示于天才"⑦。大自然有情感,而且喜欢表现出情感,

---

① 李长之:《李长之文集》(第 8 卷),河北教育出版社,2006,第 284 页。

② 同上,第 285 页。

③ 同上,第 298 页。

④ 同上。

⑤ 同上,第 299 页。

⑥ 同上,第 328 页。

⑦ 同上。

它是“感官的”“色相的”“大艺术家”，而大自然的艺术“是生的表现的艺术”，而天才，则是大自然的艺术品。

胡风在《创作》第1卷第3期上发表《自然·天才·艺术》对李长之进行了反驳。胡风认为，在当时泛滥中国的长江水灾中，在“日晒水蒸，风餐露宿，疫瘟蔓延，罹霍乱暑痧死者不可数计”的惨况中，受难的“愚妄的人们”何尝可能对这个“大自然的艺术”进行讴歌？即使是大自然的“娇儿”——天才——如厨川白村毁于地震，雪莱难于大海——大自然又何尝给予爱惜？而如李长之列举的“天才”高尔基，却不肯作大自然的肖子，他认为：“对于自然的赞辞就是对于暴君的赞辞，那口气里差不多使人常常想到祈祷的东西。”①因此号召诗人同自然“斗争”，同样费尔巴哈也主张不愿在神学的意义上把自然神化。

其实，胡风对李长之的反驳某种程度上是一种误读，李长之的自然、天才等，均属于艺术的领域或范畴，与现实生活中的大自然并不等同，而天才，大致也就是所谓的爱智求真者，并没有所谓的自恋、自负的味道。而李长之的观点大概来自于他所服膺的德国古典哲学、文艺界的名家如康德、席勒、歌德、温克尔曼、宏保耳特等人那儿。如康德从主观能力的角度考察了天才的特点，认为：第一，天才是艺术才能，不是科学才能；第二，作为艺术的才能，天才以知性与想象力的一定关系为前提；第三，天才不是表现一定的概念而是表现审美观念的能力；第四，天才是在想象力与知性的协调中表现出来的主观合目的性。把这些因素综合起来，天才的定义是：一个主体在其认识的诸能力中自由运用天赋才能的典范式的独创性，“独创性”仍然是这个定义的关键，康德的天才观是李长之的“天才观”的重要借镜。而温克

① 胡风：《胡风全集》（第2卷），湖北人民出版社，1999，第117页。

尔曼的艺术观也深深地影响着李长之，在《德国的古典精神》中，李长之论及温克尔曼："以我看，他的根本精神，从头到尾是人间的，是感官的；但是他要从人间的、感官的之中超越而出，所以他要求理智，要求完人，这种努力寻求的方式，也就恰是一切艺术所要求通行的，因为这，他爱艺术。"①无疑，这种对理性、对完人的追慕洋溢着浓浓的希腊情结，这也是李长之所心折的。在对梁实秋的文论集《偏见集》评论时，李长之就表现出与梁实秋的古典主义所不同的理论趣味。他认为，梁实秋所师承的白璧德人文主义在文学上的批评标准，有着许多需要讨论的地方。李长之不完全同意梁实秋所主张的"谦抑忍耐"的道德标准，认为"文学既是天才的产物，其中道德性，就不是流俗的表面的道德，乃是一种更根本的更远大的东西"②，对于后者来说，文学可能表现出来的是非道德甚至反道德的色彩，如屈原，尽管他也披发狂吟、不修边幅，无碍他的伟大。如何在文学中表现道德，李长之也不同意梁实秋所主张的"题材的道德性"，认为："艺术的制作，不是照相，在他描绘的对象中间，是已渗入作者人格的，假如这种人格是伟大的，就确已表现了伟大的道德无疑了。"③对于梁实秋对"象征派""印象派"等现代文学的不满，李长之认为，只要是达到了艺术的境界，则可以达到道德性。而"人文主义派的批评，正如斯宾加（Spingar）所指明的，缺少一种美学的见

---

① 李长之：《李长之文集》（第 10 卷），河北教育出版社，2006，第 462 页。

② 李长之：《李长之文集》（第 4 卷），河北教育出版社，2006，第 101 页。

③ 同上，第 102 页。

地"①。在这篇论文里，李长之还表达了对社会主义思想的同情，他反对梁实秋对无产阶级的偏颇的观点，认为自古以来的大思想家，多多少少带有社会主义的色彩，因为那里有人类真正的福利，"能够发展其所长的社会，才是我们理想的社会，也就是社会主义社会"②。

不过，在对自然的态度方面，德国古典哲学家中，席勒就已经与康德有了分别，在对《拉奥孔》的分析中，席勒指出，为了解救危难中的孩子，拉奥孔克服了人自身的"自我保存"的本能，自由选择牺牲自己，他的这种牺牲，就是对"受苦的自然"的"道德的反抗"，体现了主体自身至上的尊严。而他在《论朴素的诗与感伤的诗》的论文中，更是论述了不同于希腊风格的"感伤的诗"，他认为"感伤的诗"在为题材"赋形"时表现出自己的人格追求理想的力量，而这种理想，恰恰不再是通过自然，而是通过历史来凸显出来，这样就从审美道德的角度开启了历史哲学，后被黑格尔、马克思等人发扬光大。

当然，胡风对李长之的"天才观""自然观"的反驳，更多地带有着现实的意义，强调作家要将自己的目光投向现实的火热的生活，而不是名士似的自我欣赏。后来的在《文艺界的风习一景》中，胡风将参加抗日宣传的学生与"奴视一切"的画家张大千进行对比，明显地表明自己的倾向。胡风认为："北平以及全国的青年学生英勇地翻开了民族解放史诗的一页，在这一页会写上一些什么诗句，这完全要凭人民大众自己的力量决定。作家也是社会的人，不能逃脱民族的命运。在这个生死存亡的关头，

① 李长之：《李长之文集》(第 4 卷)，河北教育出版社，2006，第 102 页。

② 同上，第 104 页。

敏感性最强、影响力最大的进步的作家们一定有一番新的奋起,新的努力。"①而在后来的《关于抽骨留皮的文学论》中,胡风更是开宗明义,强调了现时代的作家要"歌颂为民族为人民受难的献身热情(passion)",要"堂皇地拿出战斗的现实主义立场:'能杀才能生,能憎才能爱,能生能爱才能文。'"②

三、预言与批判的"诗人"

胡风坚持文艺对人民群众的唤醒作用,坚持文艺在政治革命实践中的先锋地位,对于作家,胡风同意厨川白村"作为预言者的诗人"的看法,并称鲁迅就是作为预言者的诗人,在《关于"主题积极性"及与之相关的诸问题》中,胡风就号召革命作家要克服在牺牲面前的畏缩悲观的失败情绪,争做"走在时代前面的自愿背上十字架的战士们的模范",而在《向罗曼·罗兰致敬》《罗曼·罗兰断片》中,胡风更明确地将诗人的角色功能譬喻为出现在耶稣的前驱的施洗约翰:"他自己正是一个他所形容的,一手握着斧子一手捧着头的,身首分离的圣·约翰。他自己正是一个他所赞颂的忍受苦难、克服苦难的英雄。"③胡风对"诗人"(作家)的"施洗约翰"的定位,自然不是他的独创。我们在恩格斯对但丁的"中世纪的最后一位诗人,同时也是新时代的最初一位诗人"④的评价里可以发现其渊源关系。而对胡风文艺思想有明显影响的卢卡奇,在其被誉为"西方马克思主义的'圣经'"的《历史与阶级意识》中也明确提出:"马克思主义的正统绝

① 胡风:《胡风全集》(第2卷),湖北人民出版社,1999,第417页。

② 胡风:《胡风全集》(第3卷),湖北人民出版社,1999,第28页。

③ 同上,第243页。

④ 恩格斯:《马克思恩格斯选集》(第1卷),人民出版社,1975,第249页。

不是守护传统的卫士，它是指明当前任务与历史过程的总体关系的永远警觉的预言家。”①

另外，胡风的文艺观点受高尔基的影响也非常深。在胡风主编的《七月》上，曾发表A.拉弗勒斯基的《高尔基论社会主义的现实主义》一文，对高尔基的“社会主义现实主义”进行了全面的阐释。A.拉弗勒斯基指出，在高尔基看来，社会主义的现实主义就是普罗人道主义的确定，这种人道主义，不同于博爱和恕道的旧的人道主义，它拒绝“压迫者与被压迫者和解”这个企图，憎恨压迫，憎恨这个建立着刽子手与牺牲者关系的社会。这种社会主义的人道主义的观念，它将避免民众艺术上任何民族主义的限制，它是国际主义的，它的观念是世界性的，它的题材联系着全人类，那就是对于人的惊叹，对人通过劳动来改造自然的歌颂。另一方面，这个社会主义的现实主义，它的方向在于一个未来的无阶级的社会，是在那永远生长的进程中面向未来，而这个未来，就是精神的自由的生长。

而作为社会主义现实主义的文学，它是服务于世界劳动阶级的事业的文学的手段，它的任务，就是尽“产婆和掘墓人”的责任，一方面，对于敌视劳动阶级、敌视革命、敌视社会主义的一切，要加以毫不留情的战争；另一方面，要帮助新人的产生。高尔基认为，过去伟大的资产阶级与贵族的文学，在客观上是反映了“俄罗斯的民主的心意、感情与思想”的，而社会主义现实主义的文学，则是这些文学遗产的“民众精神”的继承和发扬。因此，艺术家要锐化他的眼光，放开他的视界，使艺术成为革新人的意识的武器。

① 卢卡奇：《历史与阶级意识》，杜章智、任立、燕宏远译，商务印书馆，2004，第11页。

而J.卡梭在《法国文学的革命传统》中，对作家雨果的文学成就进行了高度的肯定。卡梭认为，在雨果的神话和叙事诗中，人民便是正义，是最高的现实，是自然，是神。卡梭将雨果称为“先知者”“诗人和预言家”，认为在雨果的作品里，他发现了人民的革命精神，歌颂了人民的历史实践的力量。同时，在雨果的作品中，也鞭笞了对抗和敌视人民力量的封建主义和神权迷信，他激烈地反对暴君、僧侣、御用傀儡和刽子手，反宗教狂、反罪恶、反霸道。而雨果的这种思想传统，就来源于法国大革命，以及由此诞生的延续着巨大社会变革的严肃、真诚、热烈的浪漫主义。

在《罗曼·罗兰断片》中，胡风对罗曼·罗兰的评价隐隐显现着“施洗约翰”的影子。他写道：“罗兰当然是沿着人道主义、英雄主义的道路战斗下来的，但他们不但不是来自资产阶级的要求的那一类，而且正是为了反抗资产阶级，作为通到以主人自居的民众的战斗的桥梁的。精神力量，被当作这样的桥梁，被当作燃起民众力量的火种，它的估计是不怕过高的，但如果以为它可以君临历史道路上的社会物质力量，或者相反地变成良心上的道德的慰藉，那就会降落成立足点不稳的无力的东西。”①正如前面所述的施洗约翰只是让人悔改，备一颗悔改的心，而不能代替真正的赎罪。

在胡风的作家作品评论中，“施洗约翰”是其中深藏的价值标准，罗曼·罗兰如此，莎士比亚如此，果戈理、契诃夫、鲁迅也如此。胡风在《M.高尔基断片》中，认为高尔基在他的作品中，写出了底层人物的真实的、不肯奴服的面貌，批判了剥削人、压迫人的沙皇旧秩序，并在劳苦人民的挣扎和反抗中望见了人类的将来，他的死，是一个胜利完成，并没有惨伤的意味，作为现实

① 胡风：《胡风全集》（第3卷），湖北人民出版社，1999，第256页。

主义的作家，他既是一把投向旧社会的憎恨的怒火，同时也是栽培“美丽的花”（新人）的园丁。同时结合高尔基的创作经验，胡风主张文学应该从生活提高，应该能提高生活，而作家不是政治的留声机，应该从现实生活中抉发未来的萌芽。在《从“有一分热，发一分光”生长起来的》中，胡风认为鲁迅抱着教徒式的热诚投身革命，带着深刻的思想远见来参加“五四”运动，他以他的文学批判了罪恶的封建势力，并沉痛地为封建重压下的农民提出了控诉，他本于真实的斗争要求，向着具体的斗争对象战斗。在这个战斗过程中形成了他的独特的战斗的道德律，即一方面是“为民请命”，对同志的敬爱和体恤，对战斗者的爱护和培养；另一方面是“一个也不宽恕”的坚决，对敌对势力的憎恨，对旧社会如怨鬼一样死死地纠缠。

在《A. P. 契诃夫断片》中，胡风评论契诃夫“用爱和信念工作”，他写道：“向着现实人生的执着、反抗、追求，这对于他，一个伟大的批判的现实主义者，才是坚强而犀利的批判力的根源，才是晶莹而生命栩栩的艺术力的根源。”①对于契诃夫的历史意义，胡风写道：“他的生命通向着他预感到了的东西‘所昭示的前途’，也就是俄罗斯正在走向的前途。他欢呼着这个前途，预言了他的到来‘至迟不会延迟到两三年’。从 90 年代跨进了 20 世纪，他从幻灭的时代走近了一个新生的时代。在他做了预言的，也就是他逝世了的第二年（1905），这个前途的序幕就壮烈地揭开了。”②

① 胡风：《胡风全集》（第 3 卷），湖北人民出版社，1999，第 221 页。

② 同上，第 233 页。

第三节　析“精神奴役的创伤”

20 世纪 40 年代，在《希望》杂志发刊词《置身在为民主的斗争里面》中，胡风提出了“精神奴役的创伤”的观点，他指出：“他们（人民）的精神要求虽然伸向着解放，但随时随地都潜伏着或扩展着几千年的精神奴役的创伤。”①随后，胡风在《现实主义的路》中对“精神奴役的创伤”进行了详细的论证，“精神奴役的创伤”从此成为胡风文艺思想的一个标志性命题。

一、厨川白村：作为意象之“源”

在追溯“精神奴役的创伤”这个观点的源流时，日本文艺批评家厨川白村的著作《苦闷的象征》显然是绕不过去的，以往学者对此的关注和研究也是很翔实和丰富的，如王向远先生在其专著《中日现代文学比较论》中，对胡风“精神奴役的创伤”这一观点与厨川白村关于“精神底伤害”的观点之间的联系与同异就有着条分缕析的梳理，似乎不需笔者再度赘言。不过笔者认为，在厨川白村和胡风文艺观点的深层次的联结上，似乎还有着向前探索的可能。

在《苦闷的象征》中，厨川白村认为，文艺创作，缘起于创造生活的欲求和强制压抑之力这两种力的冲突。创造生活欲求的这种生命力的显现，“是超绝了利害的念头，离了善恶邪正的估价，脱却道德的批评和因袭的束缚而带着一意只要飞跃和突进

---

① 胡风：《胡风全集》（第 3 卷），湖北人民出版社，1999，第 189 页。

的倾向”①。而强制压抑之力，则既指外部社会的机械法则和因袭的强力，同时还有主体内部和家族、社会、国家等调和的欲望。厨川白村借用了弗洛伊德精神分析中的“创伤”这一概念，弗洛伊德认为，性欲遭到外界压抑而产生创伤，从而使病人产生歇斯底里的精神状况。治疗这种创伤就是用催眠术或问答法，使病人自由开放地说出苦闷的原因，从而去掉这种压抑，使精神疾病得以治愈。厨川白村将创伤概念移用自己的文学批评中，他认为生命力的突进跳跃和强制压抑之力的冲突和产生的精神的伤害，成为人间苦的根由。而以象征的方式，从现实中的政治、经济、家族生活的内底和外底的强制压抑中解放出来，以绝对自由作纯粹创造的，就是文艺。因此，文艺不是再现和摹写，而是表现和创造。

从亚里士多德的净化理论，到康德、席勒的审美理论，到弗洛伊德的精神分析，甚至到马克思主义的劳动异化理论，这些时代相异、观点错杂的西方文艺理论作为奇妙的混合体出现在《苦闷的象征》中。在厨川白村笔下，这些形形色色的西方文艺观点更多的是围绕“苦闷的象征”这条逻辑红线，进行“六经注我”。在论及亚里士多德的净化理论时，厨川白村将其作为被压抑的苦闷的自由表现形式，并没有顾及亚里士多德的悲剧理论中涉及的人神分裂以及寻求和解的主题，以及这种净化所含有的“涤罪”之意。论及康德、席勒的审美理论，厨川白村更多地将其作为创造力自由表现的一块“飞地”，而没有涉及康德、席勒理论中审美作为解决纯粹理性（知性）和实践理性（道德）之间“天堑”的“拱顶石”功能，在感性形象中象征和暗示着实践理性中的自由

① 厨川白村：《苦闷的象征》，鲁迅译，人民文学出版社，2007，第10页。

意志的实现。厨川白村借鉴了弗洛伊德精神分析理论中精神创伤的潜隐、发生和治疗过程，却将弗洛伊德理论中所含的现代性主题——身体欲望对理性和宗教的反抗——抹去了。

厨川白村笔下的创造性的生命欲求，一方面作为脱却道德的批评和因袭的束缚的自由，另一方面又作为评价一切制度和道德的尺度。而这种自由，更多地体现为以个人为本位的主体意志的表达，表征为个体对群体、传统的怀疑、反省、否定和反抗。在阿格尼丝·赫勒的《现代性理论》著作中，这种个体对群体、对传统的怀疑、反省、否定和反抗，被称为现代性的动力，称为“现代社会格局的助产士”①。赫勒认为，在欧洲，现代性动力首先出现在雅典，主要代表是苏格拉底和智者派，在他们的思想视野里，传统受到了理性的拷问。在理性的辩证法中，每一种经过否定后的肯定，又被新的否定所席卷，而在这个过程中，人的自由人格得到了彰显。而后来的柏拉图、亚里士多德、普罗提诺、奥古斯丁、阿奎那、马丁·路德、培根、斯宾诺莎、康德、黑格尔、谢林、马克思、叔本华、尼采等等，在哲学、神学、美学、社会学等多种层面上，无不推进着这场反思、否定、建构、解构的持续的思想运动。《苦闷的象征》中，厨川白村还认为：“一面又有反抗因袭和权威，贵重自我和个性的近代底精神步步的占了优势，于是人的自由创造的力就被承认了。”②而在中国，对于这种从传统社会的信仰和伦理体系中脱出、进行自由创造的主体的渴望，在鲁迅对“掊物质而张灵明，任个人而排众数”的“精神界的战士”的呼唤中，在陈独秀对自由、平等、独立的“伦理的觉悟”的提

① 阿格尼丝·赫勒：《现代性理论》，李瑞华译，商务印书馆，2007，第66页。

② 厨川白村：《苦闷的象征》，鲁迅译，人民文学出版社，2007，第26页。

倡中，均得到了强有力的体现。深受“五四”精神影响的胡风，在《文学上的“五四”——为“五四”纪念而写》一文中，深情地礼赞了这种觉醒了的“人”，“那里面也当然是为或悲或喜或哭或笑的人，但他们的或悲或喜或哭或笑却同时宣告了那个被铸成了的命运的从内部产生的破裂”①。因此，正是基于对脱却“古国”传统思想道德体系的自由人格的渴望这个“期待视野”，使得胡风对《苦闷的象征》有着深度的认同和接受。

从胡风对“精神奴役的创伤”这个概念的阐述，我们可以明显地看出对《苦闷的象征》的借鉴和化用。笔者试举几例。例如在概念的借鉴上，厨川白村认为“精神的伤害”，在沉积的潜在的状态，则是人“就和畜生同列，即使将这样的东西聚集了几千万，文化生活也不会成立的”②。胡风认为“精神奴役的创伤”在潜在阶段是一种禁锢麻痹甚至闷死千千万万生灵的力量。例如在对作家的主观精神的论述上，厨川白村认为，在经历着苦闷、参加着战斗的人，“或呻，或叫，或怨嗟，或号泣，而同时也常有自己陶醉在奏凯的欢乐和赞美里的事”③。胡风则认为作家“对于昨天性的诸因素，他痛恨，他鞭打，他痛哭，他甚至不惜用流血的手段；对于明天性的诸因素，他热爱，他赞颂，他歌唱，他甚至沉醉地愿意为它们死去”④。例如对文艺的作用上，厨川白村认为文艺所给予的，不是知识，而是唤起作用。胡风则认为，革命文艺，“就是要从自己的道路上分担唤醒人、影响人甚至改造人，把

---

① 胡风：《胡风全集》（第 2 卷），湖北人民出版社，1999，第 622 页。

② 厨川白村：《苦闷的象征》，鲁迅译，人民文学出版社，2007，第 13 页。

③ 同上，第 15 页。

④ 胡风：《胡风全集》（第 3 卷），湖北人民出版社，1999，第 561 页。

人吸引到这个大斗争里面去的意识斗争的任务”①。例如对作家的角色的比喻上,厨川白村认为诗人(作家)在暗示更高更大生活的可能上是预言者,胡风也认为艺术家通过创造某一社会群里刚刚萌芽的典型,从而成为“预言者”。

当然,作为马克思主义文艺批评家,胡风对厨川白村《苦闷的象征》进行诚恳的认同和借鉴时,又有着批判的保留。在《略谈我与外国文学》一文中,胡风认为厨川白村的思想有着“唯心”的成分。所谓“唯心”,并不是否认厨川白村的理论逻辑本身,而是批判这个理论仅停留在“凌空高蹈”的思辨层面而“不及物”,缺乏翔实、丰富、感性的社会实践内容和“血肉实感”。胡风的批评模式,显然遵循着马克思、恩格斯等对黑格尔理论的批评“路径”。而胡风的“精神奴役的创伤”这一概念,将厨川白村的个人的解放欲求与传统思想道德体系的对抗置换为人民创造历史的解放欲求与“各式各样的安命意识”为内容的封建意识的对抗,在这个命题转换中,个人与群体之间的辩证矛盾被人民这个主体自身的自我矛盾以及自否定代替了,而这就使胡风“精神奴役的创伤”命题的阐发从厨川白村转向了黑格尔与马克思。

二、逻辑机理:主奴关系辩证法

为回应香港“才子派”的批评,阐发自己的现实主义理论,胡风在《论现实主义的路》中,大量引用马克思主义的经典代表作《费尔巴哈论》《德意志意识形态》等为自己的观点辩护。胡风对马克思主义著作的旁征博引和深入阐释,体现出了马克思主义文艺批评家的风范。

在“精神奴役的创伤”这一概念的阐发中,胡风认为,在封建

---

① 胡风:《胡风全集》(第3卷),湖北人民出版社,1999,第546页。

主义支配下生活的现实具体的人民，一方面担负着劳动的重负，从而产生创造历史的解放需求，然而这种担负，又是以封建主义的各种各样的安命精神为内容的，这种安命精神又将解放需求压抑在“自在”的状态。而这造成了人民的“精神奴役的创伤”。这种创伤“激荡着、纠结着、相生相克着，形成了一片浩漫的大洋”①。

其实，胡风的这个论述可以追溯到黑格尔的“主奴关系的辩证法”理论。黑格尔认为，通过生死的斗争产生了主人和奴隶，主人通过支配奴隶，享受奴隶的劳动成果，以征服的姿态获得自我确证。而奴隶则由于感受过死亡的恐惧，对绝对主人的恐惧，没有独立的自我意识，而以主人的意识为自己的意识。但在劳动的陶冶中，奴隶通过对自然的征服而发现了自己的力量，感受到自己的尊严，从而产生人格独立和平等自由意识的萌芽，劳动是奴隶获得精神解放的历史原动力。马克思高度赞扬了黑格尔的这一成就，认为：“黑格尔的现象学及其最后成果——作为推动原则和创造原则的否定性的辩证法——的伟大之处首先在于，黑格尔把人的自我产生看作一个过程，把对象化看作非对象化，看作外化和这种外化的扬弃，因而，他抓住了劳动的本质，把对象性的人、现实的因而是真正的人理解为他自己的劳动的结果。”②同时，马克思提出了劳动和人类历史的同步性，认为“整个所谓世界历史不外是人通过人的劳动而诞生的过程”③。

那么，所谓“精神奴役的创伤”，就是人民在劳动的陶冶中产生的解放欲求与对主人的恐惧而产生的安命态度这两者进行殊

① 胡风：《胡风全集》（第3卷），湖北人民出版社，1999，第554页。

② 马克思：《1844年经济学—哲学手稿》，刘丕坤译，人民出版社，1979，第120页。

③ 同上，第88页。

死搏斗的战场，一个追求自由与安于奴役之间的纽结。在当下的中国，这种创伤，在一方面，体现为“封建主义旧中国全部存在的力点”，承受着“封建主义旧中国的万钧重量”；另一方面，它是“能够冲出、确实冲出了波涛汹涌的反封建的汪洋大海的一个源头”①，一条精神解放的生路。总之，在精神奴役的创伤上，凝聚了“人民的负担、觉醒、潜力、愿望和夺取生路”这个主观的思想要求和客观的历史内容，它既是历史的具体的存在，又是持续不断的革命实践的过程。

人的精神解放的欲求，既是具体革命实践的开端，同时又是革命实践的精神量度。从历史因袭的重负，到成为推动历史进步的动力，这个巨大而急剧的转变过程，更集中地体现为创作对象（人民）的“心理状态”或“精神斗争”，而创作对象的形体容貌、外部社会的客观物景，只是表现这种“心理状态”或“精神斗争”的机缘。正如胡风所说：“阿Q的癞疮疤，只能是一个历史的产物，而且这个产物只有活在阿Q忌讳‘光’‘亮’‘烛’‘灯’的心理状态里面，由这引起了和他的周围社会的交涉即精神斗争（且慢见笑吧，这也正是堂皇的精神斗争！）以后，才成为客观对象的真实，也就是艺术的真实的。”②这就要求作家们突入创作对象的精神世界，“一下鞭子一个抽搐的对于过去的袭击，一个步子一印血痕地向着未来的突进”③。而不是“守株待兔地仅仅望着‘细小的政治变动’，甚至不过是权变的政治战术的应付，美其名为反映政治但其实反而是放弃政治所要求的艰巨任务，不过偷懒地向政治应应景，向政治点点卯而已的”④。

① 胡风：《胡风全集》（第3卷），湖北人民出版社，1999，第556页。
② 同上。
③ 同上，第511页。
④ 同上，第490页。

胡风认为,要做到深切反映这种精神奴役的创伤,古希腊文学的单纯和朴素就不够了。荷马史诗中那些静穆和悦、神灵庇佑的英雄,他们自身的活动与家庭、国家和宗教信仰的普遍伦理生活之间和谐统一,共同构成一个具有内在完满性的封闭自足的世界。正因如此,才成为高不可及的范本,一个不复再来的童年的梦幻,它与现在的,人的日常生活之间具有绝对的和不可跨越的界限。而现在"正处在相砍之世"的我们,作为阶级的、实践的主体,作为"被侮辱和被损害"的奴隶,在神退出历史舞台、不再给予我们庇佑的时代,每一次扬帆启程,都是一次与命运的不确定的赌博。同时,作为解放欲求与安命精神之间的斗争的精神奴役的创伤的存在,恰恰体现着主人公自己与现实世界的不和谐与不妥协的关系。正如卢卡奇所说,现实主义小说,作为心灵出发寻找自我的故事,其典型风格就是"成人状态的忧郁",主人公自己的精神无法迅速穿透这个现实世界,化为现实,同时这个现实世界也正因为受到理念的不断的暴动而日益变得虚无。在理念和现实的反讽和悖谬中,"希望只是一个世界即将来临的征兆,它依然是如此脆弱,即使是已存事物之中微不足道的力量也能轻而易举地将它粉碎"①。

三、"转身"与"悔改"

正如厨川白村所言,文学的作用在于唤醒,而不是提供知识。这个观念其实来源于柏拉图与新柏拉图主义传统。柏拉图认为,灵魂本身具有一种认识的能力,教育只是使这种能力能够掌握正确的方向,使它从黑暗转向光明,从变化的世界走向真实

---

① 卢卡奇:《卢卡奇早期文选》,张亮、吴勇立译,南京大学出版社,2004,第 115 页。

的世界，这种灵魂从黑暗向光明的转变，柏拉图称之为“灵魂的转身”，正如他的“洞喻”理论中那个松绑的囚徒转过身来看到火光。而新柏拉图主义的代表普罗提诺认为，上帝是超越的元一，它高于一切规定，超越于主体与客体的分裂，超越于自我与世界的分裂。而努斯（心灵或精神），是元一自我直觉的原则，它在“努斯”原则中显示出自己，并分化为思想与存在。整个世界就是一个从最高的存在到世界灵魂、灵魂、质料的流溢体系，每个事物都有它的地位。值得提出的是，新柏拉图主义中的质料，并不是亚里士多德意义上的质料，而是柏拉图意义上的“非存在”或“虚空”，从这个意义上说，它是邪恶，是善的缺乏。因此，感官世界是存在和“非存在”的混合体。普罗提诺用光作为比喻，来阐释他的流溢说，他认为光自身不动，却照亮了黑暗，从光源的起点，光雾越来越薄，最后自动消失在黑暗中。对于普罗提诺来说，感官世界是灵魂与物质、即存在与非存在的混合体，由于灵魂的渗入性质，当它沉湎于物质之中，灵魂便有“邪恶”的性质，而当灵魂出于对元一的渴念，它就会从物质中脱离，循着一定的次序回返。

与新柏拉图主义“元一”不同的是，基督教的上帝是个人格神，上帝对世界的创造是出于自己的自由意志，而不是什么理性。基督教所关心的也不是如何通过“灵魂转身”来接受理性，而是通过在信与不信之间的抉择，通过“悔改”，来实现灵魂的救赎。奥古斯丁去掉了新柏拉图主义中的等级结构，代之灵魂对神圣的直接体验和渴望，这种渴望，这种信仰，这种爱，是一切事物的神圣的根基，也是判断人和上帝分离与否的标志。

也许从“施洗约翰”这个视点，我们对胡风提出的“精神奴役的创伤”可能会有更深刻的理解。施洗约翰为了预备百姓迎接那即将来临的神国，他呼唤百姓悔改，这种悔改更侧重在内在心志的升华即“心的割礼”上，强调从尘世的偶像崇拜中转身脱出，恢复对超越的上帝的虔诚信仰。施洗约翰认为，没有所谓“义民”（与生俱来就公义的民族），只有那些愿意悔改并且结出好行为果子的人，才能逃脱即将来临的审判。如果自恃为亚伯拉罕的后裔，以为这就是得享弥赛亚救恩的确据，那是大错特错的思想。胡风在反驳“才子集团”关于胡风“将人民看成妖魔鬼怪、拒绝和人民结合”的论点时，认为现实具体的人民并不天生“优美”“坚强”“健康”，而是有着双重性，既有着创造历史的要求，又有着安命的态度，从而产生精神奴役的创伤。而作家的任务就是发现并反映其解放的欲求，唤醒他们沉睡的自发性，使其冲破精神奴役的包围，从“各自抱着被各种各样的半封建性、半殖民地性的杠杆所规定的反省和情热的人转变为那个反抗半封建性半殖民地性的总的冲动力的发展要求所吸引、所改变，因而能够为那个发展要求献身奋斗以至献命流血的人”①。也只有觉醒后的人民才是真正的弥赛亚，他们的阶级、政治的实践，他们用自己的血与火进行的洗礼，才是真正的自我救赎。在这个面向未来的持续不断的自我救赎过程中，所谓的“优美”“坚强”“健康”，并不是既成的事实，而是在不断努力趋近却永远无法抵达但在行进过程中不时照亮道路的心灵之灯。

在《现实主义的路》里，胡风对文艺实践和政治实践的关系的分析中，更明确彰显了文艺作为“施洗约翰”的破旧开新的作用。胡风认为，在革命理论指导下的反封建斗争中，革命文艺，就像施洗约翰一样，它起着“摧毁黑暗势力的思想武装，由这来推进实际斗争”②的作用，担负着“就是要从自己的道路上分担

① 胡风：《胡风全集》（第 3 卷），湖北人民出版社，1999，第 546 页。

② 同上，第 532 页。

唤醒人、影响人甚至改造人，把人吸引到这个大斗争里面去的意识斗争的任务”①。最终的完成和实现是体现在血与火的阶级的政治的实践中，“在民主斗争的大潮里面，回响着苦难的人民的痛烈的控诉和深沉的渴望，滚动着觉醒的人民的坚强的信念和欢乐而雄壮的歌声”②。

---

① 胡风：《胡风全集》(第 3 卷)，湖北人民出版社，1999，第 546 页。

② 同上，第 511 页。

第三章　现实主义：真实性与倾向性

第一节　现实主义：从笛福到高尔基

据伊恩·P. 瓦特考证，"现实主义"一词公开使用是在 1835 年，当时它主要是作为一种美学表达方式，指称伦勃朗绘画的"人的真实"，反对新古典主义画派的"诗的理想"，后来，它被杜朗蒂主编的杂志《现实主义》创刊号作为一种特殊的文学术语而广为人知。现实主义创作理念的产生，与自笛卡尔、洛克而来的近代哲学有着密切的联系，这种哲学上的现实主义的总体特征是批判性的、反传统的、革新的，它主张个体突破旧时的假想和传统的信念的本体影响，通过个体考察者对经验的详细情况予以研究来发现真理，这种现实主义理念在文学上体现最鲜明的，就是小说。

一、小说与形式现实主义

小说最充分地反映了这种个人主义的、革命性的文学形式，它重视个人经验的新鲜性、独特性，它的题材和情节来自于当下的现实生活中的个别人物，它以自传体回忆录的形式，通过对现实环境和人物行动的逼真的叙述，来反映个体的生活经验。小说体裁区别于以往的文学传统，就是因为其"形式的现实主义"，之所以为"形式的"，就是因为不涉及任何特定的文学教条或目的,只是一种叙事方法,即通过对生活现象的详细、充分、精确的描写,展示一种特定的个人在特定时间和特定地点获得的特定经验。

对个性的探索,是现实主义小说的一个主题。洛克把人的个性界定为长时间获得的一种意识的一致性,个体的人与他通过对以往思想行为的记忆获得的持续的一致性相联系,而这种个性,只有在特定的时空中才有可能。小说打破了运用无时间的故事来反映不变的道德真理的文学传统,把过去的经验作为现时行动的原因,用时间取代过去叙事文学对乔装和巧合的依赖,坚持在时间的进程中,在因果关系的结构中塑造人物,小说与日常生活结构的密切关系直接依靠的是它对具有一种细致差别的时间尺度的运用。同样,与以往的文学传统相比,小说的空间环境的描写,更细致、丰富,具有现实感,这种描写,使得小说的背景成为一种无处不起积极作用的力量。在现实主义小说中,特定时间、特定地点的人物的行动,被松散地排列在一起,构成了一幅传记式的全景图。

而小说表现出来的这种对个性的探索,其背后的理据就是个人主义。作为"资产阶级的史诗",自笛福、理查逊、菲尔丁的现实主义小说开始,个人主义就成为小说区别于其他传统文学的一个现代性特征。每一个人天生地区别于其他的个人,而且与被称为传统的过去时代的思想行为的各种各样的忠诚背道而驰,个人,他独立地确定他所扮演的经济、社会、政治和宗教的角色。在西方,这种个人主义的出现,大致有两种原因:一是现代工业资本主义的兴起;二是新教,特别是加尔文教和清教的普及。

自1689年英国光荣革命之后,资本主义的制度基本确立。商业阶级和工商业阶级的力量在文学领域中得到了呈现,文学开始赞赏贸易、商业和工业，埃迪森、斯蒂尔和笛福则将文学认可的印记盖在了经济个人主义的主人公身上。《鲁滨孙漂流记》中，主人公离开家乡是出于经济人传统的原因，出于改善他的经济条件。在《鲁滨孙漂流记》里，鲁滨孙毫不掩饰他对“世界通用的徽章”——金钱的追求，他对簿记和契约法的天生敬畏，他对友情和亲情、对于自然美感的淡漠，他对个人的经济利益的详细合理的考察，对于个人事业开荒拓土的热情，这一切都活灵活现地展示了处于上升状态的工商业资产阶级的雄心魄力。

另一方面，在鲁滨孙的精神世界中，最主要的特点就是清教的个人主义。特罗采尔认为，“真正永久性的个人主义的成就，应归因于一种宗教的而非世俗的运动，应归因于基督教改革运动，而非文艺复兴运动”①。在这种新的宗教观中，上帝和个人之间不再需要教会作为中介，而是个人自身用信仰承担着灵魂的救赎，这种对个人主义和主观的强调，对精神内省的追求，成为现代小说区别于以往的文学传统的精神名片。而作家笛福本身就出身于一个清教徒家庭，他的小说中就显露出很多独特的清教观点。在鲁滨孙身上，最有意义的是他严格进行道德的、宗教的反省倾向，他的每一行动都紧随着思考，他沉思默想的是这个行动怎样揭示了神意，怎样揭示出自己在赎罪和摈弃的体系中的位置。而在这个体系中，所有的灵魂机会均等，因此个人日常生活中的行为，具有充分显示他精神品质的机会，这方面即导致了道德和社会标准的民主化，因此，鲁滨孙就是普通人的典型。但同时，我们又不得不看到，在鲁滨孙的活动世界中，清教徒的遗产已逐渐式微，而实际的功利主义的认识，已逐渐成为主

---

①　伊恩·P. 瓦特：《小说的兴起》，高原、董红钧译，三联书店出版社，1992，第77页。

人公的行动的主导动机。在《鲁滨孙·克鲁梭的严肃的思考》中,鲁滨孙反复考虑到基督教的全面衰退,上帝对尘世的干预的退隐,他认为:

> 在我们的这个时代里,将再也找不到对基督教的这种热情了,也许在这个世界的任何时代也找不到了,直到天堂擂响他的战鼓,光荣的大军从天而降,宣布上帝的杰作,把整个世界缩小为耶稣王的管区——有人告诉我们,这个时代已经来临,但在我的旅途中,在我所得到的启示中,却丝毫听不到这种声音,不,一点也没有听到。①

总之,笛福和理查逊、乔治·艾略特、劳伦斯等人一道,继承了除宗教信仰以外的清教的一切东西,他们都有着道德与社会斗争的持久热情的积极的人生观,他们凭借内省和观察试图建立他们道德确定性的个人体系,凭着毫不气馁的努力开创自己的路。

不过,在理查逊的小说中,城市已较笛福时期更为发达,而城市空间中物理距离的接近和社会距离的疏远,以及个人主义带来的与传统和自然之间联系的疏离,人们在经济联系之外的精神联系的缺乏,使得个人已经不再是笛福笔下雄心勃勃的业主,而是对城市环境深刻怀疑和恐惧的“内向”的中产阶级。理查逊把眼光投向了在郊区隐居的中产阶级家庭,在某种程度上,它是培养女性敏感性的新型温室的宣传员,主人公内心情感的绵密抒发,代替了笛福的精细的核算和野心勃勃的事业拓殖。

---

① 伊恩·P.瓦特:《小说的兴起》,高原、董红钧译,三联书店出版社,1992,第85页。

在他的小说《克拉丽莎》中,长篇大幅的心理内省的书信,承担了整个故事的重荷。女主人公克拉丽莎与安娜·毫之间的通信,占了前两卷的大部分篇幅,而男主人公的长达几百页的通信,则揭示了克拉丽莎处境的危险,在通信中,克拉丽莎的忧心忡忡和安娜的口若悬河以及男主人公的情绪的波动,人物之间的复杂关系,均跃然纸上。因此,理查逊对人物内心世界的探索显示了与笛福的不同的面貌。

二、真实性与倾向性:马克思恩格斯的现实主义

在19世纪三四十年代,资本主义内在的矛盾已经显露出来,18世纪启蒙运动时期的"前定和谐"的理性国家、理性社会的设想蓝图,在19世纪已经破产。正如马克思所认为的,贫富差距由于行会特权和其他特权的废除,由于教会慈善设施的取消,变得更加尖锐,工业的迅速发展的后果是失业大军的增加,金钱代替了刀剑,贿赂代替了暴力的压迫,竞争的诡计和嫉妒代替了"博爱",卖淫增加到了前所未有的程度,这种"理性的胜利"建立起来的是一幅令人失望的讽刺画。而同样,17世纪的现实主义小说的那种表现资产阶级开疆辟土的魄力和悠闲余裕的惬意的主题,逐渐转换到了对现实黑暗面的揭露,即批判的现实主义,如司汤达的小说《红与黑》,巴尔扎克创作的《人间喜剧》,狄更斯的小说《大卫·科波菲尔》《艰难时世》和《双城记》,萨克雷的《名利场》等。在这些作家笔下,资产阶级社会的现状较之以往理性设计的理想蓝图,更是一幅令人忧郁的图景,以人道主义为基点的怜悯和批判成为小说的精神核心,而穷人和受轻视的阶级,他们的生活和命运、欢乐和痛苦成为小说表现的核心内容。

在马克思和恩格斯的哲学、政治、经济著作中,无产阶级的

解放命运是其念兹在兹的目的，这同样也是其美学、文学思想的主题。作为德国古典美学的继承和批判者，他们将文学看作无产阶级克服和扬弃异化、达到精神解放的史诗，他们不满足当时的小说仅仅描写穷人的卑微、虔诚等所谓逆来顺受的道德，号召作家“歌颂倔强的、叱咤风云的和革命的无产者”，他们渴望有新的“但丁”来宣告无产阶级新纪元的诞生。

马克思和恩格斯在关于现实主义的阐述中，真实性与倾向性问题是他们所关注的重要内容。马克思和恩格斯对倾向性问题的态度，最明白地表现在恩格斯致敏考茨基的信中。恩格斯认为，作者不应该将自己的倾向公开表现出来，政治倾向必须在戏剧性的场景中自然地流露出来，革命小说只有用这种方式才能影响资产阶级读者的意识。“如果一部具有社会主义倾向的小说，通过对现实关系的真实描写，来打破这些关系的流行的传统幻想，动摇资产阶级世界的乐观主义，不可避免地引起对于现存事物的永久长存的怀疑，那么，即使作者没有直接提出任何解决办法，甚至作者没有明确地表明自己的立场，但我认为这部小说也完全完成了自己的使命。”①恩格斯这个观点在后来的马克思主义批评中成了所谓“客观的党性”，作家尽量不必把自己的政治观点硬塞在作品里，给人指出“政治的出路”。当然，恩格斯在提出这个观点时是有一定语境的，这就是“在当前条件下，小说主要是面向资产阶级圈子里的读者”。因此，小说的任务在于揭露资产阶级虚假的意识形态，在于“破旧”，可以说，这个观点其实是恩格斯现实主义理论的一个消极前提，即批判的层面。

而如何“开新”，反映无产阶级的解放运动，恩格斯的观点是

---

① 马克思、恩格斯：《马克思恩格斯选集》(第四卷)，中共中央马克思恩格斯列宁斯大林著作编译局编，人民出版社，1972，第 454 页。

塑造典型。如前文所述，马克思恩格斯的心目中的典型与黑格尔所倾心的荷马史诗中的英雄不同，无产阶级不是"有教养的"社会精英，而是不屈不挠地为自己存在的权力而反抗整个社会的叛逆者，它是一个不折不扣的"异乡人"。无产阶级与当下的社会保持着一种反讽的张力，它通过受难来昭彰社会的罪恶，通过反抗来投射自由的光明。在评价哈克纳斯的《城市姑娘》时，恩格斯提出了对现实主义的观点："据我看来，现实主义的意思是，除细节的真实外，还要真实地再现典型环境中的典型人物。"①恩格斯语义中的典型环境，并不是什么自然环境，而是充盈着自由解放精神的、以人的实践活动为中心的不断变动的社会现实。如果用在恩格斯看来，《城市姑娘》中，工人阶级是以消极群众的形象出现的，他们不能自助，甚至没有表现出任何企图自助的努力。而工人阶级摆脱麻木、贫困的处境的努力，其动力不在于自身，而在于上层或者外界的因素，恩格斯认为，这些人物如果在圣西门或罗伯特·欧文时代，即无产阶级的解放的欲求还是被资产阶级知识分子所代言的时代，是真实的，但在"工人阶级对他们四周的压迫环境所进行的叛逆的反抗，他们为恢复自己做人的地位所做的剧烈的努力"②的现时代，就不是典型的。恩格斯并没有否认当时伦敦东区的工人阶级的消极，而是否认在无产阶级已经能够并且正在进行的为自己命运而战的现实中，在无产阶级已经成长为受自由召唤的突破现实限制的"自在自为"的主体的现实中，毫无批判地接受这种消极状况的合理性。可以说，在"开新"中，现实主义文学所塑造的典型，应该成

---

①　马克思、恩格斯：《马克思恩格斯选集》（第四卷），中共中央马克思恩格斯列宁斯大林著作编译局编，人民出版社，1972，第 453 页。

②　同上，第 643 页。

为无产阶级的解放实践的先锋，在这个先锋的向度上，倾向性才能通过真实性透显出来。

美学批评历史批评相统一，是恩格斯评价作家作品的尺度。恩格斯在评价卡尔·格律恩《从人的观点论歌德》时指出，“我们绝不是从道德的、党派的观点来责备歌德，而只是从美学和历史的观点来责备他”①。在关于歌德的论述中，恩格斯认为歌德一方面是伟大的诗人，“叛逆的、爱嘲笑的、鄙视世界的天才”，他不愿意象席勒那样逃到康德的理想中，以夸张的庸俗气来代替平凡的鄙俗气，他将自己的全部的精力投向现实生活，但是歌德所接触的现实生活距离他的理想是何其遥远，他的小说《维特》是“富于幻想的好哭泣者对横跨在市民的现实和自己对这个现实所抱的同样是市民的幻想之间的鸿沟所发出的这种绝望的哀号”②，而他的《威廉·麦斯特》则是德国浪漫主义与小市民趣味的妥协，歌德作品中表现出来的思想的矛盾反映了德国市民阶级在现实中的进退维谷的精神困境，最终小市民的鄙俗气战胜了伟大的诗人，从而也取消了歌德所可能有的为人类解放自由精神代言的资格。

马克思和恩格斯与拉萨尔关于历史悲剧《弗兰茨·冯·济金根》的论战，也是美学与历史相统一的批评方式的一次成功的实践。马克思和恩格斯并不是不同意拉萨尔把济金根当作悲剧的主人公，他们不同意的是拉萨尔关于济金根的人物定位，认为拉萨尔的定位违反了历史真实。拉萨尔认为，马丁·路德宗教改革是德国所经历的伟大的历史时期，而济金根则是这一时期

① 马克思、恩格斯：《马克思恩格斯选集》（第四卷），中共中央马克思恩格斯列宁斯大林著作编译局编，人民出版社，1972，第257页。

② 同上，第259页。

出现的伟大的人物，他们为德国确立了精神自由的特殊民族气质，但由于“目的无限和手段有限”的历史条件的限制，他们最终遭到了失败。拉萨尔对当时的德国农民起义评价并不高，认为他们维护以地产为中心的旧式封建生产方式，因此他们的运动实际上是反动的。而马克思和恩格斯不同意拉萨尔的看法，认为济金根及其所属的路德派，由于它的宗教改革运动，给了平民运动一个强有力的武器，但是由于其贵族与农民和市民在根本利益上的对立，使他们不可能结成稳定的同盟。济金根的悲剧，就在于它按骑士的方式发动叛乱，作为垂死阶级的代表来反对现存制度，这就使得他成为一个荒唐的堂吉·诃德，它并不能代言当时自由解放的精神。而当时被路德教义所刺激而举行起义的已接近破产的农民，他们为争取自己存在的权力所做的舍生忘死的斗争，他们在“千年王国”的梦想下对现实的无情批判，才具有历史悲剧的精神属性。马克思恩格斯对艺术的“历史”衡量，不仅是事实性的“历史实然”，更是有着强烈道德关怀和拷问下的“历史真实”。

而恩格斯在致哈克纳斯的信中，谈到了巴尔扎克，他认为巴尔扎克某种程度上突破了自身阶级的偏见，体现了“现实主义”的胜利。在巴尔扎克的作品中，展现了法国社会特别是巴黎上流社会在1816～1848年的历史，展现了贵族阶级如何在资产阶级暴发户的逼供之下逐渐灭亡，贵妇人如何让位于专为金钱或衣着而不忠于丈夫的资产阶级妇女。而在这些中心图画的周围，汇集了法国的全部的社会历史。而最能实现现实主义胜利的是，他看到了他所心爱的贵族的必然灭亡，把他们描写为不配有更好命运的人，而同时巴尔扎克克服了自己的阶级同情和政治偏见，歌颂了圣·玛丽修道院的共和党的英雄，认为他们是“法兰西最高尚的人”，“或许还是一个会改变世界面目的大政治家”,而那些人在当时是代表人民群众的。在恩格斯的这个“现实主义的胜利”的阐释中,我们应该注意到,恩格斯并没有将现实主义聚焦在巴尔扎克作品中那具体的经济、社会细节上(尽管恩格斯也对此大为称赞),而是聚焦在对共和党英雄的称赞,这些共和党英雄之所以能够代表人民群众,最主要的因素是他们身上的道德气质,以及他们参与的反抗政府的起义活动。因此,这个“现实主义的胜利”,并不是什么客观观察的科学理性的胜利,而是代表人民解放的道德诉求的共和党英雄取代了他原来期待的贵族精英,巴尔扎克在这些人身上看到了社会的希望,这也是恩格斯认为巴尔扎克比左拉伟大的根本原因。

这样的作家还有英国的拜伦、雪莱和德国的海涅等。而对于拜伦和雪莱,马克思认为雪莱是“社会主义的急先锋”,恩格斯将拜伦和雪莱的诗歌看作穷人的“福音”,“读拜伦和雪莱的作品几乎全是下层阶级的人……由此可见:穷人是有福的,因为天国是他们的,而这个世界迟早也是他们的”①。

三、俄苏现实主义理论

随着普希金、莱蒙托夫、果戈理、屠格涅夫等俄罗斯作家的崛起,俄罗斯文学渐渐成为世界文学的一个重要板块,而别林斯基、车尔尼雪夫斯基、杜勃罗留波夫等人的文学批评则成为俄罗斯批判现实主义时期的代表。别林斯基本人受赫尔德、歌德、席勒、黑格尔的美学影响很深,他的关于浮士德堕入母亲之国的解释是照搬罗兹舍尔《艺术哲学与具体艺术作品批评的关系》,他的关于哈姆雷特性格的理论来源于黑格尔,他的关于文学应该

① 马克思、恩格斯:《马克思恩格斯选集》(第一卷),中共中央马克思恩格斯列宁斯大林著作编译局编,人民出版社,1972,第561~562页。

成为民族精神的表现、民族内心生活的象征、民族的面貌的观点,则是来自于施莱格尔,而他的《论俄国中篇小说和果戈理小说》则采用了施莱格尔的"理想诗"和"现实诗"的区别说,盛赞莎士比亚和司各特的小说是"现实诗"的代表,描写出了"本质性的真实"。而别林斯基所认为的创作应是无目的中有目的、无意识中有意识的观点,可以看得出康德和谢林的影响。

当然,别林斯基提出的"自然派"定义是俄罗斯批判现实主义理论的一个重要观点。别林斯基用"自然派"这个术语泛指果戈理以来的俄国文学,强调自然主义的标准:宛如现实,他赞扬果戈理将全部注意力集中在人群、大众、老百姓身上。当时的批评界认为自然主义仅仅描绘生活的消极面时,他则提出希望说,认为随着俄国社会的进步,显示积极方面也将是可能的。而文学的责任不仅仅是反映社会生活,而且要促进农奴解放的社会运动的来临,崇高地承担起为社会利益服务的重任,文学对于未来甚至有着未卜先知的功能。

在别林斯基文学批评的思想中,影响比较大的还有他的典型说,他主张艺术家的首要任务是创造典型形象,尽管是具体的人,仍将具有普遍的意义。这个典型,不是某个人的逼真肖像,作家不可能透过逼真的肖像画,进一步认识无限广阔的现实生活,从而在感情上产生共鸣,在心灵深处受到陶冶;其次,典型也不是把现实生活中某一类人的特征集合起来,然后集中到一个人物身上,它不是某种概念的简单图解;最后,"典范更不能是想象一些事实上没有也不可能有的东西"。离开了肥沃的生活土壤,这种或那种艺术形象,充其量只不过是作家天马行空、独来独往的幻影罢了。别林斯基认为,每一个人物都是典型,每一个典型对于读者都是似曾相识的不相识者。所谓"似曾相识",那就是说典型人物身上概括了生活中某一类人的某些本质特征，在一般人看来，这些特征在现实生活中的这类人身上，常常可以遇见，“似曾相识”，并不陌生。所谓“不相识者”，那就是说在这个典型人物身上，有着他区别于其他艺术形象的鲜明的独特性，而这种独特性在生活中的同一类人里，是不常见的，不可重复的，对于一般人说来，这是一个“不相识”的陌生者。典型性则是创作的基本法则之一，这里所说的“典型性”，就是指典型人物对生活所概括的深广程度，或者说是典型人物的代表性。从别林斯基的表述来看，他的典型观念更类似于黑格尔美学中那荷马史诗中的典型。

车尔尼雪夫斯基的现实主义观点主要体现在他的博士论文《艺术对现实的审美关系》中，与别林斯基不同，车尔尼雪夫斯基对德国浪漫主义的观点采取的是排斥的态度，他的思想宗师主要是费尔巴哈。在论文中，他认为艺术是现实的次等的复制品，它的唯一的功能就在于传播现实的知识，提醒我们记住现实，或是向那些未曾体验现实的人提供情况，纯粹审美只是感官的快感，可以弃之不论。面对大自然，音乐、雕塑等艺术远远逊色，面对社会现实，任何生活中的事件都要比作家所构思的小说更有趣，而诗歌这种要诉诸想象力的艺术形式，更不能承担记录现实生活的重任。艺术至多是一本“手册”，适合那些开始研究生活的人，它为我们打好基础，对我们的生活起着参考的作用。当然，车尔尼雪夫斯基在评价普希金、果戈理、托尔斯泰等作家作品时，也显示出一些卓越的文学分析，但由于其坚持艺术是次等的生活这个观念，他对于现实主义理论本身的贡献似乎并不多。

杜勃罗留波夫早期的现实主义观点与车尔尼雪夫斯基基本相同，即坚持文学只是一面生活的镜子，反映现实，却无法改变现实，但另一方面，杜勃罗留波夫又希望通过社会行动来解决文学所提出的问题。因此，在坚持文学反映生活的同时，或多或少强调文学本身的主观作用,主张文学有助于昭示社会上现存的各种倾向,有助于渗透主宰着社会道德生活的势力,有助于对新的力量的宣传,从而成为推动社会的力量之一。而最伟大的作家,都是掌握了哲学的真理,并且描绘出他们正在产生的作用,如莎士比亚,他本人作品的思想的价值是超越了文学价值的。在他这些似乎有些矛盾的观点其实反映了杜勃罗留波夫内在的思想矛盾,一方面,他认为文学无非文字而已,影响不了现实;另一方面,他又不可能采取对文学听之任之的态度,他更愿意让文学去探讨那些新颖进步的思想。对艺术家的定位,杜勃罗留波夫也是矛盾的,他认为艺术家应该成为道德家,艺术家创作的文学形象应该表达正确的思想,而同时,他又主张艺术家成为一个科学家,即如实地反映生活。真善美的柏拉图式的融合,是杜勃罗留波夫的文学理想,但在现实中,这三者有着相当大的歧异,而杜勃罗留波夫并没有真正地探索出处理这三者关系的有效方式,更多的是一种教条式的混合。

普列汉诺夫是俄国马克思主义文学批评的开路先锋,他的《没有地址的信》是俄国马克思主义文学批评的开山之作,文中普列汉诺夫不赞成托尔斯泰的宗教思想,就艺术起源问题阐发了生物学的观点,根据普列汉诺夫的观点,马克思主义就是应用于社会科学的达尔文主义。他的《艺术与社会生活》集中讨论了为艺术而艺术问题,他认为,为艺术而艺术及其类似的理论都是中产阶级的个人主义和自我主义的表现形式,如戈蒂耶、福楼拜等,他们反对当时的政权,但对改变社会则不抱什么希望,他们逃遁在自由的无忧无虑的审美乌托邦中希求救赎。普列汉诺夫反对这种为艺术而艺术的观点,呼吁将来的艺术家接受伟大的解放思想,投身于服务人类的道路上来。另一方面,普列汉诺夫也指责车尔尼雪夫斯基对艺术提出宣传上的要求,不赞成文学去为党的政治服务，而且严格区别文学的社会作用和美学效果。当然，他也认为文学“反映”现实，文学的语言可以“译成”社会学的语言，可以找到社会的对等物，认为作家在反映现实时要创造典型，作家在人物形象中表现历史的个性。普列汉诺夫的观点，明显地有着别林斯基的影响，这也就是托洛茨基称他为“马克思主义的别林斯基”的原因。

作为苏联的缔造者，列宁的文学批评对苏联文艺界的影响是巨大的。当然，文学问题之于列宁，只具有次要的兴趣，不过不可否认文学对列宁的影响，尤其是车尔尼雪夫斯基的《怎么办》，更是受到列宁的高度推崇，而列宁对车尔尼雪夫斯基的文艺观点也是颇为欣赏，称其为继马克思之后最伟大、最有天赋的社会主义的代表。而列宁发表于 1905 年的《党的组织与党的文学》中，针对普列汉诺夫对高尔基的《母亲》这部宣传性质过于明显的作品的批评，提出了相反的看法，他认为，文学创作作为社会民主主义机器的“齿轮和螺丝钉”，必须有公开的阶级性或者说党性，服从党的路线、方针、政策的需要。虽然列宁也强调文学创作的独特性，表示不能运用机械的调整，不能采用少数服从多数的原则来决定作家的创作，应该保障作家有思想和幻想、形式和内容的广阔的天地，这篇文章对后来苏联的文艺政策有着特殊的意义。

列宁在文学批评上的另外一个重要内容就是对托尔斯泰作品的批评。他认为，托尔斯泰的作品是俄国革命的一面镜子，反映了族长制农村社会的软弱以及农民迂腐保守的胆怯心理。虽然托尔斯泰对当时的俄国资本主义进行了强烈的谴责，对君主专制下的“警察国家”进行了坚决的反抗，体现了一个作家的“伟大的良心”，但托尔斯泰本身的东正教思想，他的“勿以暴力抗恶”的观念，他对禁欲主义和清静无为的宣扬，他的宗法制农民的立场,他对工人阶级运动的隔膜,使得其作品游离于政治生活之外,妨碍了无产阶级的解放事业。总而言之,列宁的文学批评,主要是立足于党的利益,考虑作家对无产阶级革命的政治态度和他们可能偏离党的路线的言论。

托洛茨基的文学批评的代表作是《文学与革命》,对当时苏联文坛产生了很大的影响。在这部专著中,托洛茨基认为无产阶级阶段只是一个短暂的过渡阶段,艺术根本起不到重要作用,因为只有文化识字的普及才有重要性,在这个阶段,一种无产阶级的科学或艺术并没有产生,目前只是处在一种浅显易懂的宣传状态,因此托洛茨基坚持对资产阶级的文学艺术保持一种开放的态度,为将来的无产阶级艺术提供滋养。另一方面,托洛茨基认为,党不应该过多地干涉艺术,扶持艺术并不是党的任务,艺术并非基于理性,而是情感,社会主义的艺术自然是"现实主义"的,但不能教条地理解为某种类型的文学。当然,他也主张对认同革命的资产阶级的艺术家保持谨慎的欢迎态度,视其为"同路人",不过对其本身的资产阶级思想要保持批判的立场,比如他声称叶赛宁的诗歌"散发出中古风味",批评吉皮乌斯的神秘主义诗风等等,在批判的同时,托洛茨基寄希望于将来的理想社会,能够出现伟大的艺术繁荣。托洛茨基的文学批评的积极意义在于对无产阶级艺术现状的清醒认识,以及处理党和艺术关系时的明智,对现实主义理论的创建方面,似乎没有切实的东西。

高尔基是苏联最具国际声望的文学批评家,他的文艺思想对中国左翼文学界的影响是不可低估的。在高尔基的文学批评中,别林斯基、车尔尼雪夫斯基、杜勃罗留波夫的影响是显而易见的,而托尔斯泰的《论艺术》中提出的艺术是说服的观点,以及对创作者的真诚态度的强调,高尔基都全盘接受。在 1913 年高尔基写的《宗教与社会主义》一文中，他提出了这样一个观点，即无产阶级读者不应该寻求上帝，而应该创造神明——理想。这种理想就是“以集体主义精神、以全体人民的统一精神组织人民的生活，沿着通向一个共同目标的道路——摆脱内在和外在的奴役的人类解放”①。高尔基提出作家要有坚强的人格，伟大的诗人是民族创造力的喉舌，他谴责现代的“精神分裂”的软弱的个人主义，认为这种人格分裂是资产阶级衰亡的征兆，它可以由社会主义来克服。在1917年圣诞节的一次呼吁中，高尔基要求革命者铭记基督和普罗米修斯的形象，他希望埋葬一个旧俄罗斯，创造一个新的、理想的俄罗斯，而对这个基督和普罗米修斯的期待也就成为高尔基文学批评的精神核心。

在斯大林时代，高尔基提出了“社会主义现实主义”的观点，提出作家的任务是“在革命的发展中真实地、历史地和具体地描写现实”，这种现实必须结合“社会主义精神从思想上改造和教育劳动人民”的教化任务，文学必须有倾向性，即“党的思想”，必须有乐观主义和英雄主义，有“革命的浪漫主义”，文学应该描写英雄，并展望未来。这种“社会主义现实主义”的观点，较之高尔基以往的文学批评的观点来说，是一个大的退步，曾经向着生活突进的、捍卫艺术自由的高尔基现在已经成为斯大林主义的吹鼓手，而以后的苏联文学出现的虚假的乐观主义和公式化的情节，使得文学丧失了自己真正的生命力。

---

① 韦勒克：《近代文学批评史》（第七卷），杨自伍译，上海译文出版社，2005，第512页。

第二节　胡风对现实主义理论的探索

一、主题积极性的提出

真实性与倾向性作为左翼现实主义的一个核心问题，是体现左翼理论家现实主义理论水准的一个标尺，而与此相关的两个理论命题则是公式主义和客观主义。在与“第三种人”的争论中，胡风发表了《粉饰，歪曲，铁一般的事实》一文，试图通过剖析《现代》杂志上的作家作品，来对第三种人的思想观点进行回应。文中，胡风认为，现实是一个矛盾的存在，它被历史发展的合法则性规定。因此在“万花缭乱”的现象中，只有把握到这一联系，才能透过现象，认识现实。而《现代》杂志上的作家作品，如杜衡的《怀乡病》、沉樱的《我们的塾师》、巴金的《海的梦》等，由于只写了现代生活的一个片段，而没有在实践的社会关联里去表现，究其原因，在于作者被自己的阶级主观所限制，没能达到对社会现象的合法则性的认识。而在后来的《关于现实与现象的问题及其他》一文中，胡风又对现实和现象进行了详细的说明：“现实，即所谓的本质的法则的世界，是只表现在互相矛盾、互相排斥的万花缭乱的现象或事实里的。反转来说，万花缭乱的现象，在全体性上，在矛盾与统一的关联上，表现出历史合法则性的发展过程中有呼吸有脉搏的动的现实。”①同时胡风主张在阶级立场和党派立场基础上的作家的世界观，决定了作家对题材的处理，当然由于理智即反映到作家意识中的客观存在对作家整个世界观的加工或分裂，也有可能使作家改变旧的世界观，如巴尔

---

① 胡风:《胡风全集》(第5卷)，湖北人民出版社，1999，第153页。

扎克那样。总的来说,胡风的这些文学批评某种程度上只是阐释了自己对马克思主义理论的粗浅的理解,并没有真正找到自己有效地进入文学作品的方式。

胡风在《关于主题积极性和与之相关的诸问题》中则重点探讨"主题积极性"这个问题,从而触及了左翼现实主义理论的敏感节点。胡风认为,主题积极性的问题之所以提出来,主要是因为在实践斗争中的青年作家,尽管有着现实的经验,"但因为技术未熟练,处理题材的能力不够",因而出现"标语口号"的现象;另一方面,知名作家对这些"标语口号"的作品只是一味地冷淡或嘲笑,认为是"受了政治煽动家的骗",并不承认其中的积极意义。因此,提出"主题积极性问题","一方面想给青年作家们在创作活动上所表现的努力方向一个理论上的根据,一方面想把这个努力方向的有支配影响的成见打破"①。

什么是"主题"?胡风认为,所谓"主题",就是藏原惟人所说的"由作者的观点整理过的题材",即通过作品的"艺术形象"所表现的统一的内容(从胡风对主题的这个定义来看,这个"主题"更类似于黑格尔的"绝对理念")。"主题积极性"的问题的关键"在创作活动的主体(作者的主观)和创作对象(客观的现实)的统一这一点上"②。而创作主体与创作对象统一的关节点就在于"阶级人"的实践,"主观与客观,只有在进步的阶级的'阶级的实践'里才能够得到统一"③,而这就要求文学艺术上的"党派性",即作家"被阶级的需要所鼓动,被阶级的意志所燃烧,在集团的阶级的经验的指导之下,才能够用前卫的眼睛看世界"④。

---

① 胡风:《胡风全集》(第5卷),湖北人民出版社,1999,第168页。

② 同上,第170页。

③ 同上,第172页。

④ 同上,第172～173页。

所以,阶级的作家,从客观现实里发现出这些问题来,用前卫的观点把实践课题创造成“艺术的形象”,就成为一篇带有积极性主题的作品了。而到达“前卫的世界观”的路径,只有从阶级人的立场参加社会生活社会实践和从一个艺术家的立场去忠实地再现现实的创作实践的统一过程中,客观世界的本质的关系会渐渐地反映到作家的主观里,使他的世界观走向更前进的道路。从胡风的这些观点来看,他受当时苏联正统的马克思主义的影响是非常强的,还没有对文艺本身进行细密的思考。

在这个观点的影响下,胡风对当时的“标语口号”的作品给予了一定的理解和宽容,他认为,“标语口号”的作品是客观现实之艺术反映的萌芽。因为这些标语口号中的概念分子,如“打倒帝国主义”“给我土地”等,是客观现实中已有的或含有的东西,青年作家虽然在创作中不能控制他的热情以至常常采取直接的形式喷吐出来,这种作品,有长成艺术上的繁茂的花木的潜力。而要克服这种“标语口号”的倾向,就是要重视艺术创造,“主题积极性,只有通过艰难的艺术制造的完成才能达到”①。胡风在这里明确反对了“形象化”的艺术创造方法,所谓“形象化”,就是预先有某种“理论”或“概念”,再去进行“形象化”,其内容并不是活生生的现实生活里面找出来的。胡风主张要把这种“理论”内容“熔化”到自己的实践生活里面,成为自己的东西,然后才能创造出一面是从现实生活取来一面又和理论相对应的作品,而要创作出这种既是真实的(从现实生活中来)又是理想的(与理论相符合)的作品,这就需要一种“受难”的精神,一种为了追求思想和艺术统一的那种“坐卧不安的诚挚的态度”。

胡风还对“暴露黑暗”这个问题表明了自己的看法,他认为,

① 胡风:《胡风全集》(第5卷),湖北人民出版社,1999,第179页。

暴露黑暗,必须与前卫作家的世界观结合起来,“只有在历史的必然去向的照耀之下,所谓不合理或黑暗才能完全露出真正的原形”①。而在光明与黑暗的斗争中,未必一定是“光明战胜黑暗”这种大团圆结局。胡风认为,一切的斗争都是在“部分的失败”的觉悟之下进行的,全体的胜利是要用许多部分的失败去换的,而作家作为“走在时代前面的自愿背上十字架的战士们的模范”,要克服在“牺牲”面前畏缩悲观的情绪,刻画那些在整个的光明尚未到来之前的各种小环境下面倒下的,替整个光明开路的悲剧人物。

二、反对客观主义

对胡风的文艺思想有着很大影响的卢卡奇文艺理论,在20世纪30年代开始进入中国。1935年,《译文》杂志上就已经登载了孟十环翻译的卢卡奇的《左拉与现实主义》一文,是目前国内最早关于卢卡奇的文艺理论的译介,而胡风则在1936年亲自翻译了卢卡奇的《小说底本质》,抗战时期《七月》上发表的吕荧翻译的卢卡奇的《叙述与描写》,则是卢卡奇的文艺理论在中国的较为详细的引入,而胡风在论及民族形式或现实主义问题时对此文观点都有重要的引证。

对自然主义的批判,是国内引进的卢卡奇文艺理论的重要内容。卢卡奇认为,在左拉的《娜娜》和托尔斯泰的《安娜·卡列尼娜》中,都描写了赛马的场景。但左拉的赛马是从旁观者的角度来描写赛马的,这个场景同人物的命运只有松懈的联系,而托尔斯泰则是从参与者的角度来叙述赛马,赛马这个场景与人物的命运息息相关,是整个情节的关键。在司各特的小说《清教

① 胡风:《胡风全集》(第5卷),湖北人民出版社,1999,第182页。

徒》和福楼拜的小说《包法利夫人》中，也存在着类似的区别。《清教徒》中在清教徒起义前夜的那个军事检阅的场景中，它揭示了封建关系的毫无希望的老朽的程度，揭示了人民对于封建关系的阴郁的反抗，在这个场景中，这部伟大历史戏剧的一切动向，一切主要角色，都集中在这个决定性的环节点中。而《包法利夫人》，作者只是站在旁观者的角度，来描写在农产品展览会上包法利夫人和鲁道尔夫的爱情涌动，官吏的乏味的演说和包法利夫人的片刻的情话的平列和对比，成为一般庸俗性的讽刺象征。

卢卡奇认为，观察和体验两种方式的区别，不仅仅是偶然的，它来自作家的基本态度。巴尔扎克、司汤达、托尔斯泰等作家，他们所描写的是在严重危机中所形成的资本主义社会，他们描绘这个社会得以产生的复杂的规律性，描写从衰败的旧社会到兴起的新社会的多样而曲折的过渡，而他们本人则积极参与这个产生的过程（如歌德、司汤达、托尔斯泰等参加了战争），他们都经历了当时最重要的变革事件，由于有了多方面的生活经验才成为作家。而福楼拜和左拉，他们是在业已就绪的资产阶级社会中开始创作的，他们并没有参与这个社会的生活，而且由于艺术的良心，他们以拒绝这个社会的姿态表明他们对资本主义社会的反感和反对，因此他们成为对资本主义社会的批判的观察者。同时，他们也成为职业作家，成为文化商品的制造者和出售者。在他们孤立而抽象的观察中，生活仿佛是一个单调、平滑、没有结构层次的平面，而革命似乎就是“灾变”性的不正常的事件。

在苏联的社会主义现实主义理论中，对自然主义和形式主义的批判是一个重要内容。布洛夫在《马克思列宁主义的美学反对艺术中的自然主义》中指出，注重细节、注重个性，是现实主义和自然主义的共有的艺术方法。但现实主义与自然主义不同的是,现实主义的细节描写,是以“伟大的思想深湛,实践的历史意义”为前提和目的的,是为了“确定它们在社会生活中的真实地位,揭露他们的社会原因,以便从先进主张的观点谴责它们,标记它们,以便号召克服这些现象及产生它们的原因”①。这就意味着作家对社会现实不仅有观察,还应该有评价,其价值基准是无产阶级的世界观。而以左拉为代表的自然主义,则只承认人生的自然过程,否认艺术家有权利考虑和评判生活,以及裁判生活,在艺术创作中反对艺术描写中广泛的社会性概括,拒绝典型化,从而破坏了真实的历史透视、真实的时间、真实的社会的人。在苏联主流文艺理论的视野中,社会主义现实主义和自然主义的区别就是强烈的思想性,这种思想性更着重体现为阶级利益的政治诉求,而在斯大林时代,则更多地体现为国家意识形态的宣传。

而卢卡奇反对自然主义的基点与苏联主流现实主义理论有所不同,他更强调作为历史主体的人的实践特性,更强调人在社会政治生活中的变量。卢卡奇认为,生活的真实只有在人的实践中,在人的行动中才能体现出来,人们的言语,他们的纯主观的思想感情,只有在行动中经过检验,证明正确或者不符合现实,才能判定他们是真实的还是虚妄的,是诚实的还是虚假的,是伟大的还是渺小的,只有人的行动才能具体地表明人的本质。而没有人的基本特征的显现,没有人和外在世界的事件,和自然物、和社会设施的相互关系,最惊险的事件都是空洞的,没有内容的。而要发现生活内部的诗,即斗争的人们的诗,人们在实践

---

① 布洛夫:《马克思列宁主义的美学反对艺术中的自然主义》,金诗伯、吴富恒译,新文艺出版社,1952,第35页。

中结成的相互关系中的诗,就是叙事文学的任务。

在关于叙事和描写在文学作品中的具体的差别,卢卡奇认为,“叙事要分清主次,描写则抹杀差别”。作品中的每个细节,在叙述的过程中,在基本动机的揭露中,一下子具有了全新的面貌,人物因此而获得坚实、明确的轮廓,而不至于失去它的变化能力。而描写则将一切摆在眼前,空间的现场性把人和事变得具有时间的现场性,艺术表现就堕落为浮世绘,事物同人的命运失去了联系,从而也失去了在文艺创作上的意义,细节淹没了本质,人降低到死物的水平,一切诉诸偶然。

卢卡奇认为,叙事和描写的差异中,其实也是作家的世界观的差异。作家必须有一个坚定而生动的世界观,他必须按其动荡的矛盾性观察世界,而作家的世界观是多种多样的,它在叙事作品中的表现方式也是多种多样的,它为生动的生活经验所营养。采取描写方法的作家的世界观和创作上的基本弱点就在于,他们毫不抵抗地屈从于既成的结局,屈从于资本主义的现实的既成的表现形式,他们只看到现象,而看不到各种对立力量的较量。作家的宿命论,他们对资本主义的非人性的投降,决定了自然主义的败落的结局。而资本主义世界最优秀的知识分子的人道主义的反抗,如罗曼·罗兰,已经有了超越资产阶级文学传统的诚挚的努力,它对资本主义非人性的反抗,显示了现实主义文学的生命力。而马克思主义者对资本主义制度下人的异化的愤怒,将扫除静物画式的描写,代之以讲求故事情节的叙述,注意人物在错综复杂关系中的命运纠缠,追求生动的共同战斗的生活的诗,力求创作出正确的、层次匀称的、变化多端的、完善的叙事作品。而当卢卡奇将自己的视线转入苏联文学的创作现状时,他认为苏联文学还没有克服资产阶级的旧现实主义的传统,仍旧把形式与技巧混为一谈,对形式问题同世界观的深化,同资产阶级的思想的关系,不甚了了。同时苏联的相当一部分小说,都属于左拉式的文献小说意义的客观材料,它们不是表现以事物为媒介的人与人之间的关系,而是提出一篇篇关于一个集体农庄、一个工厂等专论,个别人物有意无意、自愿不自愿地借以体现一般性的那些大小途径的综合复杂性没有表现出来,生活的真正多样性、无限丰富性丧失殆尽,人物成为苍白的图式,成为事物的附属品,并没有获得真正意义上的人性的轮廓。

在中国,茅盾先生曾大力提倡左拉的现实主义。在《自然主义与中国现代小说》中,茅盾认为中国传统小说在思想上存在着三种倾向:一是"文以载道",对儒家思想的宣扬;二是"游戏"的态度;三是牟利的意识。在具体的艺术手法上,传统文学主要是"记账"式的叙述方式,人物成为无思想的木人。而新文学,则提倡人道主义的思想,主张对"被损害者与被侮辱者"的同情,主张用严肃的人生态度来取代游戏的笔法。而在具体的艺术手法上,主张用左拉的"自然主义"来弥补传统小说的弱处。茅盾认为,左拉的自然主义,作为经受过近代科学洗礼的文学观念,主张文学创作要像自然科学研究那样严谨,把所观察的照实描写出来,它具有传统小说没有的真实与细腻。这种实地观察的严谨和求真的科学态度,是针对中国现代小说的一剂良药。当然,茅盾主要是将自然主义作为一种艺术方法(客观描写与实地观察)、作为"写真的器具"来借鉴的,"自然主义是一事,自然派作品内所含的思想又是一事,不能相混。采用自然主义的描写方法并非即是采用物质的机械的命运论"①。但是,这种注重客观描写和实地观察的艺术手法,先天地决定了社会环境对文艺的局限作用。茅盾认为,即使西洋的自然派小说存在着命定论的

---

① 茅盾:《茅盾选集》(第5卷),四川文艺出版社,1985,第62页。

倾向,充满了绝望和悲哀,那么这也就是西洋19世纪的写照,如果中国的现代小说如西洋自然派小说一样,也充满了命定论的悲观,那也是中国现实社会所具有的,对这个我们不能讳言。在《"左拉主义"的危险性》中,茅盾写道:"自然主义的真精神是科学的描写法。见什么写什么,不想在丑恶的东西上面加套子,这是他们共同的精神。"①支撑茅盾的自然主义观点的理论基点就是"反映论",在《文学与人生》中,茅盾同意"文学是人生的反映"的观点,并将人生或者社会细化为人种、环境、时代、作家的人格四个要素(应该是受到丹纳的文艺观点的影响)。

茅盾对自然主义的倾心,即使在后来参加"左联"、接受苏联文艺理论的指导时,仍很鲜明地体现出来。在他的《从牯岭到东京》中,茅盾叙述了他创作《幻灭》《动摇》《追求》的经历时强调:"所以《幻灭》等三篇只是时代的描写,是自己想能够如何忠实便如何忠实的描写;说它们是革命小说,那我就觉得很惭愧,因为我不能积极地指引一些什么——姑且说是出路吧。"②不过,在茅盾对时代因素的强调中,除了原先的客观观察和科学描写,又增加了社会科学的剖析色彩,在《读〈倪焕之〉》中,茅盾认为:"一部小说有无时代性,并不能仅仅以是否描写到时代空气为满足,连时代空气都表现不出的作品,即使写得很美丽,只不过成为资产阶级文艺的玩意儿。所谓时代性,我以为,在表现了时代的空气以外,还应该有两个要义:一是时代给予人们以怎样的影响,二是人们集团的活力又怎样地将时代描进了新方向,换言之,即是怎样地催促历史进入了必然的新时代,再换一句话

① 茅盾:《茅盾选集》(第5卷),四川文艺出版社,1985,第67页。

② 同上,第113页。

说,即是怎样由于人们的集团的活动而及早实现了历史的必然。"①在这里,无产阶级文学就必须要求思想和技巧两方面的发展与成熟,作家必须有能够观察分析的头脑,而不仅仅是一个被动的传声筒,他要用社会科学理论来分析这个时代,然后组织小说中人物的意识,组织事件和环境的描写。而这个科学理论,在当时就是苏联的所谓马克思主义的政治革命理论。正如茅盾在《〈地泉〉读后感》中所写,一个作家不但对于社会科学应有全部的透彻的知识,并且真能够懂得,并且运用那社会科学的生命素——唯物辩证法;并且以这辩证法为工具,去从繁复的社会现象中分析出它的动律和动向,最后用形象的言语、艺术的手腕来表现社会现象的各方面,从这些现象中指示出未来的途径。

正是这种将自然主义的"求真"与马克思主义革命理论的融通,使得茅盾的现实主义理论更注重冷静的观察与缜密的分析,更注重在社会、历史的环境中通过人物的行动来描写和说明社会发展的规律。而面对现实主义理论中的"真实性"与"倾向性"的关系问题,面对自然主义的"求真"而带来的文学对当下现实的超越性的缺失,茅盾给出的解决方案是从苏联过来的马克思主义的社会革命理论,即他所言的"人们的集团的活动"对历史的推进。无产阶级因为符合马克思主义的历史规律,因此会成为将来的救星。因此,在茅盾看来,"真实性"与"倾向性"在逻辑的向度上是一致的,如果小说中的人物,不符合马克思主义革命理论的"真实",不符合当下现实环境中的时代空气,就不是"真实"的,因此也不是典型的。而这种所谓客观的"历史的规律"和人们的错综复杂的"集团的活动"之间,有时不可避免地带有某

① 茅盾:《茅盾选集》(第5卷),四川文艺出版社,1985,第136~137页。

种“命定论”的色彩。如他的《子夜》中，机敏干练的吴荪蒲最终还是逃脱不了历史规律的制约，在群雄的角逐中最终败北（尽管茅盾明显地表现出对吴荪蒲的才华与能力的欣赏）。

在茅盾的理论视野中，作品中的人物，更多的是所属集团的象征（如他的《幻灭》《动摇》《追求》中的主人公，更多的是茅盾所理解的小资产阶级的象征，他们的精神动态实际上是当时社会上在大革命中的小资产阶级的心态，茅盾则是拿着马克思主义理论关于小资产阶级的观点来考量作品中的主人公的行为，茅盾辩护的只不过是小资产阶级也是革命文学所争取的对象，他们在文学创作中也应该有自己的一席之地而已）。这种观念，在早期的《现在文学家的责任是什么》里茅盾对新文学特征的概括中，就有所体现。文中茅盾认为，新文学所表现的人生，不是一人一家的人生，而是整个社会或民族的人生，所以，在进行文学描写之前，就一定要研究全社会、全民族，找出它的普遍弱点。而在左翼时期的革命文学理论中，茅盾只不过是将全社会或民族这个大主体置换为阶级这个主体而已。这种对大主体的强调中，作品主人公只是一个所谓的“样本”，在对主人公本身对时代的突破和限制方面体现出来的主体性，就注意得不够。

茅盾也强调文学的特性，但在茅盾的语境里，文学是作为表现社会现实的“艺术的手腕”“形象的语言”出现的。茅盾也注意到文学作品的情感层面，认为文学之所以不同于政治等其他宣传方式，就在于“他们需要一些直诉于感情的东西……即在文艺作品首要的职务，是在用形象的言辞以感情地去影响普通一般人，使他们热情奋发，使他们认识了一些新的——或换言之，去组织他们的情感思想”①。在对其进行细读之后，笔者发现，茅

① 茅盾：《茅盾选集》（第5卷），四川文艺出版社，1985，第156页。

盾对文学作品情感的强调,主要是侧重于文学的感染性,侧重于语言的感动人的力量,这种感动或者感染力其实更具有某种修辞的特性。正如朗吉努斯曾在《论崇高》中指出的,诗的形象以使人惊心动魄为目的,而演说的形象是为了意思的明晰。在茅盾的现实主义理论中,社会的"规律"等科学理论是优位于文学并先于文学的,文学的功能只在于描述和说明。而自康德以来的近代哲学中,以情感为核心的审美在弥合知性(或者说自然、思辨理性)与理性(或者说自由、实践理性)两个悖反的概念中的中介功能的含义,文学艺术作为"第二造物主"的创造性,在茅盾的阐述里,多多少少是缺席了的。

而胡风的现实主义理论与茅盾的区别,就在于胡风更侧重于对作家的主体人格的强调,更侧重于文学对现实生活的超越。在《文学与生活》中,胡风认为文艺不仅要反映生活,更应该站在比生活更高的位置上,文学所表现的东西应该是作家从现实生活里提炼出来、与作家的主观活动起到了化学作用的结果,它不是生活的奴隶,不向生活屈服,它更应该推进生活。在这里,作家的对于人生态度的渴望和梦想、对于理想的追求和现实生活的不满足,他的"主见",是文学出发的基地。尽管胡风当时也受苏联文艺理论的影响,同样主张文艺反映客观的真理和生活的真实,这一点没有走出左翼理论的反映论模式。但是在他的表述中,日常生活现实与客观真理的关系,即"真实性"与"倾向性"的关系,就不再像茅盾那样是逻辑的发展关系,而是进步与落后、光明与黑暗斗争的辩证关系。在这里,作家对生活的不肯屈服或奴服,作家对理想的追求,就不仅仅是科学的"求真",更多的是道德上的"求善"。同样,在胡风的语境中,文学更多地受到了道德上的规约,而这种道德,在胡风的理解中,就是人民解放的精神要求,就是对自由、解放的渴望。

在《关于青年作家的创作成果和倾向》中,胡风对文学做了一个重要的界定,“革命的左翼文学运动,作为劳苦大众争求解放的生活欲求和对于世界的能动的认识在文学上的反映”①,在这里,胡风在传统的对革命文学定义——对世界的反映——之外又增加了一个重要的内容:劳苦大众争求解放的生活欲求,这个“欲求”本身就不是一般的认识性的内容,而是带有道德诉求的性质。在人民群众争求解放的欲求和对世界的反映两个对文学的规定之间,尽管胡风用了一个含糊的“和”字,但争求解放的道德诉求显然处于最高阶(正如新柏拉图主义中的那个“元一”)。当道德诉求成为文学的最高旨趣,所谓“求真的”科学精神在文学中就不再成为绝对的统治力量。

正是基于这种对文学的“追求人生,在现实的人生大海里发现所憎所爱,由这创造出能够照明出人类前途的艺术的天地”②的目标定位,胡风认为“五四”新文学“尽了启蒙的作用”,“培植了先锋队伍”。而所谓先锋,就是一般(落后大众)之间的特殊的然而是新生的、向上的、给自己开辟道路的积极力量,它来唤醒、诱发群众的精神解放的欲求。而由于文艺“是生命力以绝对的自由而被表现的唯一的时候”③的特点,使得它能够较人类别样活动更为突出向前,进行“精神的冒险”,创造出新的世界。“在政治上经济上社会上还未出现的事,文艺上的作品里却早经暗示着、启示着的缘由,即全在此。”④如此,文学对现实生活的关系就不仅仅是反映论那么简单,它一方面要将自由的光芒照进

① 胡风:《胡风全集》(第5卷),湖北人民出版社,1999,第215页。

② 胡风:《胡风全集》(第2卷),湖北人民出版社,1999,第3页。

③ 厨川白村:《苦闷的象征》,鲁迅译,人民文学出版社,2007,第73页。

④ 同上。

当下的现实，另一方面也要唤醒当下现实中那种不满现实、追求自由的灵魂，使得这些灵魂从生活中杀出一条通向自由的道路，它不仅仅是未来的新生活的“预言者”，更是投身于当下现实的实践者。它对现实的关系在反映之外，更多了一种批判和救赎的关系。而这种批判，就决定了文学对现实的怀疑、否定的色彩，这种救赎，就决定了文学所具有的一种真勇、坚定的道德品质。现实生活不再是一个无可怀疑的整体性的存在，而是一个类似于新柏拉图主义的光明与黑暗的混合，真实与虚无的掺杂，而现实主义，就是一个从“无”到“有”、从奴役到自由的“出埃及”过程。胡风在《张天翼论》里，就对张天翼作品里讽刺、嘲笑、分析背后所表现出来的冷漠与旁观进行了批评。他认为，艺术活动的最高目的就是把捉人的真实，创造综合的典型，而这需要作家本人和现实生活的肉搏，需要作家带着真实的爱憎看到生活底层，而不只是在表面的社会现象之间进行随喜的遨游。对于作品里的主人公，作者应该爱或者恨，但绝对没有理由看不起。张天翼嘲笑现实生活中的平庸、可笑与丑恶，但缺乏在流动的生活里找出温暖，发现新的萌芽，由此孕育肯定生活、提高生活的心。文学的责任不仅仅是反映现实生活，更是提高现实，向理想进军。“假使诗人和音乐家来一同创造世界所没有的而且是非有不可的新的歌，‘世界’就会用感谢来听诗人的声音。”①

与茅盾一样，胡风也主张文学与思想不同的地方就在于它的情感的特性。在《关于主题积极性和与之相关的诸问题》里对青年作家作品的分析中，胡风提到了一个重要的问题。他认为，由于作家对生活的体识不能和创作的企图相符，所以在作品里就出现了强烈的“理智分析”的影子，不能使人感受到“血液的温

① 胡风：《胡风全集》（第2卷），湖北人民出版社，1999，第57页。

暖和肌肉的丰腴”。胡风认为,“缺乏了感情的东西就不能达到完全认识的境界”。因此,“只有和现实生活得到更深的融合,作家才能从作品里面给我们以真的真实性和饱满的情绪”①。不过,胡风对于文学作品情感的强调,是与人民群众精神解放的道德诉求紧紧相联系的,这种情感更类似于黑格尔意义上的“情致”。当然,胡风对这种情绪在作品中的表达还是做了诸多的限定,他认为普罗文学的心理描写,只有“在他和他的环境的复杂有机关系里面才能把握到他的心理的真实”。人物的心理和情感波动,必须置身于复杂的斗争环境中,与和阶级解放的主题契合相应。

胡风认为,客观主义只能看到现实生活的冷酷而感受不到温暖的、渗透着浓郁的败战心情,显示出生命力的灰白,这是胡风反对客观主义的核心。在《七月》杂志创刊词中,胡风就写道:“在神圣的火线后面,文艺作家不应只是空洞的狂叫,也不应只做淡漠的细描,他得用坚实的爱憎反映出蠢动的生活形象。”胡风在《七月》第六期上发表的《续论战争期的一个战斗的文艺形式》中,指出“情绪的饱满并不等于狂叫”,他认为文艺的任务不仅仅是让人得到人生的知识,更重要的是使人感受到人生的力量,因此,情绪是很重要的一个元素。不过,情绪“一定是附着在对象上面的,也就是和对象一同放射的东西”,作者应该把情绪压缩在、凝结在创作的对象里面,使得读者“从那表现过程的颤动上感受到不能不哭泣、不能不狂叫的力量”。由此观之,胡风对文艺作品中的情感因素已经有了深刻的认识。

抗战时期,张天翼的《华威先生》的发表,特别是《华威先生》被日方转载而“出国”,在国统区引起了很大的争论,被时人诟病

---

① 胡风:《胡风全集》(第5卷),湖北人民出版社,1999,第222页。

为“灭自己的威风,长他人志气”。而“暴露黑暗”又成为当时文艺上的一个争论的焦点。周行在《七月》上发表了《关于〈华威先生〉出国及创作方法问题》,对“暴露黑暗”的创作方法进行了分析。周行认为,发端于自然主义的客观主义,不能从日常生活中发掘出社会的内在矛盾来,导致他们笔下的人物,与社会本质的葛藤没有有机的联系,虽然逼真,却没有血色。他们的暴露黑暗,在表现对市民阶级的理想的失望的同时,“也倒掉了孩子”,不经意之间表现出对人类理想的失望,这是不可取的。因此,现代作家要暴露黑暗,必须遵从下面三个原则:“第一,要向生活肉搏,不旁观,不浅尝辄止。第二,要做主体的(阶级的)把握、批判。第三,要从黑暗中看出光明。”①而如何从黑暗中看出光明,周行认为,首先作者要究明所暴露事物的社会根源,发掘出其发生的内在原因,从而彻底地把丑陋相照明;其次要加深光明面与黑暗面的对照,要把光明面和黑暗面作为一物之两面来表现,而且这两面是在消长的过程中,在人物之间的社会的葛藤里面,就有着新旧的斗争,作家在写黑暗的时候,光明即在其中;再次,在讽喻之外要切实进行批判。对人生越执着,越不能容忍其缺陷,则对丑恶的憎恨越深刻。因此,描写罪恶,要彻底地描写,把罪恶鞭笞得体无完肤。

而在《七月》第十期胡风发表了《关于创作的二三理解》,就曹白创作的《杨可中》与曹白和彭柏山以通信的方式进行了争鸣。《杨可中》是曹白发表在《七月》上的一篇作品,主人公杨可中是抗战时期收容所的一名工作人员,他工作勤奋、为人真诚,却因此遭到别人的嫉恨、侮辱和报复,最终病死在医院里。彭柏

① 周行:《关于〈华威先生〉出国即创作方法问题》,《七月》(22),1940,第190页。

山对曹白的《杨可中》做了批评,认为这是一篇“失败”的作品,认为创作就是要将读者引领进光明的世界,而《杨可中》阴暗的色调显然与此不合,因此彭柏山劝曹白多读一些“哲学和科学类”的书籍,从而“使人的理智走上澄清的境界”。胡风不同意彭柏山的观点,他认为世界上并没有不含有“毒素”的真实,我们没有权利要求作家回避真实。但是曹白的《杨可中》并不是没有问题,其问题在他一直渲染杨可中的阴冷,从而将他动态的工作略去,片面强调了他的遭妒和受辱;其原因是作者创作心境的暗淡,导致不能向人生现象做更深的探求,做更进一步的肉搏。另外,关于彭柏山建议曹白多看哲学科学类的书籍来解决思想问题的建议,胡风认为,健康的人生观只是文艺上的一般的原则,而不能解决文艺上的具体问题,有了健康的人生观,如果没有很好的创作心境,照样可以写出失败的作品。批评家应该具体地指出作品的内容和真实的生活究竟有了什么样的参差,以及出现这些参差的原因,这样才能使作者通过迫近生活的真实来达到迫近“健康的人生观”的结果。针对彭柏山的文学要将作者带进光明的世界这一观点,胡风认为,真正的光明不能在概念的“皆大欢喜”中廉价地达到,必须在生活的真实里突出本质的方向才能凸显出来。

三、反对主观公式主义

胡风的现实主义理论的第二个内容就是反对主观公式主义。在20世纪30年代,随着唯物辩证法、社会主义现实主义等苏联文艺理论的影响,随着马克思、恩格斯关于文艺的通信的发表,左翼文学界开始了对现实主义创作方法的深入思考,而当时左翼作家创作中的“革命加恋爱”模式、“脸谱主义”、“标语口号”等倾向逐渐受到了“清算”和批判。恩格斯在给女作家考茨基夫人的信中，反对当时的“倾向小说”直接鼓吹作者的社会和政治观点的做法，赞同作者的倾向应当从场面和情节中自然而然地流露出来（胡风、瞿秋白等左翼作家都先后翻译过马克思恩格斯关于文艺问题的这些信件）的观点，以及马克思恩格斯对莎士比亚、巴尔扎克的推崇和提倡，都对中国左翼作家产生了很大影响。茅盾在评价《地泉》时就旗帜鲜明地反对“脸谱主义”，认为蒋光慈笔下的革命者和反革命者形象都具有脸谱化的倾向，成为“一个印版”里印出的机械的人，而不是“活”的革命者，从而歪曲了现实。而《地泉》更是“深入”“转换”“复兴”三个名词的故事体的讲解，只是“方程式”地布置故事，给人的不是情感的鼓舞，而是“画饼充饥”的虚幻的满足。冯雪峰也在与“第三种文学”的辩论中，一方面批评自由主义者远离政治，坚持文学作为战斗的武器；另一方面也反对左翼文学的阶级论和庸俗社会学倾向，强调“要真实地全面地反映现实，把握客观的真理的现实主义艺术规律”①。

与茅盾和冯雪峰等人对蒋光慈、阳翰笙等作家的批评不同，胡风在《关于“主题积极性”及与之相关的诸问题》中，对左翼文学中的“标语口号”现象做了一定的积极评价。胡风认为，这些“标语口号”作品中的概念分子，并不是从前用“倾向艺术”那个名词所说明的作者表现在作品里的理想，而是客观现实中已有或含有的东西。而之所以出现“标语口号”的现象，一方面可能是作家的艺术能力不足，另一方面可能是作家不能控制他的热情以致常常采取直接的形式喷吐了出来，他们的艺术上的不成熟并不能抹杀其作品自身的意义。即使是蒋光慈，尽管他的作

---

① 冯雪峰：《三十年代“文艺自由论辩”资料》，上海文艺出版社，1990，第309页。

品中表现出来的新的英雄主义被蒙在他的独特的“虚伪的意识”下面,却是新的客观现实在艺术上的粗浅的反映,他们只不过是过于急切、过于直白、过于“席勒化”,从而忽略了艺术制造的艰难的过程。

与胡风持相近观点的是左翼批评家辛人,他在《七月》上发表了《谈公式化》《关于公式化的二三问题》等文章,探讨了公式化与主题积极性的关系。在《关于公式化的二三问题》中,辛人认为,不能把历史的必然规律归为公式化,如《夏伯阳》和《复仇艳遇》等历史剧,编者把革命的理想、热情体现在作品里,更集中着革命的巨力和斗争的狂热的感情,而升华或昂扬为特定的动作,“就像在那阴霾的黑夜里,当舟子在狂风暴浪中悲壮地作生死的奋斗,当怒涛毒礁惊心动魄地破坏了他的一切,就像在这时候突然划破无边的黑夜的探照光一样,指示着这生死奋斗的过程不是没有结果的,不是没有代价的,指示着这斗争的道路是达到正确的自由幸福的前程,而最重要的是,指示着革命的必然的胜利,反动的必然的没落,正义的必然的发展,伪善的必然的铲除”①。因此,辛人反对那些在“反公式主义”的旗帜下来否定革命作家的信仰和热情,号召作家站在革命的立场上,表现民族的光明前途。在辛人的论述中,这个历史的必然规律究竟是个认识性的真理,还是一个道德性的信念,他并没有给予一个比较明确的界定。在这篇论文中,辛人还反对“客观主义”。辛人认为,新现实主义内包含着革命的浪漫主义,这是由对于现实之革命的实践而来的革命的认识,及其必然结果的革命的展望之统一的过程。而客观主义只是站在远远的地方观察,把所得毫不批判地原原本本地表现出来,这是对现实的冷淡,对民族利害的无

① 辛人:《关于公式化的二三问题》,《七月》(13),1939,第10页。

关心，从而残杀了文艺推动现实的伟大机能。

胡风真正反对的是“形象化”理论。他认为，所谓“形象化”理论，即是先有某种“理论”或“概念”，作家再去把它“形象化”，这和真的创造过程是相反的。而创作应该是把理论所表现的内容熔化到自己的实践生活里去，成为自己的东西，才能创造出一面是从现实生活中取来一面又和“理论”相对应的作品，这就是胡风的主客观“化合”论。在这里，作品中的人物和“理论”不是“映现”的关系，而是“化合”的关系，在“化合”关系中，理论是起加强与推动作用的元素，但主体是现实生活中的人物，一句话，人物及其命运是核心，而不是什么政治理论。“社会科学本身不是艺术。艺术是从生活内容提升上来的，社会科学的结论或思想只能作为作家对待生活以至把握生活的引线；在走到了创作过程的时候，思想已经成了被作家所把握的生活的内容的脉管或神经，它在作家的精神实感上已经失去了作为思想的形态。”①在这种主客观“化合”的过程中，人物的“情致”就成为思想与生活连接的必要中介。《七月》上登载了何封翻译的美国 William Phillips 与 Phillips Rabv 的《最近的革命文学问题》，文中作者认为，革命的小说并不是把抽象的“共产主义的意识形态学”应用于旧的熟悉的环境上就可以产生的，“这个新资料的同化需要直接的参加以替换外在的观察，而批评家就是指出旁观态度中的内在的危险”②。即作家必须参与到创作实践中，将政治的内容与创作的想象结合起来，而这种结合与同化的媒介应该是情感，这就明确界定了情感在作品中的联结政治内容和人

---

① 胡风：《胡风全集》（第 3 卷），湖北人民出版社，1999，第 15 页。

② William Phillips，Phillips Rabv：《最近的革命文学问题》，何封译，《七月》（10），1938，第 318 页。

物形象的媒介的地位。

在《关于“诗的形象化”》一文中，胡风针对当时的诗的“形象化”指出，没有倾诉出发自内心感应的动作的“形象”，没有充盈着诗人战斗欲求的经过烦琐刻画、描写的情境，是没有灵魂的“行尸走肉”。只有经过热情孕育的形象才能舞蹈、飞翔、歌唱，而且不仅是形象，那些理论和信念同样是可以舞蹈、飞翔、歌唱的。“形象化”的理论，先悬设一种离开生活现实的“思想”(即使在科学上是正确的思想)，然后再把它化成“形象”，那形象就成了思想的绘图或图案，而不是从现实生活里面诞生的活的形象。这种“形象化”的理论，究其根源就是机械论的庸俗现实主义。

胡风在《七月》上发表的《今天，我们的中心问题是什么》，深入阐发了他在评价曹白的《杨可中》中的观点。胡风认为，批评的任务，就是从特定作品或特定作家的创作过程所达到的生活内容与形象的统一里面，去探求作家和生活的接触方法，以及作家掌握生活真理的真实程度，而不仅仅是抽象地讨论创作与生活的联结问题。批评家要从具体作品的艺术评价中，具体暴露作家的生活内容和客观现实的参差点和一致点，创作活动中要达到的阶段，这样才能真正理解在历史进程中的作家，推进作家与生活更深刻的联结。胡风认为，作家要坚决反对没有诗趣的作品的构思，反对坐着概念的飞机藐视人寰的“航空战士”。在创作中，思想观念只能作为指引，通过感觉，深入生活，拥抱形象，创造出新的思想内容的艺术生命。作为作家，尽管要被“科学”思想武装自己的精神，但这种科学思想不能杀死作家的情绪，而且要被“民众革命战争的感情”所培养、充实和提高，真正的诗人，就是在“个人”的情绪里感受到群众的感受，与群众一起苦恼、仇恨、兴奋、希望、感激、高歌、流泪……才能真正创造出真实的艺术作品。在这篇文章中，胡风对文艺创作的独立性、作家主体精神活动等方面,做了高调的肯定,这也表明胡风逐步走出思想观念对文学的框缚,进入了对现实主义的文学本体层次的探求。

在抗日战争时期,胡风对主观公式主义的思考更加深入。如果说此前胡风反对主观公式主义,主要在于区别文学和政治的不同,认为文学应该描写人物的情感而不是图解某种政治理论,胡风仍然承认政治理论的正确。那么,胡风在评价鲁迅时就已经有了一些自己独到的见解。在《关于鲁迅精神的二三基点》中,胡风认为,鲁迅从来没有扛过进化论或阶级论的大旗,而是把这些智慧吸收到他的神经纤维中,“思想本身的那些概念词句几乎无影无踪,表现出来的是旧势力望风崩溃的他的战斗方法和决不被旧势力软化的他的战斗气魄”①。在《现实主义在今天》中,胡风认为,在抗日战争时期,出现了两种“不要文艺的理论”,第一种理论主张创作要从一种思想出发,尽可能离开现实人生。这种脱离现实人生、脱离民族解放和战争胜利的历史要求,只写“玉皇大帝的金銮殿和嫦娥仙子的粉面”,所得到的结果只能是“加在人生颈上的枷锁或游于天际的浮云”。只有从现实深处生发出来的思想,才能带有血肉的内容、丰富的生命,才能得到健康的发展。第二种是“要作家写光明,写正面的人物,黑暗或否定环境下面的人物不能写,至多也只能写一点点作为点缀”②。胡风认为,遵照这种理论,作家们都闭着眼睛做梦,它会杀死现实主义的精神,能够得到的只是在民族解放斗争中解除武装的结果。尽管这篇文章有对抗当时国民党文艺政策的历史背景,但胡风对抽象的“思想”的真实性已经有了警觉。

---

① 胡风:《胡风全集》(第2卷),湖北人民出版社,1999,第501页。

② 胡风:《胡风全集》(第3卷),湖北人民出版社,1999,第41页。

而胡风麾下的“七月派”同仁,如路翎、舒芜、方然等人,依托《七月》《希望》等杂志,开始了自己的理论探求。舒芜最先的理论兴趣是墨子研究,《释无久》就是其中的一篇。在《释无久》中,舒芜梳理、辨析了后代专家学者对墨子的“无久”概念的解释,最终将这个时间概念引申到人的实践活动中来。舒芜认为,所谓“久”,就是“弥异时也”,“其为时本相异也,逮历此而之彼,则虽相异而已同为一我所历也;以一我而历异时,其相异者乃汇合于一我,是即所谓弥异时也”①。这就是说,时间的差异性最终统一于作为主体的“我”之中,也只因“我”在,才能感受到分分秒秒的差异。而“无久”则指时间包含差别的绵延,“统而言之,邃古至于今日,一线绵延;析而言之,纵析之万劫,仍有先后之别。此即所谓‘无久’也”②。而“始当无久”,凡当下皆可为“始”,这个“始”并不是纯知识论中的时间,而是与历史主体的行动密切相关的“当下”,它是每一个主体进入历史的“入口”。“概时间之往,径直无还;人能刻刻以‘当时’为‘始’,自可随之进于至善之归,非若环之径而不进也。”③总之,在舒芜这里,循环论的时间观被线性时间观代替,而这个线性的时间观本质上是历史的,是攸关于历史中的每个主体的行动的。在《论因果》中,舒芜更是明确了对时间的看法,认为时间不过是服役于物质的东西,是物质用以实现其变化的工具。真正决定物质变化的是因果律,时间并不能阻碍因果的变化,它本身也在这变化之中,决定“未来”的就是事物的因果律。而事物变化的内因在于其内部矛盾,矛盾的解决并不是调和,而是扩大,因此结果必大于原因,世界历

① 舒芜:《舒芜集》(第一卷),河北人民出版社,2001,第7页。

② 同上,第8页。

③ 同上。

史才能不断更新、不断进步和发展。

在国统区引起很大反响的《论主观》中,舒芜则延续了在《释无久》和《论因果》中的思想。正如舒芜在《回望五四》中所言,《论主观》的中心议题在"个性解放",主要反对的是国统区当时的"左翼名流"的"机械教条主义"。而所谓的"机械教条主义",其性质是主观作用的"自我完成",变革或创造力的中断或偏枯。"而其具体表现,一方面是机械的'阶级决定论',这是由于对别人的脱离反动阶级的主观努力的'无价值感'而来;另一方面是木石似的'理性论',这是由于对别人的接近进步阶级基础的主观努力的'不应该'感而来。"①反对"机械教条主义"的目的,在于确立个人在历史中的主体性,"呼唤探索和追求"。就如舒芜在《释无久》中所主张的,在向着未来生成的历史中,每个人都有进入历史的"通道"和权力。正是带着对"个性解放"的诉求和理论创新的锐气,舒芜的文章充盈了难能可贵的怀疑精神。他认为,所谓思想的基本原则,并不现成地蕴含着对一切可能发生的新现象的认识,并不是"大全""总汇"或者"铸型",它只是思想进行分析时所遵循的道路,而新的结论囊括了思想的基本原则,并不是思想的基本原则包含了新的结论。而在《过程与结论》中,舒芜更是引用了恩格斯的"凡是现存的,都值得毁灭"的观点,对"机械教条主义"再次进行了批判。舒芜认为,所谓结论,即是先前的探索的结果,同时也是后面的探求之原因,它只是在无限地探求的运动中相对稳定的阶段,离开探求过程而把结论孤立起来,就没有任何意义。真理探求的过程,既是抵达结论的途径,又是扬弃现有结论的起点。因此,每个人都应该坚持辛苦跋涉的精神,在推进历史的运动中贡献出自己的力量。

---

① 舒芜:《舒芜集》(第一卷),河北人民出版社,2001,第53页。

“七月派”作家方然在《希望》第三期上发表了《释“过程”》一文,对舒芜的观点做了回应。方然认为,所谓“存在决定意识”,这“存在”是一个感性的存在,这“意识”是被作用的意识,这“决定”不是单方面的,而是一个交流的过程,是一个矛盾的统一,这个统一的中介就是人。在“社会人”的实践中,“有‘存在’和‘意识’相冲激的过程”,“里面有彼此相亲爱的,相战斗的,或卑屈,或昂扬的过程”①。所谓的“发展”“行动”“变更”也正与实践过程相始终。作为实践的主体,他的态度就不止于研究,不止于观照,而是投身于现实基本矛盾中能够体现进步方向的一方,“在意识与存在的纠缠如毒蛇的生死斗争中,最后意识战胜存在,这就叫‘认识’,复成为战斗力量。在激烈的战斗过程里,才能认识,把握基本矛盾”②。方然反对那种“思想”加“艺术技巧”的所谓现实主义,认为世界观(政治性)与创作方法(艺术性)的融合过程,才是现实主义的灵魂,抽去这个过程,就是典型的“主观公式主义”。作为文学,“政治性”与“艺术性”的联系的中介就是人的“情绪底突破”,这个“情绪”,不仅仅是生理学、心理学上的名词,而是“必然底洞察” 的结果,而这个“突破”,就是要突破“存在”的制约,这个过程进行底最高、最强烈的顶点就是“忘我”的境界。这个“忘我”,即“‘我’(意识)来自最广阔、最丰富的‘存在’中,而与其血肉相关,如波浪之于海洋”③。方然的这个观点其实已接近黑格尔的“情致”的概念,但他与黑格尔最大的区别就在于方然把这个“情绪”的内容是作为认识主体的“必然性的洞察”的结果,而不是黑格尔意义上的作为道德主体的“理性和

① 方然:《释“过程”》,《希望》第二集(3),1946,第167页。

② 同上,第168页。

③ 同上,第169页。

自由意志的基本内容”,这也是方然所说的“忘我”与胡风的“激情”的区别所在。

冯雪峰在《题外的话》里,也对“政治性”和“艺术性”的问题发表了自己的看法。他明确反对对文艺作品作出“政治性”与“艺术性”的划分的观点,主张在文学作品中,“政治性”和“艺术性”不是分开的,而是统一的。“所谓统一的看法,就是对于作品不仅不要将艺术的价值和它的社会的政治的意义分开,并且更不能从艺术的体现之外去求社会的、政治的价值。”①而这就需要进行具体的分析,必须看到文艺与政治、作家与社会之间的矛盾,或作家与作品本身的矛盾来。固然政治决定文艺,但这个决定是一个矛盾的、相互斗争的过程,而就文艺作品本身来说,它将政治决定文艺的原则最后转变为文艺决定政治的实现,也就是艺术作品。“这就是说,文艺上到达了多少,就带来多少的社会的或政治的价值;因为文艺上到达多少,在这里就是说从文艺上面达到了政治多少。”②在“政治性”的认识和“艺术性”的表现相统一的过程中,作家的自我斗争就显得尤其重要。

当然,在与冯雪峰、舒芜、路翎、方然等作家的文艺思想的相互激荡中,在胡风对当下抗日战争现实的深度思考中,在胡风与香港左翼文人、国民党右翼文人的激辩中,他挥笔写就的《论现实主义的路》,代表了胡风对现实主义理论探索的主要成就,也成为20世纪上半叶中国左翼文艺理论界的一项重要创获,具有重要的理论价值。

---

① 冯雪峰:《冯雪峰论文集》(中卷),人民文学出版社,1981,第106页。

② 同上,第107页。

四、现实主义的路

卢卡奇的《叙事与描写》深化了胡风对客观主义的认识，为胡风及其“七月派”批评家批评当时的左翼创作提供了文本分析的理论武器。不过，卢卡奇的《叙事与描写》还是强调它一贯所坚持的“总体性”观点，这个哲学上的“总体性”更侧重于理论的思辨层面，更强调作家的社会实践，而胡风则在文学批评中将自己的主要焦点凝聚在作家自身的精神世界中，文学本身的情感表达中蕴藉的道德信念、世界观或者说思想渐渐地成为论述的背景支撑。而《现实主义的路》，则是胡风自己的现实主义理论观点的精要，对左翼现实主义的真实性与倾向性的问题，胡风作出了自己的回答。

胡风认为，现实主义文艺思想的主要要求，就是表现广大人民，特别是劳苦人民的“负担、潜力、觉醒和愿望”，所谓负担，就是历史的负担和战争的负担，即人民在战争中的真实的受难以及既有社会势力的剥削和压迫；所谓潜力，就是把战争的负担和历史的负担减轻一直到解放，从而使得战争真正胜利和解放要求的实现的潜力；所谓觉醒和愿望，就是把从战争负担来的痛苦压力转化为对于历史负担的觉醒，由这获得主动力和创造力，通过战争过程去减轻以致最后解除历史负担的愿望。在这里，现实就是一个历史（负担）和未来（愿望）之间的一个拐点，就是左翼现实主义经常讨论的光明与黑暗的界面，“在黑暗的或落后的社会现象里面并不是能够没有潜流着人民的痛烈的追求，在英雄或胜利的故事里面并不是能够没有贯注着人民的深沉的搏斗的”①，它这里混溶着“已经实现、正在实现、将要实现的真正的

① 胡风:《胡风全集》(第 3 卷)，湖北人民出版社，1999，第 486 页。

现实”。它既是战场,又是通向希望之路的起点,“是内容上包含着苦痛和欢乐的冲击,形象上呈现着平凡但却雄壮的血肉风貌的”,而这一切的集中点就在于“人”,因此,现实主义的真实性和倾向性的问题,就不在社会规律之类的层面上讨论,而是回到了人本身。

在胡风的论述里,“负担、潜力、觉醒和愿望”中,“潜力”是负担能够转化为觉醒和愿望的原因。胡风关于人民解放的潜力的观点来源于马克思对人的定义,胡风在《论现实主义的路》中引用了马克思关于人的定义,认为作为感性活动的人,人是历史的具体的人,是作为活人的生存的诸个人;另一方面,作为阶级的、实践的人,则是“成为诸革命的出发点的个人们”。那么这种“潜力”要完成从“负担”到“觉醒和愿望和夺取生路”的转变,焕发群众的积极性,这就要求作家本人的积极态度。胡风认为,现实之所以成为现实,就是因为“流贯着人民的负担、觉醒、潜力、愿望和夺取生路这个火热的甚至痛苦的历史内容”,而作家就需要把这个历史内容化为自己的主观要求,“由于自己有着征服黑暗的心,因而能血肉地突进实际的内容去认识和反映黑暗,由于自己有夺取光明的心,因而能血肉地深入实际过程去认识和反映光明;这才能够在写黑暗的作品里感受到血肉的搏斗,引起争取光明的渴望,在写光明的作品里面感到血肉的追求,引起征服黑暗的信心”①。在这里,“光明”不是一种所谓的科学的推论,而是一种从奴役转向自由的具有道德向度的历史行动,而作家的这种对光明的追求,也就不是一种科学的、理性的观察,而是一种带着激情和痛苦的道德信念。而这就要求作家有坚强的人格,和对于现实的不妥协的态度,以及在现实中发掘光明的信心。

① 胡风:《胡风全集》(第3卷),湖北人民出版社,1999,第501页。

在文学创作中，作家就是题材（现实）与主题（愿望）之间的一个最重要的变量，作家人格的坚贞与否，决定着文学本身的精神品质的高下，而作家之所以能起到为人民代言的作用，文学能够成为社会解放的先锋，也就是因为文学对于解放、自由精神的表达，而作家也是借助于对自由、解放精神的追求这个中介而与人民解放的欲求这个时代精神融合。

胡风认为，作家的这种道德信念必须与现实生活碰撞、交锋，现实主义、理想、思想必须“活在社会的泥塘里”，从现实的人生里面得到血肉的内容与丰富的生活。而同时由于现实生活中光明与黑暗的共存，使其失去了荷马史诗时期浑融整一、为理想所贯注的特点，所以思想只能是人生发展方向的综合或提炼，而不能是“加在人生颈上的枷锁或游于天际的浮云”。“因为，我们还活在相砍之世，我们不幸还属于相砍的人群，没有办法不在某一关联上站在分裂了的历史的一方；如果我们所站的一方是推动历史必然发展的力量，那也就是正确地认识历史的力量，只有凭着这个力量才能够深入客观对象，真正把握客观对象，从客观对象创造出更强烈地反映了历史内容的（甚至是比现实更高的）艺术形象。”①胡风的这个观点虽然带着苏联马克思主义的某些教条性，但还是明晰地指出了作家在社会中的主体性。因此，胡风反对古希腊式的“静观”，希望作家与生活肉搏，在灰色的现实中艰苦地争取前进。“光明从哪里来？肯定的人物在哪里？光明从黑暗的重重包围中透露出来，肯定人物在否定人物的围攻里面，在被否定的人物的虐杀下面，在和否定人物的搏斗中间！”②

---

① 胡风：《胡风全集》（第3卷），湖北人民出版社，1999，第524页。
② 同上，第509页。

这种光明与黑暗的交战,不仅发生在所谓分化的阶级之间的斗争,它还浸入每个人的灵魂深处。恰恰是这种灵魂深处的道德抉择,决定了个人与时代精神的参差,而不是什么阶级的分布决定个人的进步与否。所以胡风认为,所谓的先进阶级,并不是真理的垄断者,也不是道德价值的裁判,恰恰相反,所谓的先进阶级,必须首先被这种思想或信念所沐浴、所贯注后才能够成为先进阶级,而恰恰是小资产阶级出身的知识分子成为思想主力与人民之间的桥梁。而人民,在未得到新思想的启蒙之前,自由、解放的精神要求被闷杀在旧的意识形态中,这时候的人民并不是什么进步的力量,而是统治阶级的精神奴役的牺牲者,有时甚至是帮凶。只有在新思想的启蒙之下,触发出自由解放的精神要求,才有参与历史、担当历史的资格和能力。而在安于天命与自由解放这两种精神要求之间进行抉择,"做黑暗势力的奴隶或者做自由、平等、幸福的公民"①,这时候需要的并不仅是所谓的理智的分析或逻辑推理,它更需要的是进行抉择的刹那的勇气和信念,某种程度上更需要有教徒式的热诚,只有经过灵魂的"转身",人才能真正地从奴役中走出,投身自由解放的历史行动。这种"转身"后的"英雄",并不是荷马史诗式的具有改造世界的神力的英雄,而是具有坚贞信念的"原子",他并不否定社会现实的黑暗面,并不否认自身的缺陷,他否认的是这种现实的存在的合理性,否认的是主体对外在他者的依附,他开创了一个起点,而不是预约了一个黄金世界。

也许只有在对胡风的现实主义观点的深入考量中,我们才能理解胡风对主观公式主义和客观主义的严苛批评。在《论现实主义的路》中,胡风认为主观公式主义和客观主义两种创作倾

① 胡风:《胡风全集》(第3卷),湖北人民出版社,1999,第43页。

向背后的东西,那就是精神的怯懦。胡风批评了主观公式主义的"思想加技巧"论,认为那是"教条加花样景",所谓的"思想",并没有活在现实生活中或社会斗争中;而技巧,也不是这种被思想照亮的现实生活的特征的表现,它们本身就是"两张皮",其核心精神就是反实践。作家或批评家或者"坐着概念的飞机藐视人寰",或者在"岛球"上向壁虚构,在优美的憧憬里设定人民的面貌以及自己与人民的关系。从而不敢正面接触带着血痕和泪痕的现实生活,不敢表现群众的"精神奴役的创伤",不敢"从血泊中绣出花朵",切断了从奴役走向自由的现实之路。这种主观公式主义出来的作品,只是思想教条的高分贝功效,只是文学技巧的炫耀,只是一封"没有地址的信"。而那些概念的纸人纸马的人物形象,并没有从经验的人取得基础,也缺少着"从现实生活过程"形成起来的心理状态或生活斗争,因此也就不是活的人的感性的活动,这就使得它无法起到文学应有的从现实到未来的桥梁的作用。

而客观主义者也同样不敢碰触生活,他们站在所谓的旁观的角度,来观照生活,尽管他们也描写生活的黑暗面,也批判这个黑暗,但是他们看不到在这黑暗里面流贯着地冲出黑暗、迎接光明的激情和力量,没有流露出对人生的爱,没有在读者心里养成温暖、养成向往光明的心。胡风曾经强调过,要正视生活,但不要奴从生活,那么,客观主义在这一点来说似乎就是对生活的奴从的态度,把生活当作了宿命的东西,同时又开脱了自己的责任。胡风在评论张天翼的小说时,就明确地指出,作者本身和作品中的人物隔着很远的距离,他对人物或笑骂、或赞美,但他自己"超然物外",使得他不能够向他所表现的人生做更深的突进。在《关于风格》中,胡风认为王晨牧的诗歌创作的心境是"真诚然而是静静祈愿的","这是一个摸得着、感得到的精神境界,一种爱生活爱到了宁静，信仰生活信仰得达到了宁静的精神境界”①。胡风反对在生活现象上的过多的迷恋，更强调“时代却正是一个激情的时代”，而要把握住激情的现实，就得在万花缭乱的生活现象下面，掘发出人民精神解放的坚贞欲求和投身于解放实践的火热的历史内容。

---

① 胡风：《胡风全集》(第3卷)，湖北人民出版社，1999，第70页。

第四章 “民族形式”论争

发生在抗日战争时期的“民族形式”论争，某种程度上是左翼知识分子内部的论争，从延安、重庆、桂林、香港、晋西北等地的讨论参加人员即可看出。在徐迺翔编辑的《文学的“民族形式”讨论资料》里，曾于20世纪40年代出版《鲁迅正传》的国民党右翼文人郑学稼的《论“民族形式”的内容》一文，思想上固然反动，语言上固然尖刻，但对当时的“民族形式”的讨论的观察不得不说是洞若观火，“当中共从事阶级斗争时，文学一定要以‘普罗文学’的姿态出现；当中共成立苏维埃共和国时，文学一定要以‘社会主义写实文学’的容颜而歌颂江西的天国；当中共为民族统一战线而斗争时，文学一定要以‘大众文艺’面貌而说明到社会主义之路要经过民族的阶段”①。

当然，正如段从学教授在《“民族形式”论争的起源与话语形态论析》中指出的，重庆方面的“民族形式”的论争刚开始并不是与毛泽东提出的“中国作风与中国气派”相关，而直接起源于胡风、茅盾、老舍等以“文协”为中心的新文学人士与以“通俗读物编刊社”为中心的向林冰等人在“旧瓶装新酒”等文艺问题上的争执，最后向林冰借用了延安的话语，确立了自己理论的合法

---

① 徐迺翔编：《文学的“民族形式”讨论资料》，知识产权出版社，2010，第511页。

性,从而使得左翼文人反对向林冰的观点时,不得不有所顾忌。而论争到最后还是《新华日报》社长潘梓年、中共文化旗手郭沫若等对向林冰观点作出了否定性的评价,定了调子,划清了界限,才迅速扭转了论争的形势,从中也可以看出中国共产党对这场“民族形式”论争的参与和掌控的力量。

总的来说,这场论争,其取得的理论成果并不是很突出,尤其是对论争的关键词——“民族形式”——的界定都处于模模糊糊、众说纷纭的状态。斯大林的“社会主义的内容,民族的形式”,毛泽东的“中国作风和中国气派”,成为这场纷争的一个不言自明的标尺,恰恰是这种“不言自明”,又使得这个名词成为一个神秘的东西,使得论争者犹如“瞎子断匾”。如潘梓年在新文艺民族形式座谈会上的发言,提出了“内形式”和“外形式”的划分,而所谓与内容密切相关的“内形式”,潘梓年居然认为是题材,而文艺作品则是题材的形象化,这种解释显然缺乏严谨的学术逻辑(在一般的意义上来讲,题材与哲学中所言的“质料”类似,如何是“内形式”?)。而在潘梓年、郭沫若等人的文章发表之后,胡风发表并最后结集的《论民族形式问题》,其与左翼同仁在理论基点上的迥异,使得其批评者在批评时显示出理论的隔膜,即便如王实味这样的有着独立思考的马克思主义者,评价胡风时也表示不理解。在《文艺民族形式问题上的旧错误与新偏向》中,王实味就对胡风的某些观点不敢苟同。对于胡风的“形式是内容的本质的要素。对于形式底特质的把握,正是突入内容的一条通道”这个观点,王实味认为这是一种抽象的民族形式观;对于胡风的“欣赏力,一方面可以是由于生活存在上的,甚至文艺形式上的‘习见常闻’,但另一方面,却是生活存在里的,隐藏着的甚至是原来常被大众自己拒绝的战斗欲求”的观点,王实味认为大众之所以欣赏新事物,不是由于战斗的欲求,而是新事物的产生，依然是存在决定意识。王实味反对的胡风的这两个观点，恰恰是胡风文中最具有理论品格的，与之擦肩而过，殊为可惜。

因此，对胡风及左翼诸家关于“民族形式”论争中的观点的探讨，必须首先对“形式”这个关键术语做一番理论的梳理，才能探测出这场论争的学术景深，透显胡风观点的价值。

第一节 何谓形式

一、西方美学思想中的“形式”含义

什么是形式？波兰美学家瓦迪斯瓦夫·塔塔尔凯维奇在他的美学名著《西方六大美学观念史》中，对西方形式概念做了细致的梳理。他认为，从古希腊以来的西方理论，形式至少有以下几种含义。

1. 首先，形式是各部分的比例和安排，而它的反面或相关者就是元素，这种形式可称为形式甲。这种观念起源于毕达哥拉斯派，他主张美包含在简单、明确的各部分的安排之中。而柏拉图也认为，美就是正当的安排、比例和定型。这种形式观念一直是古希腊罗马美学的主导，而普罗提诺在他的《九章集》中，对这种形式观念的独霸地位提出了挑战，他认为美并不全在于复合事物的比例中，同时也存在于如太阳、光线、金子等单一事物的光辉中。在文艺复兴以后以及古典主义时期，这种形式观念依然占据着重要地位。

2. 事物的外表，有时又可用形象来代替，它的相关项则是内容、内涵或意义，这种形式可称为形式乙。古希腊的智者们将诗中的“字音”和“字义”分开，在波赛唐纽斯给诗所下的定义里，

语句的本身有别于它的意义，而克拉迪斯则主张，好诗和坏诗的区别就在于音韵的悦耳与否。在中世纪，形式分为两种，一种是音韵，一种是意象，而相关的内容也划分为两种：一种是主题和叙述的事件，一种则是宗教或形而上学的意识形态内容。到文艺复兴时期，诗学中的形式和内容区别也颇为明显，虚构和思想包含在内容中，而措辞则属于形式。这种形式观念主要是在文学中，因为只有在文学中才有这种词语与词语所指示的事物、事件的区分。形式甲和形式乙的区别主要是形式甲运用在视觉艺术领域，如绘画、雕刻等，它的相关概念是元素，形式乙主要运用在诗学领域，它的相关概念是内容。但当形式和内容的观念运用到视觉领域后，用意起了变化，此时的形式（我们称为形式乙＋）具有两种含义：一是外表、表象，二是整体的安排。而20世纪的“形式主义”文艺观以及“结构主义”的文艺观，其形式的概念依然是来自于这种形式观。

3. 形式也可意指一个对象的界限或轮廓，我们称之为形式丙。在《拉氏法文哲学词典》中，形式的第一项定义就是包含着对象轮廓的几何图形，它与轮廓、图形、图像、形象同义，它只关系到素描，与色彩无关。

4. 形式的第四种概念来自亚里士多德，他把形式视为事物的本质，是其必要而又非外来的成分，这种形式如同行动、能力、目的，它是存在物的主动因素，我们称之为形式丁。在中世纪，经院哲学的学者们，将亚里士多德的形式概念移植到美学中，与普罗提诺的美的“光辉”的概念结合起来，就形成一个相当特殊的美的概念：对象之美，有赖于形而上学的本质在其表象中表现出来。这个观点得到中世纪阿尔伯蒂学派、圣方济各学派和圣·奥古斯丁学派的认可。塔塔尔凯维奇认为该美学理论在17、18世纪已消失，此种说法似有待考证。其实在黑格尔的美是“绝对理念的感性呈现”的观点中，我们可以看出他的美学观念与中世纪美学观念的渊源。

5. 第五种形式观由康德所创。在《纯粹理性批判》中，康德认为知识来源于人类先验的观念形式与经验事实的综合判断，而形式或范畴是我们“先验统觉”的一种属性，它使我们以一种特殊的方式去体验事物，这种形式有着普遍与必然的特点。但是在《判断力批判》中，康德在美学中并未发现他在知识论中所找到的那些先验的形式。在19世纪末期，美学家康拉德·费德勒认为人们可能丧失正确的视觉形式，艺术家却将这种形式保存在作品里，艺术的观念和活动，都受到这种视觉形式与法则的统辖。而后来的沃尔夫林、任摩尔曼、沃林格、狄奥纳发展和丰富了费德勒的这种形式观。

在上述五种形式的主要含义以外，在美学中，形式还有着其他的含义。如形式这个词，有时也被指为那种用以生产形式的工具，我们称之为形式己；如形式有时也指作曲家和文学家从事创作的常规和定格，就像十四行诗的形式，戏剧中的三一律，音乐中的赋格曲和奏鸣曲，我们称之为形式庚；如形式还可以指各式各样不同种类的艺术或同一艺术的各式变化，这种形式我们将之称为形式辛；还有形式有时也可以指艺术品中精神的因素，我们将之称为形式壬。

瓦迪斯瓦夫·塔塔尔凯维奇对形式的细致梳理，对我们进行民族形式论争研究，可以说是一个良好的理论奠基。在论争同仁有关民族形式的讨论中，他们对于形式的看法，在上述形式的九种定义中，基本上都能找到自己的理论模型。

二、对斯大林和毛泽东的“民族形式”的理解

正如郭沫若所言，“‘民族形式’的提起，断然是由于苏联方

面得到的示唆”①,在民族形式论争中,斯大林的“社会主义的内容,民族的形式”无疑是左翼诸家首先所承认和沿袭的理论准绳。在苏联,斯大林对民族问题所发表的文章是相当多的,尤以他那篇受到列宁称赞的《马克思主义与民族的问题》著名,文中斯大林坚持了马克思以来的阶级立场,号召用国际主义和统一而不可分的阶级斗争去对抗民族主义。斯大林认为:俄国的民族问题是国家解放这个总问题的一部分;只有国家完全民主化,才能解决俄国的民族问题;而实行民族自决和区域自治,在一切方面(语言、学校等等)实行民族平等和工人的民族间团结的原则,则是解决俄国民族问题的必要条件。总之,用阶级斗争理论来诠释民族问题,用无产阶级解放的远景来融汇民族独立的诉求,这是左翼理论界对民族问题的一贯主张。

在阐释斯大林的理论的苏联文艺理论家中,顾尔希坦的观点值得重视。顾尔希坦在《论苏联文学中的民族形式》一文中,详细地阐述了斯大林的“社会主义的内容”与“民族的形式”这两个重要的概念。所谓“社会主义的内容”,顾尔希坦认为,主要是指“新的苏维埃人民所体验的这种新的思想与感情”,具体来讲,就是“对于社会主义祖国的挚爱,充满了深邃的国际主义感情的苏维埃的爱国心,苏联各族人民的友爱,苏联人民对于共产党及其伟大领袖列宁与斯大林的无边的爱与献身的精神,新的世界观,在我们社会主义国家消灭了人剥削人的制度之上所建立起来的对于大自然与社会的态度,对于劳动的新的创造性的观点,两性间的新的相互关系,共产主义的道德,社会主义建设及为了

① 徐迺翔编:《文学的“民族形式”讨论资料》,知识产权出版社,2010,第254页。

共产主义最后胜利而斗争的热情”①。从顾尔希坦的表述看，这个内容更着重指意识形态的教谕，更多的与主题有关。而与之相关的形式则应指事物的外表或形象的形式，即主要包括措辞和意象的形式乙。果然，在“民族的形式”中，顾尔希坦首先认为，民族的艺术形式，首先的要素是语言，其次是历史的传统与文学的传统，所谓文学的传统，即“每一种民族文学发展所特有的文体、风格、形式等整个历史的总和”，这其实就是文学创作中那种常规和定格的形式庚；第三个要素是“真实”，顾尔希坦把“真实”(Reality)作为民族形式的要素，这是一个很有意思的提法。而顾尔希坦对“真实”很重视，认为它是形成民族文化形式的相当重要的因素，而这个“真实”则是指民族发展过程中的“所有生动的、革命的和进步的东西”。其实这个“真实”就是受无产阶级世界观支配、受“社会主义现实主义”创作方法所规定的现实生活。这种“真实”，一方面连接着民族的生活，另一方面又顺从着马克思主义的视域的限定，它其实是从“民族形式”到“社会主义内容”的桥梁。

恰恰由于这种“真实观”，在论及普希金和陀思妥耶夫斯基时，顾尔希坦认为普希金的《欧根·奥涅金》是“俄国生活的百科全书”，而陀思妥耶夫斯基之所以认为奥涅金的形象是反民族的，正是基于他认为普希金的思想来源于西欧，基于他对民族性的不正确的看法，基于他认为：“奴性的‘驯良’，温顺，对苦难的崇拜，是俄罗斯人民的主要特点。”②在普希金的“欧化”和陀思妥耶夫斯基的“民族形式”之间，顾尔希坦认为普希金的“欧化”

① 顾尔希坦：《论苏联文学中的民族形式》，《希望》(2)，1946，第119页。

② 同上，第120页。

(包括主题、题材、原则和技巧),对当时的农奴制而言的俄罗斯,就是进步、发展和前进,是俄国生活的真实的历史趋向,它使得普希金的"民族形式"更清晰显著,使得"他从'人种学'的独特性的狭窄的界限,走上了全人类艺术与文化的大道"①。因此,顾尔希坦认为:"民族形式,特别是文学的民族形式,是一个历史的、变动的范畴。它随着社会生活中所发生的变化,以及从而在民族的文化与文学的内容中所发生的变化而改变。"②

而毛泽东在《中国共产党在民族战争中的地位》一文中所提出的"中国作风和中国气派",提出的"国际主义的内容和民族形式",其立足点在于"马克思主义中国化"。"马克思主义中国化"口号的提出,既有党内针对王明的反教条主义的政治运动背景(而王明虽然也勉强认同毛泽东的马克思主义中国化的观点,但他在六届六中全会上也提出了他对马克思主义中国化的看法:"〈1〉首先须学习马列主义——不仅政治理论,而且军事理论;只有学习马列主义理论,然后才能运用和民族化,因此,必须加紧学习马、恩、列、斯学说;〈2〉不能庸俗化和牵强附会……;〈3〉不能以孔子的折中和烦琐哲学代替唯物辩证法;〈4〉不能以中国旧文化学说来曲解马列主义,而要以马列主义来了解和开发中国文化;〈5〉不能在'民族化'的误解之下,来忽视国际经验的研究和运用。"③如果抛开当时的背景,这段话中的意思也有可取之处。但是,由于王明是在毛泽东提出马克思主义中国化这一思想后所做的讲话,再加上他始终不承认马克思主义中国化的问题,因此,其真实意图则不言自明了),也有对共产国际过多干涉

① 顾尔希坦:《论苏联文学中的民族形式》,《希望》(2),1946,第121页。

② 同上。

③ 王明:《王明言论选集》,人民出版社,1982,第637~638页。

中国革命的不满,“它很快成为中国共产党人用以摆脱苏联人控制,决心根据中国革命利益的实际需要,独立自主地决定自己命运的一面旗帜”①。

因此,毛泽东的“民族形式”,并不是斯大林所言的亟待克服和扬弃的“民族形式”,而是一个有着自身独立性的民族国家主体,它所外显出来的情调,就是“中国作风与中国气派”。在《新民主主义论》中,毛泽东强调了这种主体性:“中国应该大量吸收外国的进步文化,作为自己文化食粮的原料……但一切外国的东西,如同我们对于食物一样,必须经过自己的口腔咀嚼和胃肠运动,送进唾液胃液肠液,把它分解为精华和糟粕两部分,然后排泄其糟粕,吸收其精华,才能对我们的身体有益,决不能生吞活剥地毫无批判地吸收。所谓‘全盘西化’的主张,乃是一种错误的观点。”②在这里,“全盘西化”不仅仅是对胡适观点的批判,其实也隐隐有着对“全盘俄化”的批判。同样在这篇文章中,毛泽东提出中国的新民主主义文化同“别的民族的社会主义文化和新民主主义文化相联合”,建立“相互吸收相互发展的关系”,从而“共同形成世界的新文化”,界定了中国共产党与苏联平等互动的关系。

另一方面,毛泽东特别重视中国自身的传统历史,他认为:“中国现实的新政治新经济是从古代的旧政治旧经济发展而来的,中国现实的新文化也是从古代的旧文化发展而来,因此,我们必须尊重历史,决不能割断历史。”当然,这种历史,既有“封建性糟粕”,也有“民主性精华”,因此要“辩证”地对待。这种对传

---

① 杨奎松:《文学的马克思主义中国化的历史进程》,河南人民出版社,1994,第1页。

② 徐迺翔编:《文学的“民族形式”讨论资料》,知识产权出版社,2010,第125页。

统的重视,显然也是强调自身独特性的一个重要内容。

这样,毛泽东提出的“国际主义的内容,民族的形式”,与斯大林的“社会主义的内容,民族的形式”的观点,就有着颇费思量的差异。“国际主义的内容”,既是当时抗战环境下一个对马克思主义的模糊的表达,同时也有着对马克思主义外来者身份的确认,而作为“吸收”这个动词的宾语,马克思主义就被当作西方文化成果之一,这个“内容”更带有“质料”或“元素”的含义;但同时作为“运用”的宾语,马克思主义又被当作“观察问题和解决问题的立场和方法”,这个“内容”又有着“原则”“原理”(这样就有点类似于斯大林的定位)的含义。同样,作为“吸收”的主语,“民族形式”更带有主体的能动性,带有主体运用自身的“形式”对“内容”进行加工并创造出新的成果的意思,这种“形式”就有创建一种新的“范式”的意思,类似于康德所言的“形式”,即形式戊。但如果是作为“运用”的主语,“民族形式”就像“元一”下面的“多”,它被内容所规定和制约(这点又倾向于斯大林的观点)。因此,毛泽东的“民族形式”观点(包括文艺上的民族形式观点)就暧昧地游移在这两者之间。

在左翼诸家对毛泽东的“民族形式”观点进行的阐释中,潘梓年和郭沫若的观点值得注意。在《论文艺的民族形式》中,潘梓年认为,“文艺上的民族形式问题,应当就是中国化问题,而不只是‘旧瓶装新酒’问题;不只是运用旧形式的问题,同时也应当是创造新形式的问题”①,“要讲中国气派与中国作风,似乎不只是形式问题,同时也是内容问题”②,比较准确地把握了毛泽东

① 徐迺翔编:《文学的“民族形式”讨论资料》,知识产权出版社,2010,第137页。

② 同上,第139页。

的意图。不过潘梓年把题材作为“内形式”,似欲说明民族形式的“内容”问题,但由于其理论功底的薄乏,使得他的这种阐述无法自圆其说。而郭沫若在《“民族形式”商兑》中,对毛泽东的民族形式的观点的理解就深入了一步,他认为毛泽东的“民族形式”与苏联不同,后者强调“以内容的普遍性扬弃民族的特殊性”,而前者则是“反映民族的特殊性以推进内容的普遍性”。毛泽东的“民族形式”里面,含有对“一切工作者能动精神的鼓励”,“国际主义的内容”经过“民族形式”的吸收、消化,从而创造出新的事物来,就像“吃了桑柘的蚕所吐出的丝”一样。受郭沫若这篇文章的启发,潘梓年在新文艺民族形式座谈会上的发言里提出,民族形式问题,是“为了使中国文艺在国际文坛上占到一个地位,提的出自己的贡献,不至成为‘有之不为多,无之不为少’的组成部分”①。

第二节 “民族形式”讨论概览

一、延安的讨论:通俗化与现代化之争

在延安,对毛泽东观点首先进行响应的是陈伯达、艾思奇、萧三、柯仲平等人。陈伯达在《关于文艺的民族形式问题杂记》中提出“抗日战争的内容与民族的形式,是今日文艺运动的主流”。把“国际主义的内容”置换为“抗日战争的内容”,使得民族独立的主题遮蔽了阶级解放的诉求,也无形中消解了毛泽东的“民族形式”理论里马克思主义与中国化的理论张力。而在具体

① 徐迺翔编:《文学的“民族形式”讨论资料》,知识产权出版社,2010,第 277 页。

的阐述中,民族主义的话题又转换为宣传群众、动员群众的问题。陈伯达认为,基于当前抗战的任务,我们就需要动员民众,“感召无数的大众到抗战中来”,文艺因此成为宣传的工具。而将文艺定位在宣传的层次上,“事实上应以该文艺所发生的感召力量为准绳”,即以宣传的效果为最终旨归,而要达到这个效果,必须考虑到受众的接受问题,即能否为群众所“喜闻乐见”。因此,群众的“喜闻乐见”就成为讨论“民族形式”的问题核心,而“旧形式”作为老百姓习惯的“民族形式”,就成为建立新的“民族形式”不可忽视的力量,民族形式应该从“旧形式”的扬弃中产生出来,而文艺家应该“去了解他们所喜欢的作风,所高兴的格调,和你的创作生活结合起来”。陈伯达虽然没有否认“五四”以来的“欧化”的新语言,认为它是“中国民族真实的新生活发展的反映”,但强调要将其装进“民族形式”中,以便使大众理解。可以看出,陈伯达并没有承认“五四”以来的小说、散文、诗歌、戏剧的整体“形式”具有“民族形式”的资格,而原因就在于其不是从民族的历史传统中而来,不能够为老百姓所“喜闻乐见”,他之所以承认“街头戏”是民族新形式,也正是因为它是“喜闻乐见”的,因为它“曾经轰动一时,赢得千百万群众的眼泪”。整体上来说,陈伯达所言的民族形式是指“体裁”(即形式庚),不过他是从宣传与接受的效果来考量的,这种宣传又主要是面向底层教育程度低下的群众的,而内容则是意识形态的宣传和动员。

这种认为“五四”以来的新文艺的形式(体裁)不是民族形式(体裁)的观点在柯仲平、艾思奇、萧三那儿也有明确的阐述。在《旧形式运用的基本规则》中,艾思奇认为,在当下的抗战的现实中,“文艺应该成为抗战的力量,它应该成为,而且事实上已经成为全面抗战中的一个要素,一个部门”①。这就要求作家降低一些艺术标准,“把力量放在许多临时的,宣传性质的,并不怎么显得有很高艺术价值的工作上来”②。而当文艺的目的是“走进现在的广大的民众中间”时,运用旧形式、把握旧形式的任务就应运而生。而旧形式,正是“民众的形式”,“旧形式不仅仅是旧的,而且也有许多地方是很发展、很确当的”③。而现实的情况是,“我们有新的文艺,却没有民族的新文艺”。在艾思奇看来,“五四”以来的新文艺(除了鲁迅以外),在内容和形式方面都有着很大的缺陷,内容方面,它是市民阶级的文艺运动,不能深刻认识广大民众的生活,“因此大多数徒有写实的外表形式,而无现实的内容”④;形式方面,由于对传统的极端否定态度,“因此它的一切形式,主要的是接受了外来的影响,或外来的写实主义的形式,而忽略了旧形式的意义”⑤。这样,“五四”以来的新文学,由于它的缺陷,使得当前的阶段,既无内容上的“进步”(因为是市民阶级的),也无形式上的“喜闻乐见”(因为是外来的),只能在构建新的“民族形式”运动中处于配角地位。而要实现新内容和民族形式的结合,这就要求,对旧形式进行一些改革,如解放格律、放弃脸谱、改革大团圆结构等,即“把旧形式反映现实的优良的手法从它的格律的限制里解放出来,也就是把现实主义归还给我们的文艺传统”。在《论诗歌的民族形式》中,萧三认为,“五四”以来的中国新诗,中了“洋八股”的毒,其形式只是欧化的、洋

---

① 徐迺翔编:《文学的“民族形式”讨论资料》,知识产权出版社,2010,第10页。

② 同上。

③ 同上,第11页。

④ 同上,第15页。

⑤ 同上,第13页。

式的，不是中国的民族形式。诗歌的新的民族形式的形成，应根据两个源泉，“一是中国几千年来文化里的许多珍贵的遗产，《离骚》、诗、词、歌、赋、唐诗、元曲……二是广大民间所流行的民歌、山歌、歌谣、小调、弹词、大鼓词、戏曲……”在《介绍〈查路条〉并论创造新的民族歌剧》一文中，柯仲平认为，在创建新的民族歌剧中，流行在大众中的戏曲、歌谣、各种土调，说书以及传说等较为生动的部分，因为这是老百姓最“喜闻乐见”的。“从这种艺术学上，以中国民族特有的作风为主，将西洋艺术的适用的优良作风融合起来，那高度的创造性才能充分发挥。”①

陈伯达、艾思奇、柯仲平、萧三的观点得到了何其芳和周扬等人的反对。在《论文学上的民族形式》中，何其芳提出了几个问题：在新的民族形式中，旧文学、民间文学、欧洲文学的地位；旧文学和民间文学利用的限度；旧文学利用和大众化的区别；大众化是否需要一个过程，会不会降低已经达到的文艺水准？何其芳认为，“五四”以来的新文学，是旧文学正当的发展，虽然新文学走上了“形式上欧化（这是进步），内容上更现代化、中国化”的道路，但旧文学的营养在新文学中是自然而然地保留下来的，因此，目前提出来的民族形式，只能是新文学向前发展的方向，基础只能放在新文学上面，新文学中的欧洲文学的因素，较旧文学和民间文学而言是进步、健康、新鲜、丰富的养分，例如中国新诗，“把语法比较简单、比较破碎的中国语言文学丰富起来，锻炼起来，使它足够表现现代人的复杂的、深沉的思想、情感”②，这是全世界的诗的最高级的形式。而柯仲平的利用旧诗形式而创

---

① 徐迺翔编：《文学的“民族形式”讨论资料》，知识产权出版社，2010，第30页。

② 同上，第72页。

作的新诗，一是“不经济”，二是“不现代化”，民间形式的调子太熟，“破坏了大的诗篇的庄严性”。在这里，何其芳对民族形式的衡量的基点与陈伯达等人就有了很大的不同，他不是立足于群众“喜闻乐见”的角度，而是从现代、进步的视点来定位“民族形式”，这样，“五四”以来的新文学较之旧文学和民间文学，就处在“高阶”的位置，在建构“民族形式”中就有着不可置疑的主体性与合理性。而面对新文学之所以不大众化、不为群众“喜闻乐见”的问题，何其芳认为这不仅是形式问题（欧化），而且是内容问题，即由于受教育程度的低下而导致的群众思想意识的落后，使得其进步的内容显得超前，不为当下的群众所欣赏。而要解决这个问题，需要政治的进步、文化的普及、群众欣赏水平的提高等，同时也不能反对作家继续写更高级的作品，因为不能忽视知识分子的文化需求。而当前以利用旧形式为主的，为了影响文化水准较低的群众参加抗战而采取的临时的办法，无疑会多少降低作品的艺术水平。

在《对旧形式利用在文学上的一个看法》中，周扬对“五四”以来的新文艺做了高度的评价，认为新文艺运动是“打倒少数人的贵族文学，建立多数人的平民文学”的运动，它的目标就是寻求文艺与大众的结合。而新文学与当时的旧文学在文学形式上的论争，如文言与白话之争，实质上是民主主义对封建主义的斗争。当然，周扬的“‘五四’的否定中国传统旧形式，正是肯定民间旧形式”的观点是有牵强的成分，但他用“人的自觉”（或人民的自觉）来定位新文艺，抓住了“五四”以来的新文学的精神要义，在当时的延安文艺界的民族形式论争中是对“五四”评价最高也最准确的。而他在论及旧形式的改造中，认为改造后的旧形式也只是较低的艺术，并不是“艺术与大众之最高结合”。而在改造过程中，因新思想的不同，也会出现打破旧形式与内容的浑然完整的关系,出现思想与形式不和谐的状况,周扬的这个观察是非常敏锐的,后来刘备耕在《民族形式,现实生活》中也提到将抗战内容塞到当地描写男女爱情的民间小调中出现的不协调现象。而针对陈伯达和艾思奇、柯仲平等对民间形式的过分热衷,周扬则针锋相对地提出:“向旧形式要求它所不能有的那样的高度的艺术性,是一种绅士似的恶意的态度。以旧形式能博得大众的拍掌就认为是最高艺术,这也是不必要的,这太近乎一种廉价乐观与自我陶醉。”①这个评价对于当时延安文艺界对旧形式的高调赞扬,不可不谓为针砭实际的清醒剂。在周扬和何其芳的形式观中,形式虽然也主要指体裁,即形式庚,但他们更多的是在强调与内容相关的精神意蕴的层面,这种形式又接近于形式壬。

二、香港的争论:“大众化”的历史经验

1939 年 10 月 25 日,香港《大公报・文艺》登载了《文艺》同仁以“民族文艺的内容与技术问题”为内容的鲁迅纪念座谈会记录,在鲁迅纪念座谈会讨论中,《文艺》同仁是以“民族文艺的内容与技术问题”为核心话题的,而所谓的技术问题,就“包括民族形式的使用和创造,以及如何使形式和内容恰恰配合各点”。在这里,形式仍是体裁,即形式庚。在随后展开的讨论中,大家在主张“内容是抗战的现实,大众的生活”,“利用旧形式和外来形式来创造民族新形式”以外(这些与延安的讨论内容大致类似),注意到了形式和内容配合的技术问题,即创作方法问题。林焕平认为,抗战文艺的创作方法,“则自然是以新的科学方法,新的

① 徐迺翔编:《文学的“民族形式”讨论资料》,知识产权出版社,2010,第 136 页。

哲学方法为基础的，健康的，批判的，进步的现实主义”①，这可以说是这次民族形式讨论中的一个重要收获。

随后，香港《大公报·文艺》从 12 月 10 日到 16 日，连续发表 8 篇关于文艺“民族形式”的讨论文章，按时间顺序为：许予《质的提高》、黄药眠《中国化与大众化》、文俞《旧瓶装新酒》、杜埃《民族形式创造诸问题》、宗珏《文艺之民族形式问题的展开》、安适《文艺下乡与民族形式》、袁水拍《一个名词》、黄绳《民族形式和语言》等，从而展开了对民族形式的热烈讨论。在这两个月的时间间隔中，延安关于文艺“民族形式”的讨论的具体情况也开始被香港左翼文人所熟知，他们在《文艺》副刊上发表的文章较 10 月份的讨论更为详细和深入，与延安的呼应更为明确和自觉。在《文艺之民族形式问题的展开》中，宗珏就道出了香港左翼文学界与内地的滞后情况，“由于战时交通和各自的特殊环境之阻困，沿海的两大文化重心——上海和香港，对于抗战的文艺运动，似乎不免稍嫌落后；我们今日才展开讨论的‘文艺之民族形式问题’，其实在内地老早已成为文艺运动的主流”②，而宗珏这篇文章，明显参考了毛泽东、陈伯达、艾思奇的观点，不过宗珏表示了自己对陈伯达、艾思奇观点的保留，他认为民族的文艺形式，“就不完全是等于利用旧形式的问题，也不仅是‘民族旧文艺传统继承和发扬的问题’，实际上它同时也是‘五四’以来的新文艺传统之继承与发扬的问题”③。而抗战文艺则是继承了“五四”新文艺的血脉，尽管“五四”有“欧化”或“洋八股”的缺陷，但它并不是完全远离了“中国化”，这就为“五四”新文艺的合理性

---

① 徐迺翔编：《文学的“民族形式”讨论资料》，知识产权出版社，2010，第 63 页。

② 同上，第 95 页。

③ 同上，第 97 页。

做了明确肯定。在《中国化与大众化》一文中,黄药眠也认为,大众化也不意味着一定要利用旧形式,像《大刀进行曲》等,虽然不是旧形式,但它是大众化的,因此,“我们反对把我们的运动只限于西皮二黄,大鼓书,五更调,七言绝句这一类形式的反复上”①。

在《民族形式创造诸问题》中,杜埃对“国际主义”与“民族主义”(也就是毛泽东所言的“国际主义的内容与民族的形式”)之间的互动关系做了细致的辨析。他认为,民族形式,一方面它是革命的现实主义的内容启蒙民众的路径,“要把这个革命的现实主义内容,变成为自己的民众所容易认识的东西,则它必须要通过各种艺术的民族形式才能达到一般人民心坎上”②,这种启蒙未必仅仅是动员民众参加抗战这样的实利主义目标。另一方面,民族形式又是国际主义内容所呈现出来的特有面容,由于中国自身的半封建、半殖民地性质,这就使得“反侵略反历史黑暗的民族革命内容”成为当下的主题,在自由、解放这个维度上,民族革命具有与阶级解放同样的意义,“它同时带有民族解放和社会解放两重任务”,彻底的民族解放同时也是彻底的阶级解放。而在文艺民族形式的创造中,杜埃一方面强调“以现实主义的见地去批判,蜕变和进一步地去提炼崭新的形式”,另一方面要联系民族生活的内容来处理形式问题,作家要深入群众,“用知识分子敏感的心去扪触人民的灾苦欢乐,把它们说出来”③,这个观点与胡风后来的文艺要表现人民的“负担、觉醒、潜力、愿望和夺取生路”的观点是有着相似之处的。而在对毛泽东的“中国作

① 徐迺翔编:《文学的“民族形式”讨论资料》,知识产权出版社,2010,第85页。

② 同上,第90页。

③ 同上,第91页。

风、中国气派”的阐释中，杜埃对现实的民族性格的描述更多地持否定态度，认为由于受封建礼教的约束，民族性格大半“刻板、苟且、单纯、迟钝”，所以一方面要批判旧性格，另一方面要努力创造民族新性格。从杜埃对“民族形式”的论述中，其形式的观点既有延续着延安讨论中的“体裁”定位的一面(对旧形式利用，新形式的创造等)，又有着通过形式彰显精神内容、启蒙民众之意，而这种形式观更倾向于形式丁，即由亚里士多德、普罗提诺而来的中世纪美学中的“形式”。总的来说，香港左翼界人士的民族形式的讨论虽然存在有意识地贯彻延安的号召的倾向，也有着相当多的应声附和的言论，但在讨论中大家更多地对旧形式的利用持一定的批判态度，对“五四”文学留有一定的肯定地位，在一些关键性的问题(如“国际主义的内容和民族形式”)上，也有着自己相对独立的思考和掘发，丰富了对民族形式问题的理解。

三、重庆方面的论争：大众化、通俗化、现代化、中国化

重庆方面的民族形式论争最大的热点就是向林冰与葛一虹引起的“中心源泉”论争。而并无明显参与这场论争的冯雪峰，在关于民族形式的阐述中，已经具有了一定的理论深度。在《形式问题杂记》中，冯雪峰对形式与内容的关系做了较之杜埃更为细密的分析。他认为：“形式是内容向形式的发展。形式也是向内容发展的，是从形式去发展内容的。”①因此，面对当下的新的现实斗争，必须呼唤能够反映这个现实的新的形式，这个新的形式是独创的、与旧形式对抗的、向着大众性的(这个大众性是受着世界新文化的远景所照明的大众性)原则和方向发展的。在

① 冯雪峰：《雪峰论文集》(上)，人民文学出版社，1981，第63页。

《民族性与民族形式》中，冯雪峰认为，随着民族的国际化，“即各民族之平等的互爱的世界的团结，而这团结是必须通过各民族内的阶级斗争及无产阶级革命的路”①，民族性在文化上失去了独立的意义，处在被扬弃的过程中。而民族形式，作为向世界文化目标行进的民族文化对应的形式，就是大众性原则的形式，它在发展过程中又不断地扬弃着“民族性”，它“是我们新文艺创造的大路，是我们民族文化要跑上世界文化的起程点”②。而之所以采用民族形式，一是有与帝国主义文化对抗之意，二是强调民族战斗的特点。在《过渡性与独创性》中，冯雪峰对斯大林的“社会主义的内容、民族的形式”观点做了认真的分析，从中也可以看出，他正是根据斯大林对“民族形式”的定位来理解毛泽东的“国际主义的内容，民族的形式”的观点的。因此，冯雪峰尽管强调民族的独创能力，强调对世界文化的独立的摄取，“但我们自己创造新的中国文化却以新的世界的文化为目标的”③，这就决定了他的“民族形式”观点的世界主义路向。某种程度上，他与胡风的民族形式的论述在精神内涵上是最接近和契合的。

重庆方面的“民族形式”讨论是整个“民族形式”讨论中极具分量的一章，一方面它汇流了延安、香港等地民族形式讨论的成果，另一方面，由“葛向”之争引起的“中心源泉”大讨论，极大地激发了参与者的理论兴趣和阐释热情（参与者引用的马克思、普罗汉诺夫、列宁、斯大林、毛泽东、鲁迅等人的观点和理论较延安和香港时期重要和频繁），深化了对问题的思考。

当然，在民族形式论争之前，胡风、茅盾、老舍等新文学作家

① 冯雪峰：《雪峰论文集》（上），人民文学出版社，1981，第162页。

② 同上，第163页。

③ 同上，第181页。

就与向林冰、方白等通俗读物编刊社成员就“旧形式利用”问题展开了激烈的论争。但自向林冰发表《论“民族形式”的中心源泉》以后，就使得这场论争超出了前期的范围，将利用旧形式的问题与毛泽东的“民族形式”挂起钩来。而向林冰在此文中更具特色的是将毛泽东的“中国老百姓所喜闻乐见的中国作风与中国气派”的观点作为自己理论合法性的确证，同时向林冰所言的“新质发生于旧质的胎内”“存在决定意识”“由于肯定了变革动力在人民大众”这些左翼知识分子常常引用的论点，使得后来的论争在驳斥向林冰时总有“投鼠忌器”的顾虑，碰到一些关键课题时显得语焉不详。

在《论“民族形式”的中心源泉》中，向林冰认为，流行民间的文艺形式，作为大众“习闻常见的自己作风和自己气派”，既有积极性要素，又有消极性要素，“在它的内部还有机地包含着大量的反动的沉淀物”，需要所谓抗战建国的新内容对其加以扬弃和改造，“民间形式批判的运用，是创造民族形式的起点，而民族形式的完成，则是民间形式运用的归宿”①。而“五四”以来的新兴文艺形式，只能处在丰富和补充的附属地位，如以其为中心源泉，“则由于口头告白性质的被去势，必至丧失大众直接欣赏的可能”②。在《“国粹主义”简释》中，向林冰针对葛一虹的民族形式的中心源泉在“我们的科学的世界观和我们的现实主义的创作方法”的观点，反唇相讥，“在这里，如果要‘坚决地反对’建立民族主义形式应以批判地运用民间形式为中心源泉或主导契机的命题，就应该阐明‘批判地运用民间形式’与‘我们的科学的世

① 徐迺翔编：《文学的“民族形式”讨论资料》，知识产权出版社，2010，第158页。

② 同上，第159页。

界观和我们的现实主义的创作方法’不能相容并立的理由何在”①。在向林冰看来,宣传和普及是讨论“民族形式”时考量的重点因素,而文化程度低下的民众则是民族形式的接受主体。民间形式作为大众习见常闻的形式,具有与大众本身的亲和力,而加入抗战建国的新内容,产生一种“熟悉的陌生人”效果,使得对大众的启蒙取得快速有效的成绩。而“五四”以来的外来文化形式,远离大众生活,从而使新思想向大众传播缺少有效的媒介,所以不能作为新的民族形式的中心源泉或主导契机。从他的论述中我们可以看出,向林冰并不反对“科学的世界观”,并不反对“现实主义的创作方法”,他所关注的是内容接受主体之间的媒介。因此,向林冰所论及的形式,自然也主要是指体裁,即形式庚,但他主要从媒介的角度来考虑,这种形式又类似于形式乙十,即与意识形态内容对应的对材料的整体安排。向林冰的逻辑漏洞在“内容”上,“新的世界观和现实主义的创作方法”是不是一种抽象的内容,它需不需要通过形式来表述(就像马克思主义理论并不是一个观点,而是整个理论框架体系),如果需要,这种形式是否与旧形式有冲突?这种新的内容对旧形式的批判的运用是不是也同时意味着新形式对旧形式的批判?(就如基督教如果不废弃“割礼”这个“旧形式”,又如何表明自己与犹太教相区别的教义?)特别是这种“科学的世界观和现实主义的方法”还是来自国外,它并非“发生于旧质的胎内”。

葛一虹最先对向林冰的观点提出异议。在《民族遗产与人类遗产》中,针对向林冰的“旧瓶装新酒”理论,葛一虹认为,正如玻璃瓶装酒取代陶器装酒一样,“当人类发明了最好的表现思想

① 徐迺翔编:《文学的“民族形式”讨论资料》,知识产权出版社,2010,第164页。

与感情的技术与方法，我们便应该以最高的热忱来迎接它”①。在《民族形式的中心源泉是在所谓“民间形式”吗？》中，葛一虹认为，“五四”以来的新文艺本身就是向着“进步的世界观和现实主义创作方法”这一路向行进的“进步与完整”的文艺形式，而旧形式则“一方面反映着新中国未诞生以前的混乱现象，同时又一方面正说明着人民大众文化水准的低落”②，根本不是什么“大众自谋解放的武器”。在这里，与向林冰的“挟民众自重”、以大众喜闻乐见和习见常闻来证实旧形式的中心地位相比，葛一虹是“挟现代自重”，以当下的民主现代社会较封建社会的“高阶”来证明“五四”以来的新形式较旧形式的高级，同时证明其在构建“民族形式”中的重要地位。

在《封建社会的规律性与民间文艺的再认识——再论民族形式的中心源泉之一》中，向林冰向葛一虹及其他左翼文人的观点发起了反击，他引用马克思主义的“统一物的对立及其相互矛盾的构成契机的认识”的观点，认为民间文艺是封建社会的本质的对立与矛盾——统治者群与被剥削被压迫的人民大众的对立和矛盾——的反映。“总之，它是封建文艺的对立物，而不是其同一物。它是由未完成向完成发展的幼芽(过去的反复夭亡是中国封建社会停滞性的结果)，而不是由残余向死灭的残骸。”③而现在我们有了科学的世界观和现实主义的创作方法，有了抗战建国的革命政治斗争，再和肯定人民大众为变革动力的命题结合，则民间文艺形式“也就成了文艺大众化——中国化运动所依以出发的内在根据”。在《民间文艺的新生——再论民族形式

① 徐迺翔编：《文学的“民族形式”讨论资料》，知识产权出版社，2010，第145页。

② 同上，第181页。

③ 同上，第189页。

的中心源泉之二》中,向林冰对自己的观点的阐述更为"理论化"。他认为,由于抗战建国的推动,现在的民间文艺形式,已经由以往的对封建因素的从属转变为向民主革命文艺的前途发展,"它在现实主义的批判扬弃改造运用之下,以抗战建国为基础,以科学的世界观为内容,以人民大众为对象,以民间文艺遗产为补剂,中国化的现实主义新文艺固由此而完成,新的民族形式也必以此为中心源泉而建立"①。在《新兴文艺的发展与民间文艺的高扬——再论民族形式的中心源泉之三》中,向林冰的理论阐释幅度明显增加,特别是将自己的"旧瓶新酒"理论与毛泽东、陈伯达、萧三、柯仲平、周扬等人的阐述挂起钩来,同时,向林冰对"五四"以来的新文艺进行了直面的论述,颇有"追寇入巢"之势。他认为"五四"文艺运动是反帝反封建的斗争的一环,它一方面移植了先进国家的新兴文艺,另一方面高扬了大众自己的民间文艺,而当时的文艺创作理念如陈独秀的"三大主义"、胡适的"八不主义"等,"其根本的企图,均在于通过变革世界的大众化内容与明白易解的通俗化形式相结合而深入其启蒙任务,而以艰涩难懂脱离大众为新兴文艺的大戒"②。可以说,向林冰是用自己的"民间形式中心源泉"观点将"五四"新文学重新定位,意图从根本上取消"五四"文学与民间形式的对立。在《民族形式的三个源泉及其从属关系——再论民族形式的中心源泉之四》中,向林冰认为,在民间文艺批判的利用、新兴文艺大众化批判地继承、世界文艺的批判的移植三个民族形式的源泉中,只有民间文艺批判的利用,才是民族形式的中心源泉。

---

① 徐迺翔编:《文学的"民族形式"讨论资料》,知识产权出版社,2010,第203页。

② 同上,第250页。

针对向林冰的观点，很多左翼作家给予了批评和反驳，除葛一虹外，比较重要的是潘梓年、郭沫若、茅盾、光未然、胡风、黄芝冈、田仲济等。在《“中心源泉”在哪里？》一文中，田仲济提出了民族形式的中心源泉既不在“旧形式”，也不在“五四”的新形式，而在民间的生活和语言，在“生活的真实性”和“真正人性的创造”上。光未然在《文艺的民族形式问题》中指出，民族形式的中心源泉，是经过清算和批判后的民族优良传统的全部，既包括旧形式，也包括“五四”新形式，更有新近在大众中间的表现新事物的形式。向林冰与葛一虹的论争，使得重庆的民族形式讨论得以深化，而中苏文化协会、《新华日报》等左翼文化组织先后举行了民族形式座谈会，将这场讨论推向高潮。

在1940年4月21日由重庆中苏文化协会举办的“文艺的民族形式座谈会”上，潘梓年提出了一些值得注意的看法，他认为“民族形式”和“大众化”不是一个问题，民族形式重在创造“形式”，在此过程中，“吸收民族的遗产比较重要，重点在研究遗产，接受遗产”①。在《新华日报》文艺副刊举办的“民族形式座谈会”上，潘梓年做了长篇的发言，认为民族形式问题的提出，不能与通俗化、大众化问题混为一谈，而是“为了使中国文艺在国际文坛上占到一个地位，提得出自己独特的贡献，不至成为‘有之不为多，无之不为少’的组成部分”②。民族形式，有内形式与外形式之分，文艺作品的体裁，虽然属于内形式，但民族形式的“内形式”，主要是指“文艺作品的主题必须形象化于题材而表现出来”，而不是凭空讲体裁问题。“要新鲜活泼，为老百姓所喜闻乐

① 徐迺翔编：《文学的“民族形式”讨论资料》，知识产权出版社，2010，第210页。

② 同上，第276页。

见，只有取材于老百姓解放自己的战斗生活；生动地把中国老百姓的这种战斗生活描写出来，自然就可以产生中国作风与中国气派来。”①针对向林冰的观点，潘梓年认为，民众固然是社会进步的动力，但不能把民众当作“每个细胞都是革命的”，他们身上烙下了不少的旧社会的印戳，革命最终的领导者，是前进的政党，是科学的革命理论。同样民族形式的创造，尽管欢迎“旧瓶装新酒”的通俗文学，并不将其看作是建立新文艺的起点，因为民族形式的要义在创造，而不是宣传。在《民族形式与大众化》中，潘梓年更坚定地认为，“民族形式的问题，可以说就是中国化的问题，而不能说就是‘大众化’问题——至少在一般人民文化水平还落后的现在”②。而要立足于中国化的创造，就必须在科学的宇宙观与新现实主义的写作方法的指导下，对历史传统进行研究，这个传统，“决不能限制在民间文艺中所谓革命的一部分，甚至也不能限制在民间文艺上，而要研究到过去的一切文化遗产”③。这样，才能写出中国作风和中国气派的东西，“才不至把我们的贺龙将军写得像苏联的夏伯阳”。

潘梓年对民族形式的定位，在当时确实是一种很新鲜的提法，尽管当时延安、香港、重庆的讨论中，也涉及“中国化”问题，但像潘梓年这样将民族形式与大众化、通俗化的问题进行明确划界、强调民族形式的创造性和“高阶”品质的，除了郭沫若以外，还很少见到。某种程度上可以说潘梓年把握到了毛泽东“民族形式”号召后面的“微言大义”。他所言的形式，不是体裁、题材等具体的东西，而是指一种新的模式或范式的创造，这种范式

① 徐迺翔编：《文学的“民族形式”讨论资料》，知识产权出版社，2010，第276页。

② 同上，第291页。

③ 同上，第296页。

就像康德的形式一样，是一种创造能力，通过对外界材料的感性直观后，再加以知性思维的赋形后形成的新的知识。在《“民族形式”商兑》中，郭沫若也是将民族形式定位为“中国化”、创造性，他认为：“同是根据于科学的原理原则所产生的产品不会有什么根本性的不同，但经过我们本民族自己的创造，便自然地赋予了‘中国气派’和‘中国作风’，也就是所谓‘民族形式’。”①而民间文艺形式的利用，只不过是创建民族形式的“一时的权变”，“始终是教育问题，宣传问题，那和文艺创造的本身是另外一回事”，不是创建民族形式的“中心源泉”。民族形式，不是民间形式的延长，也并不是士大夫形式的转变，当然从文艺形式中是可以摄取营养的，但也不排斥外来的文艺形式，“只要精当，是要一律采用”。

第三节 胡风的民族形式观

一、对“文艺大众化”的回溯

正如胡风在《论民族形式问题》中认为，旧形式的利用问题，在 20 世纪 30 年代中期“左联”组织的“文艺大众化”运动中就已经涉及，“而‘旧瓶装新酒’的拟语也就是从这个时候用起的”②。30 年代就已深度参与“左联”工作的胡风，他对“民族形式”的思考，对向林冰“旧瓶装新酒”的观点的反击，其观点与他在文艺大众化运动中的观点有着明显的承续。在这方面，他与冯雪峰、茅

---

① 徐迺翔编：《文学的“民族形式”讨论资料》，知识产权出版社，2010，第 255 页。

② 胡风：《胡风全集》（第 2 卷），湖北人民出版社，1999，第 717 页。

盾等左翼作家是有着某些共同之处的。

在文艺大众化运动中,胡风关于利用旧形式问题就有着详细的论述。在《关于采用旧形式的问题》中,胡风认为,采用旧形式不过是创造新的大众文艺(报告文学、通信、墙头小说、速写、小歌剧、朗诵诗)的内容之一,只不过是“某种简单的内容可以自动地批判地择取某种简单的形式,造成某种简单的艺术,以供给简单的读者,并且在这里内容可以争取支配的地位,实践地影响形式,而达到较高级的艺术”①。从这个观点看来,似乎与向林冰的“批判地运用民间形式”的观点类似,不过胡风只是将其作为文艺大众化运动中的一个辅助而已,尽管在《关于青年作家的创作成果和倾向》中,胡风也曾批评青年作家“放弃了创造劳动大众比较能够接受的大众文艺形式的努力”,但对于胡风来说,旧形式的利用,并不是什么“中心源泉”。在《大众化问题在今天》中,胡风仍然认为,面对大众化的任务,“怎样使作品的内容(它所表现的生活真实)适合大众的生活欲求,是一个;怎样使表现那内容的形式能够容易地被大众接受——能够容易地走进大众里面,是又一个”②,旧形式的利用问题,“那只不过是这个问题所伸展出来的一端罢了”③。

因此,在思考三个月而写就的反驳向林冰的《论民族形式问题》中,第一章《大众化运动一瞥》就是对 20 世纪 30 年代文艺大众化的简短总结。胡风认为,“革命文学”运动是“五四”新文艺传统的进展而不是否定。所谓进展,就是“‘革命文学’运动使文艺在它所要反映的生活斗争里面找着了使民族力量的配合发生

① 胡风:《胡风全集》(第 5 卷),湖北人民出版社,1999,第 202 页。
② 胡风:《胡风全集》(第 2 卷),湖北人民出版社,1999,第 503 页。
③ 同上。

了变动的、新的动力，在对于生活的认识上获得了新的看法，因而在作为生活认识方法的一形式的文艺的表现方法开始了可能的深入的方向”。① 这个观点其实与潘梓年在民族形式问题座谈会上的发言中对革命文学的评价是相同的，也可以说是胡风沿用了潘梓年的观点。潘梓年认为，革命文学，绝不是对“五四”运动的单纯的继续，而是进一步的发展，这个发展就表现在“领导者改变了，主导的理论改变了，战阵中的组织部分也改变了，添进了新的主力”②。胡风认为，进展了的革命文学，有两个目标，一个是“通过新的世界感和世界观去认识生活和表现生活”，这个目标其实就是革命文学的内容和主题；另外一个就是劳动人民能够享有这种认识、批判生活的武器，这个目标其实就是革命文学的对象。

而文艺要为民众所享有，就要做到群众“能懂”“爱看”。在当时的文艺大众化运动中，一方面借鉴苏联文学的经验，创作报告文学、诗歌朗诵、街头剧等，另一方面也利用连环图画、唱本等旧形式来“旧瓶装新酒”。但旧形式的利用，只是简单内容对简单形式的占领；而内容争取支配地位，时时影响形式，形式并无独立价值；另外旧形式的利用只是大众化的一种，这些论断胡风主要是借鉴了冯雪峰《关于“第三种文学”的倾向与理论》的观点。因此，胡风认为，大众化不能脱离“五四”传统，因为它要始终服从现实主义反映生活、批判生活的要求；同时“五四”传统也不能抽去大众化，因为它本质上是趋向着和大众的结合。

胡风之所以以文艺大众化运动作为批判向林冰、思考民族

① 胡风：《胡风全集》（第 2 卷），湖北人民出版社，1999，第 715 页。

② 徐迺翔编：《文学的“民族形式”讨论资料》，知识产权出版社，2010，第 278 页。

形式理论的开篇,一方面,20世纪30年代左翼文艺大众化运动的理论成果中,已经蕴涵着对向林冰观点的反驳。另一方面,也是对毛泽东在《新民主主义论》中所提到的"民族的科学的大众的文化,就是人民大众反帝反封建的文化,就是新民主主义的文化,就是中华民族的新文化"①的理解和呼应。在胡风看来,毛泽东的新民主主义的文化理论,他的民族形式倡导,就是20世纪30年代的文艺大众化运动理论在当下环境中的发展。因此,对文艺大众化的总结和评析,上承"五四"新文化,下接毛泽东民族形式理论,形成一条完整的意义链,为全面批驳向林冰的观点作铺垫。

胡风在对毛泽东民族形式观点的理解,其实是沿着斯大林的路径。在后来《关于解放以来的文艺实践情况的报告》中,胡风仍然坚持认为,斯大林的"社会主义的内容、民族的形式(语言)"是理解文学上的民族形式的唯一源泉,把民族形式问题归结为语言问题,完全略去了民族历史文化传统自身的独特的内容,略去了马克思主义中国化背后的意义,一方面只能说胡风对毛泽东的民族形式观点从根本上是没有真正理解,只是一厢情愿的解释,另一方面,也说明胡风对中国自身思想传统的激进的排斥。胡风认为,"无产阶级和人权平等思想的出现,欧洲要比我们早几百年,马克思主义在它出现了七十多年以后才被送到我们手里"②。这个内容是中国所没有的,因此胡风所理解的民族形式,就是大众享有这种认识、批判生活的武器(马克思主义),而民族本身的思想传统是大众化所没有考虑到的。

---

① 徐迺翔编:《文学的"民族形式"讨论资料》,知识产权出版社,2010,第127页。

② 胡风:《胡风全集》(第6卷),湖北人民出版社,1999,第252页。

二、胡风的形式观

在“民族形式”论争中，胡风与论争同仁最大的区别就是对“形式”的定位和理解。在《论民族形式问题》中，胡风对形式作出了耳目一新的解释：

> 形式，是内容的本质要素；组织形式的力量是从认识现实的方法上来的。对于形式的特质的把握，正是突入内容的一条通道。“民族形式”，它本质上是“五四”的现实主义传统在新的情势下主动地争取发展的道路。①

可以说，胡风对形式的这个定位既与向林冰所定位的体裁不同，也与潘梓年、郭沫若等在民族形式中所寄予的中国化含义不同，与胡风相类似的似乎只有冯雪峰。然而冯雪峰更多地还停留在对斯大林的观点的演绎，并没有将形式的概念定位的像胡风这样准确、鲜明、直接。胡风对形式做这样的定位，左翼同仁多数是不理解的。如前述的王实味，认为民族形式只是根据民族特点具体运用，而不是什么抽象的形式，如后来何其芳指责的“用现实主义来代替民族形式”等等。

胡风关于“形式”定义，其实就是从普罗提诺经中世纪神学美学到黑格尔的“绝对理念的感性呈现”的形式，即形式丁。当然胡风的形式相对应的内容，既不是普罗提诺的“元一”，也不是基督教的“上帝”或黑格尔的“神”，而是马克思意义上的“现实”，是当下中国的“新民主主义的内容”：

① 胡风：《胡风全集》（第2卷），湖北人民出版社，1999，第727页。

> “新民主主义的内容”所反映的,是民族的现实,然而却是通过进步的科学观点所理解的、在一定的历史时期上面、一定的国际关系里面的、有来路也有去路的民族的现实。这就是民族主义和国际主义的矛盾和统一。①

这个蕴涵马克思主义实践观的内容,在精神禀赋上其实承续着黑格尔的概念与具体相统一的“理念”,也就是不断自我否定的自由精神。这个内容有两个层次,一个是国际主义,这个国际主义其实就是斯大林所言的“社会主义的内容”,即“人民解放(人类解放)的精神要求或政治理想的远景”;另一个是民族当下的现实。在这两个层次中,国际主义对民族现实一方面既是自上而下的启蒙关系,它规定、统摄着民族现实的发展和解放的方向和目标;另一方面又是动力关系,它是推动民族现实发展的内在动力。胡风所理解的这种国际主义与民族现实的关系,就是无限(解放)与有限(现实)的关系,而不是王实味的“根据民族特点具体运用”所涉及的一(马克思的立场、观点、方法)与多(民族特点)的关系,这种国际主义的内容,更多的是一种道德诉求(解放的精神要求)。而“新民主主义的内容”,作为“民族主义和国际主义的矛盾和统一”,其实就是无限者(解放)的有限化(现实),就是国际主义内容的“活的形象”。胡风在《论民族形式问题》中写道:

> 只有这样,现实主义的方法才能够成为创作作品的有机统一的活的形象的力量,才能够使国际的东西通过民族

① 胡风:《胡风全集》(第6卷),湖北人民出版社,1999,第766~767页。

的面貌，也就是所谓“新鲜活泼的，为中国老百姓所喜闻乐见的中国作风和中国气派”而出现。①

“活的形象”这个概念来自于席勒。在《审美教育书简》中，席勒认为，要弥补现实生活中人的知性和道德之间的裂痕，必须通过更高的艺术即审美教育来进行。作为人性本身，一方面有着不变的“人格”，一方面又有着感性的易变的状态，作为经验的人在他的生活中永远无法协调二者的张力，但在“游戏”中，人既能感觉到他的自由，又能感觉到他的丰富感性的生存，这种游戏冲动的对象就是“活的形象”，即丰富多样性的整一，“现象中的自由”。不过，胡风理解的活的形象更倾向于黑格尔的“绝对理念的感性呈现”（当然，胡风是对之进行了马克思式的变形的），即人民解放的精神要求在现实世界的开花。

胡风在《关于“主题积极性”及与之相关的诸问题》中，认为艺术作品里所表现的内容“是被特殊的价值原理所统一的艺术形象”，而主题则是题材经过了作者在特定观点指导下的选择、整理和概括，“以后在完工了的作品里面所表现的，即‘艺术的形象’所表现的统一的内容”。在这里，胡风所言的主题就是国际主义（人的解放的精神要求），而内容就是被精神要求所照亮的、从民族的现实生活中凸显出来的“艺术形象”。

在胡风的表述中，国际主义（内容）与民族（面貌）的关系其实就是黑格尔所言的内容和形式的关系，这个内容和形式并不是左翼同仁所认为的瓶与酒的关系，而是黑格尔意义上的本质和现象的关系。在德国古典哲学中，如何看待现象和本质的关系，黑格尔与康德有相当大的不同。康德认为，作为人类的知

---

① 胡风：《胡风全集》（第2卷），湖北人民出版社，1999，第774页。

性，由于其感性直观的特点，我们只能认识事物的现象，至于现象背后的自在物是怎么样的，我们不得而知，也无法得知。因为自在物自身之所是，独立于我们的直观形式和思维形式所依据的前提条件。而人类运用知性来认识现象，是通过一系列的形式或范畴来思考的，通过范畴，事物被分解为众多的对象结构或构造。而在黑格尔看来，现象和本质并没有康德意义上的天堑，现象即是本质在其中的显现，真正的本质并非躲在现象背后，而是通过每一个现象显现自身，现象不是与本质的分裂，而是通向本质的桥梁，对于现象的认识就是认识本质的途径。而这个本质，并非仅仅是一种实体，它还是自我否定、自我建构的主体。"照我看来——我的这种看法的正确性只能由体系的陈述本身来予以证明——一切问题的关键在于：不仅把真实的东西或真理理解和表述为实体，而且同样理解和表述为主体。"①"正因为形式就像本质自己那样对本质是非常本质的东西，所以不应该把本质只理解和表述为本质，为直接的实体，或为上帝的纯粹自我直观，而同样应该把本质理解和表述为形式，具有展开了的形式的丰富内容。"②（在这里，黑格尔的形式可以概约地理解为形象）

胡风在《关于现实与现象的问题及其他》中，明晰地梳理了现实（本质）和现象的关系，他认为，离开了现实，现象就是一个乌有的存在，这是因为："现实，即所谓本质的法则世界，是只表现在互相矛盾、互相排斥的万花缭乱的现象或事实里的。反转来说，万花缭乱的现象，在全体性上，在矛盾与统一的关联上，表

① 黑格尔：《精神现象学》（上卷），贺麟、王玖兴译，商务印书馆，1997，第10页。

② 同上，第12页。

现出历史合法则性的发展过程中有呼吸有脉搏的动的现实。”① 因此，“不由现象丰富地表现出一定的阶级和一定的领域这些特征的所谓本质一般，实际上已经不是本质了”②。胡风的这个划分明显是受到黑格尔的影响，这在他的这篇文章中对黑格尔的文字的引用和评价中可以看出。当然，胡风对黑格尔的影响似乎有着卢卡奇的影子。香港学者黎活仁在《胡风的“主观战斗精神”》一文中指出，在《关于现实与现象的问题及其他》中，胡风无疑援引了卢卡奇的《什么是正统的马克思主义》的有关思想。笔者在《关于现实与现象的问题及其他》中看到的“人的实践对社会发展的积极作用”“断片的现象，从全体切断的现象”等词句，确实与卢卡奇的《什么是正统的马克思主义》中“总体性”的观点类似，兹引之。

这个蕴涵着人民解放的精神要求（人道主义）的、“国际主义的内容”的“活的形象”或“民族的面貌”，就是“新民主主义的内容”，也就是“民族形式”要表现的内容。如果说“新民主主义的内容”处理的是国际主义的主题与民族主义的现实的问题，那么“民族形式”处理的就是通过运用各种手段整理题材来反映内容的问题。胡风曾在《关于青年作家的创作成果和倾向》中对文艺作出阐释，“革命的左翼文学运动，作为劳苦大众争求解放的生活欲求和对于世界的能动的认识在文学上的反映，作为劳苦大众在意识形态上的斗争的一翼而被发动了起来”③。在这里，形式和内容的关系，一方面，内容是形式的结果和目的；另一方面，形式是作品从题材到内容或“艺术形象”的过程和方法。胡风在

① 胡风：《胡风全集》（第 5 卷），湖北人民出版社，1999，第 153 页。

② 同上，第 153～154 页。

③ 同上，第 215 页。

《关于解放以来的文艺实践情况的报告》中提及当时撰写《论民族形式问题》时对形式的定义："在哲学上，形式有内形式和外形式之分，我以为文学上的体裁是相当于外形式的东西。至于文学上的内形式，那是具体的生活内容（思想感情）通过语言的具体表现方式。"①

在这里，"国际主义的内容"——"民族的面容"，组成了"新民主主义内容"中的"内容"（本质）与"形式"（形象或现象）的两个环节，而"新民主主义的内容"——"民族形式"，组成了"民族形式"的内容（被国际主义照亮的民族现实或思想感情）与形式（通过语言的具体表现方式对创作素材的合理组织）两个环节。这样，国际主义的内容（人民解放的精神要求）、"民族的面貌"（中国作风或中国气派）、民族形式（通过语言的具体表现方式对创作素材的合理组织）就形成了一个意义链条，一方面国际主义的内容层层凸显在民族形式中，就如普罗提诺的"元一"的流溢；另一方面，从创作素材到"国际主义的内容"，又有如万物向着"元一"的回返。作为这个在现象和本质之间的原则性的"力"，恰恰也就是这个"元一"本身——这就是黑格尔所言的"真理既是实体又是主体"的真义——马克思意义上的蕴涵人民解放的精神要求的实践。而形式，一方面作为"元一"的外显，另一方面作为回返"元一"的路径，就不能是独立发展的形式，"而是反映了民族现实的内容所要求的，所包含的形式"。而这个形式，胡风认为就是现实主义。"如果说现实的发展不能不通过人类主观实践力量，那么，对于内容（形式）的真实的把握当然得通过作为主观实践力量的正确的方法，那就是现实主义。"②

---

① 胡风：《胡风全集》（第 6 卷），湖北人民出版社，1999，第 235 页。

② 胡风：《胡风全集》（第 2 卷），湖北人民出版社，1999，第 767 页。

胡风语境中的现实主义，并不仅仅是单纯的文艺创作中的现实主义的方法，而是和“人民解放的精神要求”密切联系的创作要求，更直接的是当时20世纪30年代苏联文艺界提出的“社会主义现实主义”。因此，从上述的民族形式观出发，我们就能理解胡风对现实主义所做的阐明。胡风认为，现实主义，一方面是“人类历史累积下来的科学的世界观反映在文艺上的特殊的面貌”，这其实就是形式（现象）作为内容得以凸显的形象的表述；另一方面“是认识民族现实的导线”，这其实是形式作为从题材（民族当下的生活）向“元一”（人民解放的精神要求或科学的世界观）回返的路径或方法的表述。这样，胡风就打通了民族形式和现实主义这两个概念，胡风语境下的民族形式就是现实主义，胡风语境下的现实主义就是民族形式。“为了反映‘新民主主义的内容’的‘民族的形式’，原来就是国际的东西和民族的东西的矛盾和统一的、现实主义的合理表现。”①

当立足于现实主义的视角来考察“民族形式”，胡风对20世纪三四十年代的“民族形式”讨论成绩表现出了很大的不满，认为他们只是围绕着“中心源泉”或“非中心源泉”的圈子论争不休，而“忘记了从实际斗争的过程上去理解问题，解决问题”。这种不满既是针对向林冰的，也是针对其他左翼同仁的。同样，在《论民族形式问题》中，立足于这样的视角，胡风开始了对向林冰（兼及其他左翼同仁）的“民族形式”观点的势如破竹的辩驳，而当时的“五四”新文学（外来形式）与民间文学（旧形式）之争，也呈现出了“焕然一新”的面貌。

---

① 胡风：《胡风全集》（第2卷），湖北人民出版社，1999，第767～768页。

三、“五四”新文艺与民间旧文艺

在重庆葛一虹和向林冰的论争中，向林冰的“民间文艺形式中心源泉”论的理论基点就是“新质发生于旧质的胎内”，而在向林冰看来，民间文艺是“封建社会自己矛盾的产物”，是“封建文艺的对立物，而不是同一物，它是由未成向完成发展的幼芽，而不是由残余向死灭的残骸”。针对这一理论基点，从葛一虹、潘梓年到郭沫若等，都没有提出过质疑。而胡风立足于民族形式＝现实主义这个理论基点，对向林冰的观点进行了全面的反驳。

胡风认为，民间文艺中，那些封建社会的失意官僚或落魄文士对于封建统治的暴露、攻击和讽刺……这些内容，从实质上是“诤臣”的苦谏，而不是向林冰以为的“发自二心的叛逆之音”；而那些人民大众的自己创作，如歌谣、谚语、歇后语、传说故事等，鲜有反抗权威的民主成分，更不说“作为封建意识的对立物的、人权平等的个性主义（人本主义）和它的政治要求了”。① 究其原因，就在于在“五四”之前，封建社会“没有能够发展成作为认识现实、改造现实的、群众性的、科学性的、实践的思想体系或生活态度”②。因此，那些民众的“不平、烦恼、苦痛、忧伤、怀疑、反抗、要求、梦想”等不能在“历史真理的照明下呈露出真相”（胡风眼中的民族传统文艺，就像普罗提诺眼中的“物质”一样，由于没有精神的照亮，它就是黑暗、空的空间）。而与此相适应的民间文艺的形式，如向林冰所主张的口头告白性、故事化、直叙化等，如艾思奇主张的“强调要点，适度夸张”等，“这形式上的符号性

---

① 胡风：《胡风全集》（第2卷），湖北人民出版社，1999，第749页。

② 同上，第750页。

(‘格式化’),结合着内容上的固定性(封建的意识形态)和发源于特定生活基础的、观众的低的理解力所能生的反应”①。正如周扬所说的“这是中国封建社会长期停滞及半封建的旧经济旧政治尚在中国占优势的反映”。

而“民族形式”的真正源泉是“五四”文艺传统。与“五四”运动“这融合了个性解放的要求和民族解放的要求,中国人民的意志的升华”相对应,“五四”文艺,“正是市民社会突起了以后、累积了几百年的、世界进步文艺传统的一个新拓的支流”②,它“破天荒地打破了中国文艺的封建意识的传统,用革命的人文主义唤醒了沉睡的现实的灵魂”。它的突出代表是鲁迅,“由于他,文艺形象里面最初出现了人民的觉醒了的自由意志,同时也鲜明地被画出了这觉醒了的自由意志不得不和半封建半殖民地的黑暗现实苦斗的运命”③。这“人的觉醒”,这“自由意志”,这“个性解放”,它并不是来源于民族的传统,而是来源于文艺复兴以来的西欧。胡风后来在《关于解放以来的文艺实践情况的报告》中也指出,无产阶级和人权平等的思想的出现,欧洲要比我们早几百年(胡风的这个观点来自于周作人的《人的文学》),这种情况不仅发生在中国,同样也发生在俄罗斯。在20世纪40年代胡风主编的《希望》杂志上刊发的苏联学者顾尔希坦《论苏联文学中的民族形式问题》中,就别林斯基和陀思妥耶夫斯基对普希金的《欧根·奥涅金》的不同观点,论述了当时俄国的“欧化”问题。对于想向“西方”去寻找关于俄国生活的各种问题的解答的主人公奥涅金,别林斯基称之为“俄国的百科全书”,陀思妥耶夫斯基

① 胡风:《胡风全集》(第2卷),湖北人民出版社,1999,第753页。
② 同上,第744页。
③ 同上,第637页。

则称之为“反民族”,两者观点的差异就在于如何看待当时俄国知识分子的“欧化”问题。顾尔希坦认为,针对农奴制度的俄国,当时的“欧化”就是进步、前进和发展的过程。胡风认为,也正是因为有了来自于西欧的民主、科学、自由、平等这些思想和文艺形式的滋养,“五四新文艺由这获得了和封建文艺截然异质的、崭新的姿态,内容上的‘表现的深切’和形式上的‘格式的特别’;这正是它能够成就了伟大的革命的运动的所在”①。

正是基于上述原因,胡风将“五四”新文艺运动与民族旧文艺进行了坚决的划界,认为“五四”新文艺“不但和古文对立,也和民间文艺对立”,并在这种划界中胡风坚决地强调了“五四”新文艺的革命性和创新性。这种对“五四”新文艺的“正名”,不仅坚决回击了向林冰、黄绳等对“五四”文艺作出的“大学教授、银行经理、舞女、政客以及其他小布尔乔亚”和方白的“半殖民地的移植形式”等妄见;同时也对何其芳的“我认为‘五四’运动以来的新文学是旧文学的正当的发展”的观点、对郭沫若的“中国的新文艺,事实上也可以说是中国旧有的两种形式——民间形式与士大夫形式——的综合统一”的观点、对周扬的“‘五四’的否定传统旧形式,正是肯定民间旧形式”的观点——这些将“五四”新文学与民间文学联系起来的羞羞答答的“正名”——的坚决反对;另外也是对葛一虹、周扬、郭沫若等人用所谓“先进”(“五四”新文艺)和“原始”(民间旧文艺)的对立这种庸俗化的比拟来确立“船坚炮利”的“五四”新文艺的合法性——的不敢苟同。在胡风看来,“五四”新文艺的合法性,不在于其是否有着类似于技术的“先进”,而在于其思想的“先锋”。由于这种“先锋”,它和以往的民族传统文艺处于坚定的对抗性质,而且它也从不讳言这种

① 胡风:《胡风全集》(第 2 卷),湖北人民出版社,1999,第 744 页。

对抗,"为了内容上突进的革命精神的要求,形式上也采取了一种前无古人的姿态,形式和内容相应地掀起了一个狂风暴雨似的、伟大的革命"①。在民族形式论争中,胡风对"五四"的坚持在当时的同仁中是难得一见的,他不仅荡涤了左翼同仁在对待"五四"中所表现出来的某种模糊、犹疑、混乱,同时他的高调"正名"也激发和升华了左翼同仁在争论中的某些合理观点的潜力。如冯雪峰关于民族形式和国际主义内容的剖析,在胡风这里得到了更深入、更全面的论述;如葛一虹的"科学的世界观和现实主义的创作方法"的观点,在胡风这里得到了精当的展开;如周扬在《对旧形式利用在文学上的一个看法》中对"五四"新文艺的"人民的自觉"和民族自觉的定位,它在周扬的文中只是一个薄弱的声部,在胡风这里就成为浓墨重彩的核心华章。

而作为从"五四"而来的、反映"人民解放的精神要求"的文艺,它自然不同于一般意义上的文化宣传。这种不同,不是文艺作为戏剧家洪深所言的"抗战艺术三等分"中那适应于文化水准较高的都市和高等教育机关的精英分子的"高级艺术",而是文艺并不像具体的文化宣传一样,服从当下具体的政治和政策,它的任务是创造"性格的真实","他得用坚实的爱憎真切地反映出蠢动的生活形象",并"在这反映里提高民众的情绪和认识,趋向民族解放的总的路线"。胡风的这个观点显然不同于大多数左翼同仁的对文艺的观点(如艾思奇认为,文艺应该成为"全面抗战中的一个要素,一个部门",它的任务是"教育和号召全国的人,起来为抗战工作")。而对于因为对广大农民的战争动员的政治任务而引发的文艺界对"老百姓喜闻乐见"的"旧形式"的利用、重视和赞扬,胡风也是反对的。胡风在《论民族形式论争》中

① 胡风:《胡风全集》(第2卷),湖北人民出版社,1999,第742页。

针对向林冰的“由于‘存在决定意识’,所以,‘喜见乐闻’应以‘习见常闻’为基础”的观点做了深刻的反驳。胡风认为,对大众的欣赏力的适应,应该服从反映生活真理的原则,而这个“真理”,“却是生活在存在里的、隐藏着的甚至常常被大众拒绝的、战斗的欲求”,是农民意识本身看不清楚的。“所以,在农民的文艺欣赏力上,不能忘记穿进一条非农民的红线。”这条红线,就是沿“五四”传统的“自由意志”“人权平等”等而来的“人民解放的精神要求”,而不是潘梓年所言的“最前进的政党”和“科学的革命理论”。同样这条红线对民众而言是思想的启蒙和照亮的作用,并不是潘梓年所言的政治领导权。

当然,民间文艺为大众“喜闻乐见”,除了作品的内容投合了大众的旧的感情、心理和意识以外,还有着积极的内容,它“虽然是通过封建意识的世界感和世界观,但依然在某一限度上反映了民族的生活样相”,包括大众的经验智慧、抒情表现、生活实景等。现实主义的作家要深入地研究民间文艺,“不是为了要‘运用’它的形式,而是为了要从中得到帮助,好理解大众的生活样相,解剖大众的观念形态,汲受大众的文艺词汇”①。从而增加对大众表达感情、表现思维、认识生活的方式的感性认识,从而能够更好地突入生活。但它只是作家在一定观点和创作方法指导下进行创作的题材,它并不是胡风所认为的民族形式。

四、新情势下的进路

对向林冰的“民族形式”观点的批判,是胡风《论民族形式问题》的重点内容。不过,从诸篇文章中我们可以看出,胡风不仅对向林冰不满,同时对当时参与论战的左翼同仁也并不看好,这

① 胡风:《胡风全集》(第2卷),湖北人民出版社,1999,第755页。

不仅仅归因为胡风的自负，还有着胡风对这场争论的隐隐的失望。胡风认为大家胶着在“中心源泉”或“非中心源泉”的论战上，反而失去了对当下文学发展的深远思考。在《论民族形式问题》中，胡风专门辟出一章来谈“以争取现实主义胜利为中心”的当下的文艺的发展。限于篇幅，胡风谈论得很简约，不过如果结合胡风先后发表的关于民族战争和文艺关系的文章，我们或许可以看出胡风宏阔的思考。

在1938年9月，胡风撰写了《论持久战中的文化运动》一文，对抗战期间文化的开展做了一些自己的思考，该文似有与毛泽东的《论持久战》进行呼应的意味（文中几处引用毛泽东的《论持久战》原文）。文中胡风对国民文化的普及和提高做了一些重要的论述，他认为文化运动中要反对“公式主义”，反对仅仅宣传几个概念来对群众进行简单的动员，他强调应该“从民众的生活、困苦、希望出发，诱发并且养成他们的自动性和创造力，使他们能够解决问题，理解世界，由这参加战斗，同时又会从战斗里面涌出解决问题、理解世界的欲望，使他们的自动性、创造力继续成长，‘从亚细亚的落后’（‘今天的状态脱出’），接近而且获得现代的思维生活”①。在胡风看来，民众的文化活动，不仅仅是战争动员，还是力求让民众“获得现代思维生活”的文化启蒙，这种启蒙贯穿到一切文化运动中，“即令是最起码的识字运动罢，那也和三家村的子曰先生的识字教育不同。它是以现代的思维方法做基础，而且是要把对象向现代的思维方法推进的”②。

在1939年7月《七月》月刊上，胡风发表了《民族革命战争与文艺——关于文艺发展动态的一个考察提纲》，对抗战期间的

① 胡风：《胡风全集》（第2卷），湖北人民出版社，1999，第543页。

② 同上，第544页。

文艺活动发表了一些重要的观点。胡风认为,在主观条件下,抗战使得作家从“亭子间”来到了田野,直接或间接地参与了抗战,同时又有一批文化青年投入到战时的群众工作里,他们既是新文艺的基本读者,又是新文艺的后备队伍。在客观条件下,抗战激起了奋发的国民精神,他们融成了浑然一体的民族意志,而启蒙运动的开展,使得底层民众增加了了解现实的欲望和对现代文化生活的渴求。因此,在战争开始的一段时间里,文艺活动达到了更广泛的和现实民众的结合,“作家同时也是战斗员、政治工作者、技术工作者、民众的教育者、组织者”①。而从实践生活里的青年知识分子已经开始成长为新的作家产生的沃土。在文艺创作上,反映瞬息万变的时代和战争的报告文学得到了长足的进展,作家在生活中接触到纷至沓来的新的生活形象,他以报告文学的形式迅疾地表现对现实的认识,反映着时代的生活性格,表达自己对社会的观感。这些报告文学,克服了20世纪30年代左翼文学中小说的平庸化和空虚化的倾向,执行着其他文艺形式在这大时代中所不能执行的任务,为将来的文艺预备下一个远大的前途。诗歌也克服着新的旧的形式主义的影响,得到了空前的发展,“叫出中国人民的真实的战斗的声音”。另外,演剧运动参与到大众的启蒙文化运动中,尽管有这样那样的不足,但还是作出了反映现实的可尊可敬的努力。

当然,胡风认为,抗战初期的文艺,也存在着一些不尽如人意的地方,一是公式化和概念化的倾向,作家的笔下很难见到人物成长过程的曲折和个性的矛盾,“写汉奸就大概使他得到差不多的报应,写青年就准会来一套救亡理论……”②;二是“客观主

① 胡风:《胡风全集》(第2卷),湖北人民出版社,1999,第570页。
② 同上,第576页。

义”的烦琐冷淡的倾向，作家留恋于对生活现象的一丝不苟的描写，奴从地对待生活，不能够反映出人的精神欲求；三是传奇的倾向，作家凭自己的幻想单纯地制造故事。胡风提出，为克服上述弱点，一是要深刻理解活在民众生活中的民族传统，理解民众的表现生活或思想、感情的语言或文艺形式，“由这取得能够创造和现实生活相应的形式的原料”，这其实就是前述的对民间文艺的态度。二是加强地接受世界文艺的遗产，学习“能够正确地接受本来是和实践任务相统一的‘外国的’思维方法”，并化为自己的血肉。三是加强理论批评活动，这就要求：“理论批评家除了战斗的热情以外，一方面须得对民族的生活现实、国际局势和世界文艺的遗产取得深刻的理解，一方面须得不仅仅停止在意识方向的号召上面，有能力从具体的文艺现象、具体的实践问题展开他的分析，进行彼此间的讨论，从这里生出战斗的力量。”①

如果说，上述胡风关于民族战争与文艺的关系的论述更强调现实考量时，在《民族战争与新文艺传统》中，胡风对抗战时期的文艺与“五四”的新文艺传统的关系做了翔实的阐明。胡风在文章伊始就开宗明义地指出，“中国的新文艺是在‘五四’运动中间诞生的”。作为“五四”文艺的旗手鲁迅，他用革命的人文主义反抗着半殖民地半封建社会的黑暗现实，召唤着人民的觉醒，“在这中间，是市民阶级的觉醒了的、自由的意志，本能地也是自觉地和‘僵尸的统治’相抗，同时也就是意识地或无意识地让他们的愿望汇合了劳动人民的愿望”②。而随着“五四”运动的落潮，市民阶级的怯懦和妥协暴露了出来，现实主义“成了市侩的机智和绅士淑女的日常腻语”，浪漫主义“成了封建才人的风骚

---

① 胡风：《胡风全集》（第 2 卷），湖北人民出版社，1999，第 579 页。

② 同上，第 639 页。

和洋场恶少的撞骗”,突入人生的精神“或者是回到封建故园的母性礼赞,或者是把眼睛从地下拉到天上的、流云似的遐想”。而随着“五卅运动”的爆发,无产阶级的崛起,新兴的左翼文学使得“新文艺的领导精神从旧的现实主义过渡到新的现实主义”,而带着英雄主义气魄的劳动人民的形象开始出现在作品中,但由于作家和人民在现实中的隔离,文艺无法真正地突入到现实生活,使得现实主义陷入了创作的危机。随着全民抗战的爆发,作家和人民群众、文艺和现实生活得到了前所未有的融合,在“生活的密林”中,现实主义的革命传统的新文艺有了光明的前景。

胡风认为,现实主义的文艺,它通过“正确地反映生活现实,反映人民大众的生活欲望和战斗意志”来为战争服务。而新文艺的传统,在战争中得到了发展和提升,“五四启蒙运动所要求的个性解放,到这里就进一步地获得强度的实现为社会内容,发展为集体主义而实现了”①。例如丘东平的战争小说里,那些战斗和牺牲的英雄,犹如背着十字架的耶稣,他们为了人民自由解放的实现,经历着艰苦而持久的斗争。同时,我们也可以看到人民——包括妇女和儿童——被战争所号召、所激动,在战争中渐渐觉醒,“他们的觉醒和成长,她们的为祖国自由解放而斗争的过程同时也是她们自己的脱出封建道德的枷锁的斗争过程,由这宣示了封建统治的走向崩溃”②。因此,民族解放的战争,“不但是为祖国的解放的斗争,同时也是为祖国进步的斗争”,而在战斗意志的燃烧中,现实主义的文艺作为民族解放运动的一翼,不仅要“抖掉苦痛和侮辱的重载”,同时也要“歌唱掉盘结在你古

① 胡风:《胡风全集》(第 2 卷),湖北人民出版社,1999,第 653 页。
② 同上,第 774 页。

老的灵魂里的一切死渣和污秽”，从战争的血污和荆棘林里，杀出一条“花枝招展的前途”。

因此，只有从胡风在《论民族形式问题》前后发表的关于民族革命战争和文艺传统的一系列文章中，我们才能较为明晰地理解胡风在《论民族形式问题》中提出的“一方面，要投身到实际斗争里面，为达到和大众的结合而斗争，另一方面，要坚持和加强现实主义传统，为提高大众的认识能力而斗争”①的意义，而这一意义，在当时参加“民族形式”论争的左翼同仁中，能敏感认识的并不多。

① 胡风：《胡风全集》（第2卷），湖北人民出版社，1999，第788页。

结　语

在20世纪中国现代文学的批评家中，胡风身上有非常浓厚的马克思主义色彩，但纵观胡风批评生涯，他与学院派的论争、与左翼内部同仁的论争、与国民党右翼文人的论争，总之，他向一切的论战，既为他后来的悲剧命运埋下了伏笔，也凸显了他本身独特的存在。胡风把“五四”时期的“人的解放”的思想与马克思主义结合起来，提出了“人民解放的欲求”这个概念，尽管在他的文艺思想中也有着苏联文论那机械、僵硬的反映论的影子，还是遮掩不住他在具体论述中闪现的——就像别林斯基、高尔基、罗曼·罗兰一样——道德的光辉与生命的色彩。在20世纪三四十年代左翼文学愈来愈为中国共产党的官方权力所掌控与规约，逐渐丧失了左翼应有的批判力量和自由精神，成为政治运动的庸俗的迎合者的情况下（特别在“延安整风”以后），胡风文艺思想的存在，继续标识着左翼文艺批评的精神质地。

在胡风的文艺思想中，人的解放始终是其念兹在兹的主题，胡风主张从这些抽象的理论争鸣回返到人的具体、繁杂的生存境遇中去叩问，使得他在接受高尔基、别林斯基、罗曼·罗兰、厨川白村等人的文艺思想时，能够紧紧抓住“人”这个枢纽，有效避免了左翼文艺思想中机械、苍白的反映论和对具体政党政治路线的奴从，绕开了一些当时争吵得极为激烈然而更多的只是辞费的理论泡沫，并使得一些本来并不太具理论品格的概念在他的阐述下又焕发出了独特的魅力。如抗战时期国统区向林冰与葛一虹的关于“民族形式”的“中心源泉”之争，胡风不满意这种论争只停留在抽象的讨论上，不能从实际的斗争过程中去理解问题，解决问题，而他在关于“五四”新文学传统与民间旧文艺的比较中，认为“五四”新文学中个性解放的人本主义精神与受封建思想浸染的民间旧文艺“截然异质”，不可通约，而当下的抗战现实，不仅仅是“南渡”式的复国历程，更是摩西“出埃及”式的民族独立与人民解放合二为一的实践过程，它是“反帝反封建的伟大的革命斗争在民族危机下面达到了全民性的广度”，而文艺就是要“努力地表现出现实的历史动向，广大人民的负担、潜力、觉醒和愿望，使我们看到了正在发动的受着长久压抑的民族的伟大的潜力，正在觉醒地带着历史创伤的人民的蓬勃的青春”①。这个观点虽也有不妥当、不周全之处，但在当时的语境中可谓是独出机杼，其闪耀的理论光芒至今还令人心折。而后来胡风对“民族形式”的独特阐释，令人惊叹又令人信服地把“民族形式”与“现实主义”挂起钩来，使得当时那个众说纷纭又不知所云的“民族形式”焕发出新的理论色彩。

胡风文艺思想中最突出的就是那“施洗约翰”的定位，这种定位使得胡风既与学院派作家的希腊式的文学趣味泾渭两分，又从主流左翼思想中文学对政治的亦步亦趋中独立出来。针对周作人、林语堂等人的将作家从社会中脱离出来的“静观”“幽默”，针对李长之等人的艺术至上和对“天才”的推崇，胡风强调文艺在现实与理想之间的桥梁作用，强调文艺的“掘墓人与产婆”的功能，将作家放在激烈、繁杂的斗争漩涡中，主张作家对时代的“教徒式”的献身与受难，对生活的“肉搏”，主张作家本人的

① 胡风：《胡风全集》（第3卷），湖北人民出版社，1999，第480页。

仁爱(俯首甘为孺子牛)和勇敢(横眉冷对千夫指),讴歌作品中的凄厉、激荡、痛苦同时又欢乐而庄严的精神境界。而针对主流左翼的文学对政治的服从与追随,胡风一方面强调文艺较相对于政治的"降阶"地位(类似于"施洗约翰"对"耶稣"的自甘谦卑),但胡风所主张的政治,正如学者王丽丽所言,是一种道德化、理想化、面向未来的政治,而不是当前的实际利益的政治。胡风在《鲁迅还在活着》一文中认为,所谓的无产者的将来,"也就是通过新民主主义一直到社会主义以至共产主义的将来"①,这是一段很长的路,它的终点也就是历史的终结之处那个"黄金的世界"。而从当下到那个"黄金世界"的漫长过程中,"还得和深厚的历史负担——封建主义和殖民地意识的似无实有、似弱实强的斗争当中争取发展,争取完成"②,这正是文学的任务。

正是这种对未来的焦灼,决定了他对当下(包括左翼)现实、对他所称之的教条公式主义的严厉批判,他批评"主观公式主义"者用廉价的甚至伪造的理想来遮蔽痛苦的现实,批评"客观主义"者匍匐在现象上面而遮蔽了理想的光点,他主张作家把笔深入人物灵魂的深处,在"精神奴役的创伤"里掘发出人物追求自由、追求光明的灵魂"原子",即"自发的精神的昂扬"。在左翼文艺界,他的这种思想显得如此的先锋与前卫,而主流左翼的政治打压,反使得胡风的文字更激烈、更沉痛、更桀骜、更绝决,有时更显得盛气凌人,这也在一定程度上影响了左翼同仁对胡风文艺思想的认同和接受。另外,受当时左翼思想总体的拘束,受胡风自己本身学识与思想的偏见的制约,胡风对当时的非左翼的现代文学流派也缺乏理解的同情,胡风更多地从道德化的情

---

① 胡风:《胡风全集》(第4卷),湖北人民出版社,1999,第184页。

② 同上。

感方面考量艺术的“真假”，对文学本体和形式问题有时忽略、有时语焉不详，影响了文学批评的深度，这些都是无可讳言的事实。

无论如何，胡风的文艺思想和批评实践，作为现代文学史上的一个独特的存在，还是给我们留下了珍贵的遗产，我们还是引用聂绀弩对胡风的评价来归结全篇：“胡风追求的文学境界，我以为他其实并没有真的到达，他只不过是在艰难的探索中望见和感觉到了，或者自以为达到了。因此他的文章就有许多一时很难说透的地方，因为说不透，文字就必定带点生涩。可他自己却已经沉浸到开拓者的狂奋和欢乐之中了。他异常自信，罕见的自信。他的理论讲清楚的地方，我敢说都是中国千古文章中没有见到过的。……胡风的一生就是一篇没有写完的大文章。他的人，他的文章，是一个醒世的伟大过程，代表了那一段历史，这就足够了。”①

① 胡风：《胡风诗全集》，浙江文艺出版社，1992，第778页。

附　　录

一、中国现代农民革命战争历史剧叙事模式研究

内容提要：中国现代农民革命战争历史剧中基本呈现四种叙事模式，其一是贼寇祸乱模式，将农民战争视为匪寇行为，这种自古代农民战争历史剧以来的叙事模式在抗战的环境下又有新的含义；其二是豪杰之士拯救模式，将农民起义视为忠臣、豪士替天行道、重整朝纲的行为；其三是昏君失德模式，由于君王的昏庸而导致革命的失败；其四是亢龙有悔模式，主要出现在抗战后期中共将郭沫若“甲申三百年祭”作为整风文献后，在解放区出现的李自成系列历史剧，重点叙述在革命胜利后由于革命领导人骄傲自满、脱离群众而引起的溃败的历史教训，用来资鉴现实。值得注意的是，后两种叙事模式主要出现在左翼革命作家的历史剧创作中。

关键词：贼寇祸乱　豪杰之士拯救　昏君失德　亢龙有悔

新历史主义的代表人物海登怀特在他的《元史学》中认为，历史学家不仅赋予过去的事件以实在性，同时也赋予它们意义。而特定历史过程中的特定表现必须采取某种叙事化形式，并且通过修辞性语言为对象创造出意象，赋予他们某种实在的氛围。因此，历史学家的历史著作，某种程度上是他对历史的某种叙述

和阐释，历史学家的历史观也影响着它的叙述模式和阐释模式，而作为文学性更强、虚构更为明显的历史剧来说更是如此。

在中国古代农民革命战争历史剧中，作为封建传统意识形态的自觉不自觉的传播者，剧作家的叙述模式主要有两种：一种是贼寇祸乱模式，农民革命军作为反抗王权，反叛天道的叛匪，烧杀劫掠，无恶不作；另一种是豪杰之士拯救模式，象尉迟恭、程咬金等，莫不是以拯救天下苍生为己任的豪杰之士，他们在天地失仁，大道不行的晦暗岁月，替天行道，侠骨铮铮。在中国现代农民革命战争历史剧的叙事模式中，除了上述对中国古代农民革命战争历史剧的两种叙事模式外，又产生了两种新的叙事模式，一种是昏君失德模式，一种是亢龙有悔模式；前者因为主人公缺乏担当天命的意识和能力，后者因为过度的傲慢而力图以自己的意志修正“天命”而自招悔祸。值得注意的是，这后两种叙事模式主要出现在左翼作家的剧作中。

（一）贼寇祸乱模式

在整个现代农民战争历史剧中，将农民战争叙述为土匪叛乱的并不多，就笔者目前所见的有三部：唐绍华的《宁武关》，佚名的《费宫人刺虎》，徐讦的《费宫人》。这三部历史剧的创作都发生在抗日战争爆发期间，其中农民革命的历史叙事某种程度上被置换为草寇入侵的叙述模式，这一方面继承着历史剧的忠臣抗贼，烈女杀寇的传统资源，另一方面，在抗战的现实背景下又被赋予了新的对外抗敌的意义。这种传统的强大惯性，使得中国现代作家在进行现实抗战题材剧的创作中，仍不自觉地沿用，如老舍的剧本《新刺虎》即沿袭着长期以来“费宫人刺虎”的模式，只不过将“虎”由古代的农民军置换为现代的日本侵略者罢了。

抗日战争前夕，作为国民党“民族主义文学”阵营的一员健将,唐绍华在《文艺月刊》上发表独幕剧《宁武关》。剧中主要写宁武关镇总镇官周遇吉一家在农民军攻克宁武关前壮烈殉国的故事,正在双方对垒的紧张时候,回家祝寿的周遇吉带回了代州兵败、退守宁武的消息,周母怒斥孩子为了孝道放弃守城的职责,周妻为了激励丈夫前线征战而自刎身亡,周子也触阶毙命,当周遇吉血战宁武关,惨败回来后,周母点火自焚,国破家亡的周遇吉最后自杀,为国为家殉葬。这部独幕剧,总的来说很单薄,周遇吉、周母、周妻只是呆板的概念符号,自身形象并无多少复杂深厚的蕴味,他们的殉葬行为,也只是历来忠臣良将模式的演绎,缺少自身行动的坚实的心理逻辑。只有苍白的概念,没有新鲜的生活,只有历史的做作,没有美学的丰盈,这可能是"民族主义文学"的一个致命的缺陷。

而佚名的《费宫人刺虎》中的费宫人,则是以"烈女杀寇"的方式表达了知识分子的忧患感。这部剧发表于 1940 年 1 月《上海戏剧》杂志第 4 卷第 1 期,分为两幕,第一幕标题为惊变,主要写李自成农民起义进入北京前皇宫中的慌乱态势。国丈面对国破家亡的危急形势,并不考虑怎样保护国家,而是担心自己的金银财产,将军吴三桂也没有镇守山海关,防止后金入侵,而被国丈赠送的陈圆圆所迷惑,与国丈勾结,将国家的军队用来保护国丈的财产,崇祯皇帝无力回天,逼死皇后,刺伤公主,然后上景山自杀,魏宫人、赵宫人等投河自尽,而费宫人为掩护公主逃命,与公主换衣,被农民军当作公主而掳走。第二幕标题为刺虎,费宫人在与罗虎成亲的晚上,用计灌醉罗虎,乘其醉卧之时,刺死罗虎,并自刎而死。这部剧作的取材基本符合历史,但是作者对历史的思考和感悟显然有所超越。

《费宫人刺虎》在艺术上有一定特色。第一幕和第二幕的区别十分明显。第一幕惊变,整体的感觉是危机纷沓而来的紧张和焦灼，以及国破家亡的凋敝和悲凉。费宫人性格和个性的塑造更多是通过“众星拱月”来凸显，在第一幕中，费宫人的主要动作是焦躁、激昂的宣言和义愤填膺的指控，口语化很浓，更为急切。第二幕刺虎，整体的感觉是行云流水，费宫人的性格主要通过罗虎的对比而彰显，在这一幕中，费宫人的主要动作是回旋繁复的感慨和吟咏，更加深沉，内心世界的刻画更为精细和圆融。第二幕令人称道的是作者将昆曲《刺虎》的有关唱段镶嵌其中，凄切哀婉的曲词与人物的心境高度吻合，历史的悲凉和现实的酸楚浑然一体，而费宫人典雅清丽的戏文和罗虎单调、粗鄙的狂欢话语之间的张力，心灵的细腻敏感与麻木不觉的重重隔膜，更有一种对牛弹琴、无处诉说的孤独和忧伤。

徐讦的《费宫人》同样取材于明末宫女费贞娥刺杀农民军将领罗虎的历史事实。就历史事实来说，徐讦的《费宫人》与佚名之剧并无不同，但徐剧最大的特色，就是历史剧变引起的人生无常的苍凉感。“花非花，雾非雾，夜半来，天明去，来如春梦几多时，去似朝露无觅处。”①《费宫人》中宫女们的唱词俨然该剧的主旨。《费》剧中，作为女人的费宫人，她对历史剧变的感受逃逸了所谓“天道”的宏大历史观念的拘厄，更多地带有生命体验的深刻和细微。剧本开始，几个宫女天真无邪而又情窦初开的调笑，她们的自然活泼，她们对生活的朦朦胧胧的向往，这一切的美好是如此的短暂和虚幻，正如她们所唱的宫词。宫外紧张的军事情势，皇帝皇后的自尽，家园的毁灭，这一切席卷了她们的快乐，并将她们推向残酷的境遇。在得意扬扬、肆无忌惮炫耀的贼兵面前，在荷枪实弹的强权面前，在虎视眈眈的兽欲面前，人生的尊严美好都被剥夺殆尽，生命以弱不禁风的裸体形式经历

① 徐讦：《灯尾集》，上海宇宙风社，1939，第 3 页。

着摧残和侮辱,无辜地承受着战败的恶果。

剧终,费宫人举起了宝剑,刺死了罗虎,但她不是为了所谓的历史正义,为了天道,她只是为了维护自己生命的一己尊严,正如那些逼上梁山的土匪一样。她无法进行历史的追问,唯一能做的,就是从这无常的历史轮回中逃逸出来,她的自刎而死,死得壮烈,因为她维护了生命应有的尊严。她的死,死得很迷茫,因为她无法拯救历史,甚至无法拯救自己;她的自刎,某种程度上更是一种逃避,逃避这个苦难的世界,向着一切空无的乌有之乡前行。

(二)豪杰之士拯救模式

孟子曾对“豪杰之士”做如下赞语:“待文王而后兴者,凡民也,若夫豪杰之士,虽无文王犹兴。”①在抱着“人皆可以为尧舜”看法的孟子看来,在天下无道“失仁”,而文王未出之时,作为豪杰之士早就兴发自救,而不是坐待文王拯救。这些豪杰之士,在某种程度上也履行着某种替天行道的职能,虽其成就无法与文王相比,但其豪情侠气,自然为后世称颂。

在中国现代农民革命战争历史剧中,以豪杰拯救型的叙述模式为主的有六部:《玉抱肚》《张文祥刺马》《石达开》《虞姬》《田横》《乌江》。这些历史剧的主人公都是以“拯救天下”为己任的英雄豪杰,并且有着拯救天下苍生的力量,而他们失败的悲剧,更多的是“天命”或时势没有眷顾他们。因此,这些拯救天下苍生的豪杰之士,有大多具有末路英雄的悲壮气质。

王玉章的《玉抱肚》是一部两幕杂剧,写太平天国将领忠王李秀成,在清军攻克南京后在一山村避难,因村民陶二举报,被

---

① 焦循:《孟子正义》,中华书局,1986,第525～526页。

清军绑缚，最终英勇就义的故事，在《玉抱肚》中，作者将太平天国运动作为兴汉灭胡的正义之举来描写，而将以往视之为贼酋的李秀成作为民族英雄来歌咏。第一幕李秀成上台自述：吾自幼从天王，辗转江湖间，大小数百战，攻无不克，战无不胜，只是天王失察，内蔽于酒色，外惑于权臣，以致政令不修，胡人复逞。① 以胡人称之清朝，可见民族主义之思想。

剧本始终萦绕着英雄末路的悲伤气氛，对于太平天国的失败，对于自己的命运，对于生灵涂炭的百姓，李秀成感慨万千。他慨叹自己生不逢时，"俺是个社稷才，逢不着中兴驾"②，怒斥清军暴行，"武夫赳赳，如狼虎一般"③。与清军将领趾高气扬、志得意满而又粗俗不堪的气质相比，作者给我们刻画了一个非常感人的民族英雄形象。

吴我尊是"春柳社"中旧戏底子最好的一个，他的话剧《乌江》发表在 1919 年《春柳》第五期，由京剧《霸王别姬》改编而成。作者创作此剧，有着自己明确的目的，就是以古代英雄侠义人物来激励世人，摆脱苟且妥协、柔弱顺从的"国民性"，为着目标精刚勇猛、矢志不渝，做当今世界的伟男子、大丈夫。《乌江》中的项羽，既有勇猛顽强、不惧死亡的侠骨，更有心系天下苍生的柔肠。他的形象，反映了 20 世纪初知识分子群体中尤其是留日学生群体里风行的"任侠仗义"的风气和难能可贵的担当意识。

与京剧《霸王别姬》以写意的、虚拟的动作来表现历史场景不同，吴我尊的话剧《乌江》更注重历史情境的重现。在第二幕，舞台上竟然放置真舟，有人整理帆索、划桨等，而楚汉两军对垒

---

① 王玉章：《木棉集》，1928，第 38 页。

② 同上，第 40 页。

③ 同上，第 47 页。

时,则拉上大幕,加以杀声,幕开后,楚汉士兵枕藉于地,总之,一切以尽可能接近历史氛围为目的。但是,在语言上,则不拘一格,如虞姬自杀后,项羽传令起军,幕后歌吟唐诗“葡萄美酒夜光杯”之句,只为造就气氛,并不考虑唐朝与楚汉明显的时间距离。这些布局和安排,充分体现了早期话剧写实的倾向,取得的效果是比较明显的。

紫翼的《田横》发表于1942年9月《宇宙风》第127期,当时太平洋战争已经爆发,作为中立区的“孤岛”已不复存在。而紫翼的《田横》取秦末逃亡海上,不臣汉朝的齐王田横的故事,其现实意义和针对性是非常强的。

在《田横》中,仁义之“道”和战争之“势”的冲突构成了作品的张力。齐王起兵,本是为了替天行道,除暴安良。然而,在灭掉暴秦后的楚汉之争,以及齐国的多舛命运,并没有挽救齐国人民于水火。而当战争的浩劫结束,在大汉一统已成定局的情况下,齐王的抗命又将会造成兵戎之灾。齐王的重重努力无不是为了施仁政,建王道,但他的努力只能在历史的无奈中付之东流。

灰心丧气、失魂落魄的齐王最终以自尽拒绝了历史对他的荒谬性安排。如果不死,要么他彻底投降,放弃所有的正义和理想;要么他用别人的鲜血去践行他的理念,再发起狂暴的运动,这些,显然他也不忍。他的死,逃逸了这个选择,同时,也揭示了这个选择的悖论。

“不降志而辱身,羞异国而称臣,闻夷齐之耻周,效三良之殉秦……追故园之旧梦,仰前烈之遗芬,目愉悦其初见,神憧憬其相亲!呼苍天兮无语,号父母兮不闻!……呼我王共少待,哀岛上之孤臣,愿随驾而偕逝,离黑暗之世尘,救祖国之危难,同上诉于帝闻!王顾我而微笑,呼涕泪兮淋淋!挥玉尘而相招,指閴阖之天门！拔长剑之自刎，作千秋之国魂！”①

齐国壮士慷慨赴死时的悲歌，跃荡在灰黄的杂志上，让人顿起莫名之悲情，抚摸历史而浩叹！

（三）昏君失德叙述模式

在中国现代农民革命战争历史剧中，昏君失德的叙述模式主要出现在太平天国题材的历史剧的创作中，包括阳翰笙的《李秀成之死》《天国春秋》，陈白尘的《大渡河》，欧阳予倩的《忠王李秀成》，阿英的《洪宣娇》等。阳翰笙在《李秀成之死》中，集中描写了李秀成与洪秀全关于在“让城别走”战略问题上的激辩，侧面透露出天王洪秀全的偏执。而剧本中，通过宋永琪——忠王的内弟——太平军的将领——他那张略显刻薄的嘴里，我们知道了李秀成放弃上海，功亏一篑的失误，知道了洪秀全的错误军事路线造成的损兵折将，知道了天京形势的危急，知道了干王等奸臣集团的罪恶，知道了黄公俊劝反曾氏兄弟的迂腐。可以说，他揭露了天国里的内幕，揭露了在忠诚的面具下掩盖着的另外一种现实。但是，宋永琪的言行总是被别人加以抨击，最后，剧中给他安排了一个临阵脱逃的不光彩的下场。

后期阳翰笙创作的《天国春秋》中，以杨秀清、韦昌辉的争斗为主线，以杨秀清、洪宣娇、傅善祥的三角恋为副线，勾勒了天京事变的全过程。傅善祥为太平军定鼎天京后的新科女状元，留在东王府工作，因钦佩杨秀清的英雄人格而爱上了杨秀清，并因此遭到了杨秀清以前的情人洪宣娇的嫉恨，而此时韦昌辉因为强抢民女，私抢船只被杨秀清重罚而心怀嫉恨。他利用洪宣娇的嫉恨心态，离间洪宣娇与杨秀清和傅善祥的关系，怂恿洪宣娇

① 紫翼：《田横》，《宇宙风》，第127期，1942，第20页。

向天王诬告杨秀清骄横跋扈,目无天王,最终导致了天京事变的发生,杨秀清、傅善祥被杀,天京血雨腥风,激起石达开起兵靖难。然而,洪宣娇从赖汉英的口中得到了一个更为惊人的消息。剧本第五幕写道:

赖汉英:(不安)我奉了陛下的命令,刚才又在你的府外,又把北王韦昌辉抓来杀了……

洪宣娇:怎么陛下又突然想起杀韦昌辉?

赖汉英:陛下跟韦昌辉这样亲近,其实哪愿意杀他呢,可是如果不把他杀了,还得了吗。

洪宣娇:有什么事不得了?

赖汉英:你还不知道,宣娇! 自从杨秀清被杀以后,我们上游下游南岸北岸的几十万天兵天将都在愤愤不平。现在翼王石达开又屯兵宁国,发誓都要替他的老母、妻子报仇,陛下如果不杀韦昌辉,万一军心动摇,人心涣散,石达开的心头的悲愤不平,那么恐怕你们的洪氏江山也就会跟着完了啊! ……

赖汉英:告诉你,陛下一面派人去迎接石达开,一面却要叫我们城中的兵将布置好了等他……①

洪秀全依然是不在场,但此时的洪秀全,已经不是错误军事路线(不涉及政治)的代表,却是一个居心叵测、权欲熏心的专制者,一个弥天阴谋的策划人。当然作者一方面借洪宣娇的口,向洪秀全发出质问:天父啊,我们兄弟为什么这样自相残杀;另一方面,对于天京事变,洪宣娇又只指认韦昌辉为罪人,“我们天国

① 阳翰笙:《天国春秋》,群益出版社,1946,第229~230页。

的事全部坏在韦昌辉手里”。但是，这种揭露本身就是惊心动魄的。

在欧阳予倩的《忠王李秀成》里，洪秀全的形象顺势发展为昏庸无能的君主形象，类似于郭沫若《屈原》剧中的楚怀王。面对天京危急的政治情势，面对洪秀全的猜忌，李秀成放弃苏南的有利战机，回师天京。然而，李秀成看到的是洪氏诸王的飞扬跋扈，贪赃枉法，假公济私的犯罪，而天京老百姓则生不如死，为了挽救太平天国的危机，李秀成击鼓向洪秀全进谏，提出让城别走的战略，却被奸臣们诬蔑为叛变。而作为天王的洪秀全，对手下的贪赃枉法的行为未置可否，对严重的粮食危机也置若罔闻，却异想天开地把野草当作“甜露”。剧本的第三幕写道：

洪秀全：朕说的粮食，不是麦子，也不是米，是天赐的甜露。

李秀成：甜露？

洪秀全：你看丹墀下面，那些有绿叶子的东西，那是什么？

李秀成：那是草。

洪秀全：糊涂！那就是甜露。因为所有的百姓个个有罪，因此天父罚他们挨饿，要他们吃两个礼拜的甜露，权当赎罪。

……

洪秀全：如今天父赐万民甜露充饥，连朕都能吃，你偏说没有米粮不能打仗，你到底存的是什么心？难道你还敢不相信天父吗？如今限你在一个礼拜内打退清兵，如若不然，国法俱在。

李秀成:臣只有以死报国。(伏地含悲)①

正是因为他的无知和狂妄,将李秀成的挽救危亡的万般努力化为无形,最终导致天京的陷落,导致革命成果最终丧失。这部戏剧在抗战期间演出,实际上蕴涵着作者对国民党当局的某些怨恨和不满。这也是抗战期间,尤其是“皖南事变”后国共关系出现明显裂痕时左翼或亲左翼作家创作的太平天国历史剧中一个若隐若现的主题,阳翰笙的《天国春秋》,本来就是在“皖南事变”后与郭沫若的《屈原》一起作为对国民党的隐性抗议而在重庆创作和得以演出的,这是我们考察这种叙事模式时要注意的一个背景。

(四)亢龙有悔模式

亢龙有悔来自《周易》乾卦上九卦“亢龙,有悔”②,《象》的解释是:“亢龙有悔,盈不可久也。”③《文言》的说法是:“上九曰亢龙有悔何谓也?子曰:贵而无位,高而无民,贤人在下位而无辅,是以动而有悔也。”④《文言》又说:“亢龙有悔,穷之灾也”;“亢龙有悔,与时偕极”;“亢之为言也,知进而不知退,知存而不知亡,知得而不知丧。其唯圣人乎?知进退存亡而不失其正者,其唯圣人乎!”⑤孔颖达疏:“上九,亢阳之至,大而极盛,故曰亢龙,此自然之象。以人事言之,似圣人有龙德,上居天位,久而亢极,物

---

① 欧阳予倩:《忠王李秀成》,上海文化供应社,1948,第105页。
② 孔颖达:《周易正义》,北京中国书店,1987,第10页。
③ 同上,第17页。
④ 同上,第27页。
⑤ 同上,第34～35页。

极则反，故有悔也。”①位居高位而不知谦退，则盛极而衰，不免败亡之悔。亢龙有悔有时亦省作“亢悔”。

在中国现代农民革命战争历史剧中，亢龙有悔模式的历史剧主要是明末农民革命战争历史剧，有阿英的《李自成》、夏征农的《甲申记》、李一氓的《九宫山》、马少波的《闯王进京》等。在这些农民战争历史剧里，我们可以看到，农民革命的发生，是因为天地无道失仁，而农民革命取得胜利，则是因为实行“仁政”，而农民革命的失败，恰恰是因为由于起义领袖过度骄傲，自我私欲膨胀而失去民心，违反“天道”，从而自招悔祸。

明末李自成起义系列的历史剧创作的导火线来自于国共双方对郭沫若的《甲申三百年祭》的笔墨争锋。1943 年 3 月 19 日，郭沫若的长篇史论《甲申三百年祭》在送请中共驻重庆的南方局负责人董必武审阅后，开始在《新华日报》上分四期连载。文章紧紧抓住了甲申年中各种政治力量的交替，从朱明王朝崇祯皇帝的腐朽统治和李自成农民起义始末的对比叙述中，指出明王朝的统治极端专制和腐败，作为最高统治者的崇祯皇帝，生性多疑，好刚尚气，“任察则苛刻寡恩，尚气则急剧失措”。而其官吏则“出仕专为身谋，居官有同贸易”，结果只能是“纵贪横于京畿”，吏治败坏到了极点。这样的王朝是必然要灭亡的。同时，郭沫若在文章中歌颂了李自成领导的农民起义，并沉痛地总结了起义的失败原因，主要是：“在过短的时间之内获得了过大的成功，这却是李自成以下的如牛金星、刘宗敏之流，似乎都沦进了过分的陶醉里去了。”②把明室的专制和腐败接受过来，纵声色，夺名利，掠财物，杀功臣，在战略上、组织上、作风上都犯下

---

① 孔颖达：《周易正义》，北京中国书店，1987，第 9 页。
② 郭沫若：《历史人物》，中国人民大学出版社，2005，第 176 页。

了严重的错误,终于酿成历史的大悲剧。郭沫若在文章的最后说道:“三百年了,种族的遗恨幸已消除,而三百年前当事者的功罪是应该明白判断的时候了。”①郭沫若的这篇文章遭到了国民党派文人的攻击,却受到了中共的重视。就在读了《甲申三百年祭》后不久的 4 月 12 日,毛泽东在延安给高级干部做《学习和时局》报告时,特别提到了郭沫若的这篇文章,他说:“我党历史上曾经有几次表现了大的骄傲,都是吃了亏的。”“全党同志对于几次骄傲,几次错误都要引为鉴戒。近日我们印了郭沫若论李自成的文章,也是叫同志们引为鉴戒,不要重犯胜利时骄傲的错误。”同月 18 日、19 日,延安《解放日报》又根据毛泽东的指示全文转载了郭沫若的文章,并加编者按,称赞文章“充满爱国爱民的热情”。中共中央又决定将其作为全党的整风文件,在解放区普遍印发,供党内学习。1943 年 11 月 21 日,毛泽东亲笔复信郭沫若:“你的《甲申三百年祭》,我们把它当作整风文件看待,小胜即骄傲,大胜更骄傲,一次又一次吃亏,如何避免此种毛病,实在值得注意。”“你的史论、史剧有大益于中国人民,只嫌其少,不嫌其多。”②

在闯王历史剧的创作高峰中,阿英的《李闯王》应该算写得最好的一部。其剧共有五幕,第一幕写李闯王等农民起义军在宁武关与守将周遇吉经过一场激战,终于扫除了进军北京的障碍后,浩浩荡荡地向前进发。第二幕写李自成大军进入北京后昏昏然、纷纷然的场景,刘宗敏、罗虎等大将大肆搜刮财富,乃至民怨沸腾,牛金星大宴宾朋,俨然太平宰相,而李岩的忠告被李自成等漠然置之。第三幕写乐极生悲,形势急转,山海关吃紧,

① 郭沫若:《历史人物》,中国人民大学出版社,2005,第 184 页。

② 毛泽东:《毛泽东文艺论集》,中央文献出版社,2002,第 287 页。

大军奔赴山海关。第四幕写山海关的战败和李自成的溃逃，吴三桂在复杂多变的情势下认贼作父，引狼入室，在李自成与吴三桂的激战中，清军突出奇兵，击溃李自成，李自成被迫离开北京，并在溃退的途中杀了李岩。第五幕写李自成的逃禅，李自成在农民军起义失败后，逃往深山隐居，在深深的忏悔中死去。

同样是作为"资治通鉴"的历史剧，阿英的《李闯王》难得地保持史学家的清醒和克制。在清醒和克制的背后，恰恰反映了作者对这段农民战争的批判性和独立的思考。"因此，写李闯王，只能把他写成一个农民思想、流寇思想与帝王思想的混血儿。写李岩，也只能把他写成一个三百年前封建士大夫阶级；写崇祯，也不能弯曲他本来的性格、作风，使其言行现代化，成为今天某一人物的写照。同样的没有可能，把当时的封建社会，写成半殖民地，在共产党抗战，与国民党托战中的中国。"①以史为鉴的同时，还得保持历史本身独立性和作者主体的独立性。阿英的《李闯王》基本做到了这一点。

处理李闯王的性格，是作者下功夫的一个地方。作者将其定位在"一个不平凡的繁复而又多样的，融合在朴质、粗犷线条之中的特殊的形象——三百年前经过了斗争锻炼又有一些文化教养的农民英雄的形象"，既有爽直、痛快的本性，又有慈悲的心肠和宽豁的政治家的胸怀，同时更有勇猛坚毅、身先士卒的战斗品格，所以促成大业。但是，由于农民思想、帝王思想、流寇思想内在的种种矛盾关系，其性格上的缺陷也非常突出，如爱才又忌才，多疑粗暴，成为一个独特的存在。在与清军交战失败，退出北京城的时候，他下令"烧宫"，《李闯王》作者写出了李闯王内心深处狂暴和凄凉交错的复杂心态。

① 阿英：《李闯王》，北京新华书店，1949，第 184 页。

> 李闯王(变态的独白)你们赶快地烧!(变态的笑意)朕要走了!朕要在离开这里之前,看辉煌的宫殿,怎样在火光里焚毁!朕要在离开这里之前,看雕龙宝柱、亭台楼阁,怎样在熊熊烈焰里烬化!
>
> 李闯王(跑上台阶,面向右面火光大声地)铁不治之火治之!(指)火!火!只有火,能很快地毁灭一切,只有光,才使这周围的黑暗光明!①

这种破坏式的泄愤,与项羽同出一辙,作者毫不留情地写出了农民战争的残暴和破坏性,就是因为作者坚定于正统的马克思主义的现代性立场,对封建王朝时期的农民战争保留着自己的批判性。

作者对李自成结局的处理,显示了阿英深厚的史学功底和独特的构思。李自成的"逃禅",有一定的历史根据,并非空穴来风。但阿英之所以采取此说,更有自己的想法。从深处历史漩涡中的狂暴、多疑的李闯王,到深山古寺里的奉天玉和尚,人物突然从历史中跳出来,进行自我观照,自我反省。他将历史拉回到现实,将对李自成的批判转为对当代当政者的讽喻,并隐隐的有一种"机械降神"的期待,当然,这个神,不在剧中,而在剧外,或者说在观剧者。

二、家园与旅程——后花园与蒋氏三兄弟

内容提要:路翎的《财主底儿女们》中,后花园作为一个独

① 阿英:《李闯王》,北京新华书店,1949,第135页。

特的意象，与蒋氏三兄弟的心路历程有着密切的关系。一个温暖和感伤的家园和历史，一个庞杂、丰富、冷酷的现实世界，一个火热而执着的时代律令，在“这种夹在锤和砧之间的存在”（胡风语），蒋氏三兄弟跌跌撞撞地进行着自己的抉择。蒋蔚祖，随着后花园的幻灭也结束了自己诗一般的幻梦，他以自杀的方式对这个现实发出了恶毒的诅咒和控诉；蒋少祖，面对时代的汹涌和繁杂，他最终回返到他的宁静之湖；蒋纯祖，将自己打造成自燃的火把，抗议现实的荒凉和严冷，最后死在时代命令和现实之间的纤绳上。

关键词：后花园　静穆　疯癫

路翎的《财主底儿女们》（以下简称《财》）作为现代文学的一部独具特色的作品，受到了研究者越来越多的关注。其中对蒋蔚祖、蒋少祖、蒋纯祖三兄弟的形象分析，更是研究的热点。这三兄弟不胜唏嘘的人生跋涉，他们的背叛与皈依、疯癫与清醒、彷徨与决绝，映现着时代庞杂、深刻、痛苦的精神内容，跌宕着“凄厉、激荡、痛苦、欢乐而庄严”的咏叹，至今仍让我们动容。

与自“五四”而来的离家出走的“弃暗投明”的叙事模式不同，《财》对家庭的态度显得微妙而复杂。作为财富煊赫的大家族的代表人物——父亲蒋捷三，在作者笔下，并不完全是压抑个性的专制的代名词，而外面社会，尤其是时代潮流的前沿，也不必然是理想和希望的圣地，如巴金的《家》《春》《秋》等小说所描写的那样。相反，蒋氏三兄弟秉承时代的命令离家出走，他们在外面的坎坷颠簸的旅途中，家庭特别是后花园则作为温暖和感伤的意象，慰藉着他们的孤独，召唤着他们的回返。离家出走的三兄弟，是带着蒋氏家族的鲜明的精神胎记开始自己的行程的，在时代和历史的撕扯中，他们艰难地锻造着自我，作出了自己的回答。

《财》中，苏州蒋氏家族的后花园，作为蒋氏家族的儿女们的精神纽带的象征，在全书里有着非常重要的地位。当“拾果子的女郎”王桂英从南京来到战火纷飞、激烈动荡的上海，蒋少祖用忧郁、怀念的口吻第一次提到了后花园，提到了后花园的松林和池塘的时候，蒋氏家族的儿女们在各自的命运中与后花园开始着千丝万缕的精神纠缠，以往的研究者似乎对这一意象关注的不是很充分，因此也就有了笔者不吝其陋进行阐释的空间。

（一）家园的温暖与感伤：后花园意象浅探

在中国古代的建筑格局中，园林建筑有着独特的地位。历史上的许多名园，从笼盖宇宙、体象天地的皇家园林——如颐和园、圆明园、避暑山庄等，到“壶中天地”“芥子纳须弥”的士大夫园林——如拙政园、沧浪亭、网师园、个园等，其园艺的精巧、意境的幽深、色调的和谐，历来为人称道。在中国的园林建筑里，在其叠石、理水、题匾等细节中，凝结着中国的诗歌、绘画、雕刻等诸多艺术形式，体现着中国传统的审美情韵和艺术想象力。

从文化心理上来讲，园林显然寄予了园主与传统日常居家不同的预期。如果说雍容华贵、体量巨大的皇家园林，象征着对以财富、寿福、安逸为特点的天国生活的气魄宏大的追求，那么，士大夫园林则表达着对尘世之累的超脱，对江湖险恶的隐逸，对活泼泼的自然的皈依。与外界苍茫的山水相比，园内的山水显得更写意、更抽象、更清雅、更幽闭。某种程度上，“壶中天地”“芥子纳须弥”的设计深深植根于人类的一种返回自然母体的“子宫情结”。

《财》中，作者对蒋氏家族的后花园做了细致的描写：

> 花园是华丽的，人工的，但和屋宇底建筑相和谐，正如老主人底不自然的，高度的身体动作和他底庄严的头颅相和谐。园里充满华贵摆设，每件东西都表现出一种粗大的精细和一种对尘世的轻蔑来，仿佛蒋捷三在自己底园中建立了假的山峦和河流、假的森林和湖泊，是为了表示自己底对于他在少年时代的漂流里所阅历的真的山峦和河流，森林和湖泊的轻蔑似的；他轻蔑他们，因为他们被别人所占有，充满了不洁净的足迹。①

与外界动荡的空间相比，蒋氏家族的后花园则是“孤独而自由，同时彼此爱抚而和谐”的世外桃源。蒋捷三的儿女们对这个花园有着很深的感情，同时有着各自的钟爱之物。蒋淑珍爱着金鱼缸，蒋淑媛爱着葡萄架，蒋蔚祖喜欢着荷花池，蒋少祖则爱着松林和池塘，对于蒋纯祖来说，后花园的意象是模糊的，因此他的爱也是整体的。

后花园给蒋氏家族的儿女们提供着温暖的庇佑。蒋淑华与汪卓伦的婚姻，蒋捷三带来了 10 个箱笼的嫁妆，女婿王定和的纱厂有着后花园的投资，蒋少祖的上海事业，有着后花园伤心的支持，蒋家的儿女和亲戚都受着后花园的惠泽。在儿女们受难的时候，后花园及其主人蒋捷三则“张着双手如黑翅”，给予无私的护翼。当蒋蔚祖在南京和上海之间游荡时，蒋捷三亲自带着警察深夜查找，拼上老命来拯救自己的儿子。

后花园，随着主人蒋捷三的死，随着被无奈的典卖，它从一个现实的空间旋而奇异地升腾为一种辉煌的神话。财主底儿女

---

① 路翎：《财主底儿女们》（上卷），人民文学出版社，1985 年 3 月第一版，第 86 页。

们,如同决口的湖泊,随着家园的瓦解四泻而出,在外面险恶的山山水水中,蹒跚着自己的生命旅程。当他们承受战争、死亡、离别等一次又一次的苦难和不幸时,当他们从争吵、歧异以至到最后的淡漠时,后花园唤起了他们曾经的鲜活和纯真、快乐和美丽。蒋淑珍,在重庆的家里,愁苦地念着“月落乌啼霜满天,江枫渔火对愁眠”的怀乡诗句;蒋秀芳,这位姨娘的女儿,在母亲病亡、弟弟离散、叔叔逼婚的困境中,想起了后花园,想起了“那个池塘和那棵树”;蒋纯祖在荒凉的石桥场,在那个地主的庄园,无限伤感地想起了后花园。在一个成人的反讽和分裂的世界,他们渴望着童年的幸福和完整。

后花园,对于蒋家的儿女们来说,也许不仅仅是一个田园牧歌的回忆空间,它更是蒋氏家族的儿女们的精神胎记:明澈、敏感、自恋、怯弱、傲慢、洁癖的混合体。这些财主底女儿们,带着他们的精神胎记,离开家庭的庇佑,在炎凉交战的外面世界的炼狱中,开始苦涩地成长。尤其是蒋氏三兄弟,他们作为蒋氏家族的叛逆者,响应着这个时代的道德律令——爱情、理性、人民——走进了外面的世界,他们在自身的精神历史、火热的道德律令、繁杂的现实场域之间经受着多维的拷问与裂变,笔者将在下面的章节进行详述。

(二)离开与回返:后花园与蒋蔚祖

蒋蔚祖——蒋氏家族的大少爷——喜欢着后花园里的荷花池,这个意象某种程度上是他的精神自况。荷花,自古就得文人的宝爱。屈原的《离骚》里就有“制芰荷以为衣兮,集芙蓉以为裳”的名句,北宋周敦颐的《爱莲说》中“出淤泥而不染,濯清涟而不妖,中通外直,不蔓不枝,香远益清,亭亭净植,可远观而不可亵玩焉”的花中君子的评价,更是流传千古。洁净、自恋、孤独、使人爱怜，这些无疑属于荷花的文化审美寓意。《财》中，作者对蒋蔚祖的出场做了如下的描写："年轻而美丽的蒋蔚祖跑进来。他底白夏布长衫飘曳：在白色里露出了他底洁白的小手和红润的、快乐单纯的脸。"①娇弱、美丽的蒋蔚祖正像池中盛开的荷花。

"我信仰爱情"，这是蒋蔚祖心里的道德律令。在与妻子金素痕的关系上，他"表演着一种单纯的、情热而苦恼的恋爱"。表演这个词道出了蒋蔚祖的精神秘密。表演是一种模仿，然而不是对现世日常生活的模仿，而是一种对理想的模仿，它是纯粹的、严肃的，同时又是天真而疯狂的，因为它的不及物性。

更为致命的是，蒋蔚祖将一种孩子对父母的亲情模式移植到他与金素痕的爱情关系中。金素痕对于他来说就是母亲与未断乳的孩童，因此蒋蔚祖对金素痕显然有着一种稚气的阿谀。"这是这种致命的爱情特色：这个男子所希望的并非饶恕，而是怜悯：他永远如此。"②蒋蔚祖的爱情，缺乏那种追求和担当的意志和魄力，这也是金素痕在内心所悲哀的。蒋捷三宝爱着蒋蔚祖，蒋蔚祖挚爱着金素痕，金素痕喜爱着财产和享乐，蒋捷三把大量的金钱给金素痕来表达对蒋蔚祖的爱，蒋蔚祖用从父亲那儿拿到的金钱来博得金素痕的爱，"最初是这个逻辑，以后还是这个逻辑，以后是不得不是这个逻辑"③。

娇弱美丽的蒋蔚祖内心涌动着波澜，为了他爱着的妻子金素痕，蒋蔚祖忍着背叛父亲的痛苦，将要拂老人的心意，离开后花园去南京，然而蒋蔚祖却从金素痕的欢笑中看到前途未卜。

---

① 路翎：《财主底儿女们》(上卷)，人民文学出版社，1985 年 3 月第一版，第 75 页。

② 同上，第 99 页。

③ 同上，第 152 页。

蒋蔚祖凭着爱情的理想和信念离家远行,外面却不是温暖的后花园,他也不再是受人宠爱的王子。蒋蔚祖被抛入了南京,一个他所陌生和恐惧的世界,在这里,他丝毫没有掌控自己命运的能力和意识。他越来越成了金素痕敛财的傀儡和道具,同时也成为金素痕享乐的障碍。当蒋秀菊将金素痕和情人在一起的事实告诉蒋蔚祖时,蒋蔚祖疯了,圣洁的恋人眨眼幻化为淫荡的贱妇,世间严冷的狂风嘲讽地将后花园的温暖和玫瑰席卷而去,一切的突兀让精神蓦地处于一种窒息状态。"蒋蔚祖,蒋蔚祖,你从此完了。"①

闪电划破夜空,露出了这个世界分裂和反讽的本质。而疯子的特点就在于"没有力量造成一种事实的确证或心灵的确证"。蒋蔚祖,惊骇于金素痕的真相,然而却又想获得一种安慰。他期盼金素痕的欺骗性的安慰,却又怀疑金素痕这种安慰的欺骗性,于是他跟踪金素痕。他愧疚于父亲的爱,然而回到苏州他又焦灼地爱着他的妻子,于是他在苏州和南京之间辗转,从这把锁逃到那把锁。

在蒋捷三临终的病床前,蒋蔚祖终于向父亲忏悔,并说今后开始做一个人。蒋蔚祖开始了自己的转型,从"少年的优柔和热情"转变为"侮弄人间的诗人和王者",此时的蒋蔚祖是无比的孤独而自由,清醒而锐利。他质问着王定和:"你们夫妇间有爱情吗?你们兄弟间有信义吗?你们父子间有慈爱吗?"他向金素痕咆哮:"你抢东西抢完了吗?"他给自己独辟了一个世界,一个白色的有烛光的脆弱却光明的世界,蒋蔚祖,在这个虚无和实有的界面上创造了自己的鬼影般的存在,并赋形了两副交错转换的

① 路翎:《财主底儿女们》(上卷),人民文学出版社,1985 年 3 月第一版,第 185 页。

面颜：求乞者和厉鬼。他的存在，反讽着这个世界的荒淫、无耻、虚伪和荒凉，也反讽着他的存在的虚妄。他向着金素痕复仇，拷问着这个妇人的灵魂，他渴望着回苏州，渴望着出家，渴望着赎罪，然而他又觉得自己罪不可恕，在烧掉了自己的住所后，他沦落到底层。当蒋秀菊看到他时，他正扛着二十四孝图。他的鬼影般的存在将他曾经的忧郁、才情、爱恋——后花园里的时光——尘封为一段神话，他的赎罪则显示着向神话的回返。

经历完复仇和赎罪的蒋蔚祖最后从这个世界超脱了。当他准备从这个世界离去的时候，他感到了这个世界的完整，他原谅了这个世界“腐烂的脓疮，痛苦的诱惑，欺凌和侮辱”，同时又觉得和自己没有关系了。他无力踏进也不想踏进这个世界，“质本洁来还洁去”，他平静而干净地——就像他钟爱的荷花——跃下了悬崖，葬身在生命的河流中。他逃避了这个世界，也逃避了对自己的追问，当然也许他最终什么也没有逃避掉，他只是以死亡的方式取消了而已。

（三）静穆的魅惑：后花园与蒋少祖

“蒋少祖，在他未离家以前（他 16 岁离家），则女性地爱着松林里的那个小池塘。”①松林和池塘，这是理解蒋少祖性格特质的一把钥匙。松林、池塘，在中国传统文化的审美心理层面，是有着自己的特点的。松树自古以来被誉为贞心、坚贞的典型，经常被比拟为君子、丈夫、英雄等。《论语》云：岁寒，然后知松柏之后凋也。人们又往往称松为古松，一方面因其寿长，另一方面因其历经磨难仍然郁郁葱葱得旺盛、坚韧的生命意志。水则被视

① 路翎：《财主底儿女们》（上卷），人民文学出版社，1985 年 3 月第一版，第 88～89 页。

为智者和君子的象征,它往往与君子的厚德载物的人格特征联系在一起。在《财》中,蒋少祖对他所珍爱的松林和池塘赋予着“静穆”的寓意。

当然,在蒋纯祖离开后花园投入时代的大潮中,他是无暇考虑松林和池塘的。“我信仰理性”这句在仆人冯家贵的尸体面前说的话,是蒋少祖心中的道德律令,也是这个时代的一个精神主题。对于蒋家的生活,他是怀有着某种叛逆者的道德优越感的。他认为蒋家是生活在脱离时代、无知而愚昧的历史中的。而他,在缔造中国的未来。

但是,在都市现代空间的漩涡中,他看到“有人严肃地工作,有人盲目而机械地服从。有人在炮火里死去,有的人荒淫无耻,招摇撞骗!”①在现代思想的激烈冲撞中,蒋少祖发现,那些诱人的口号,激进的宣言的掩盖下,是各种心怀叵测的利益争夺,是一些政治投机商的疯狂赌注,他们麾下则是幼稚、激进、危险的青年力量。民族苦难与时代疯狂如此错综复杂地纠缠在一起,蒋少祖无法回答自己内心深深的疑虑。一方面,他认为现代思潮有着天然的合法性,“我们没有自由,专制的世界逼迫我们犯罪,这些原是我们的权利,我们要留下自由的天地,用血肉生命,赤手空拳”②。另一方面,他又质疑它的合理性,“耶稣是这样死去的,他没有看见天国,并知道天国是不可能的”③。更重要的,他更清醒地认识到在权利作用下这些思潮的虚幻性:“况且每一种权利都不能代表人民,人民永远和权利不相容,不是服从就是

① 路翎:《财主底儿女们》(上卷),人民文学出版社,1985 年 3 月第一版,第 45 页。

② 同上,第 215 页。

③ 同上,第 561 页。

反抗。”①而人民是什么，对蒋少祖而言，仅仅是一个概念而已。

在这个中国的“险恶和迷乱”中，蒋少祖看不到出路，他又希望有出路，他把目光移向了古代。当然，这个“古代”，只是蒋少祖追求心灵的独立和自由的一个祭坛而已，它的意义更在于对现代中国理念和事实的橘枳反差的批判和反省，蒋少祖仍然希望构建的是现代意义上的中国。然而，当他倾注全部精力促成的访问团无功而返，他对热情、狂躁而盲目的陈独秀的失望，对优美、自私而险恶的汪精卫的鄙夷，他对站在时代教条和机械上的权力集团的反抗，他对民族自身命运的深层的忧虑，使得他一步步加深了对中国本土空间的依恋和认同，从而淡漠和厌恶了以代表着时间的进化论为关键词的西方思想。

蒋少祖将自己的目光逐渐聚焦于中国本土时，他惊讶地发现了古中国本身“静穆”的坚韧和力量。在父亲蒋捷三身上，蒋少祖发现父亲的冷静、颓唐和慈爱，在有了孩子的妻子陈景惠身上，他看到了妇女的强固和鲜明。在逃难的女子张瑞芳身上，蒋少祖看到了她“没有接受任何外来的思想，真实地经历了中国底生活，在苦难里淳朴而鲜明地表现了中国这个民族底热情、意志和希望”②。而在金素痕、王桂英身上，蒋少祖则看到了西欧个人主义思想与物质实利结合所激起的丑恶和无耻。他感到了欧洲思想和古代思想的深刻，因为它们和空间息息相关的切实，感到中国现代思想和日本思想的浮薄，因为它们的空洞。他感到在喧嚣的现代思想文化大潮中，那些日本货及舶来品只是泡沫，真正有力量的是中国深层的那个亘古至今、生于斯长于斯的“静

① 路翎：《财主底儿女们》(上卷)，人民文学出版社，1985 年 3 月第一版，第 560 页。

② 路翎：《财主底儿女们》(下卷)，人民文学出版社，1985 年 3 月第一版，第 902 页。

穆”的古代思想,作为中国的知识分子,与民族文化命运休戚与共的知识分子,他们必须担当用古代思想文化来融合西方文化的重任。不过,在蒋少祖的激动、严肃的思考中,作者还是微讽地提到了蒋少祖——作为有产阶级的知识分子——在情感包裹中的切实的利益盘算,揭开了民族主义的思想作为有产阶级的意识形态的面纱。

蒋氏家族的儿女们有着贵族式的骄傲和聪慧,他们的清醒和深刻使得他们本能地触摸到一种虚无,然而就在这种虚无面前,蒋氏兄弟还是显示了他们自己气质的差别。在蒋蔚祖身上,少爷的忧郁、深情在严冷的逼视下一扫而空,随后唤起的是生命本身在堕落状态下一种奇异的狂喜,一种在自毁中的激情四射与灵感痉挛的陶醉,一种阴鸷和疯狂的混合。而蒋少祖,他始终保持着某种冷静的分寸感,始终让自己牢牢地站稳现实的地基。当他在所谓时代的潮流前沿感到一种孤立无援时,蒋少祖,审时度势地采取某种微妙的反讽来保存自身,他诚实而现实地生活,思想的紊乱裂变始终保持在一种安全的界限,当这种紊乱和裂变要毁灭他自身时,蒋少祖敏捷地抛弃了它,向着真实的地基回返,那里有着熟悉的优雅和温柔,当然也少不了一种中年的苍凉,如后花园,如《玉堂春》,如陶渊明。

“少无适俗韵,性本爱丘山。误落尘网中,一去三十年。羁鸟恋旧林,池鱼思故渊。开荒南野际,守拙归园田……”①蒋少祖,这位后花园的叛逆者,带着感恩和忏悔的心情陶醉在陶渊明的静穆的世界中。

也许笔者会多余地想到胡风在《“蔼理斯的时代”问题》中那

---

① 路翎:《财主底儿女们》(下卷),人民文学出版社,1985 年 3 月第一版,第 908 页。

段对周作人的反诘：

> 知堂先生怪我们没有“明净地观照”，但他不晓得对于陷在“孽海”里的我们那只是一个可望而不可及的太虚仙境；他看不起我们“教徒般的热诚”，但我们却正是因为不能皈依一个上帝才没有法子来麻醉掉在这个现实社会里所受的肉体上的精神上的苦恼。……他希望我们感谢那曾为晨光之垂死的落日，但如果我们并不是苦雨的诗人而是赤地千里上的耕者或是在火热的沙石路上双足流血了的旅客呢？①

这可能正是蒋少祖与蒋纯祖的区别。

（四）从流浪者到纤夫：后花园与蒋纯祖

后花园对蒋纯祖来说，似乎没有对于蒋蔚祖和蒋少祖那样沉重和伤感。这个年轻人似乎活在一个幸福的时代，也许是因为蒋少祖他们为这些年轻人顶开了黑暗的闸门，过去的后花园对他们来讲只是遥不可及的一个“渺茫的梦幻”，而未来则是一切的新鲜和美好。蒋纯祖，包括陆明栋，他们毫不犹豫地喜欢着具有鲜明现代特征的事物。如像战舰驶过波涛、表征人类战斗和最高情热的火车，如宽宏的大江的钟声（不是凄凉的寒山寺的钟声），如江轮的汽笛声，这些象喻着在时间中前进、进步的“动的世纪”和“力的世纪”的现代中国，他们是新的一代人。然而蒋纯祖仍是蒋氏家族的儿女，他的多情优美是蒋氏家族给他烙下

---

① 胡风：《胡风全集》（第 2 卷），湖北人民出版社，1999 年 1 月版，第 88～89 页。

的精神胎记，他的野心和机敏如少祖，而他的深沉、狂放、坚执如蔚祖。他在走完哥哥蒋蔚祖和蒋少祖所经历的人生跋涉之后，才做出了蒋纯祖式的选择。

“我信仰人民”，蒋纯祖喊着这个时代的主题。当然，蒋纯祖心目中的人民，不是蒋少祖那样整体和抽象的民族，而是从历史走向未来的跌跌撞撞的一个个具有独立人格的“人”。战争撼动着，破碎着这个民族。然而对于蒋纯祖，他又是那么欣喜，当民族一块块地碎裂、当家庭一个个地解体，蒋纯祖看到的是一个个的独立的个人快乐地脱颖而出。蒋纯祖毫不犹豫地离开蒋氏家族的庇佑，一个人去上海的战场服务（有如当年的王桂英），在战争失败后，蒋纯祖彻底卷入到难民的潮流，进行惊险的漂泊。

在漂泊的旷野上，蒋纯祖看到了真实而苦难的民间，看到了杀戮、强奸、抢劫的恶行，看到了冷酷、无耻、怯弱的灵魂，他也看到了发自内心的正直和温柔，一切的一切，都以赤裸裸的肉体搏战的形式存在着，蒋纯祖经历着心灵的锻造。流亡结束后，蒋纯祖来到武汉，那个“每个早晨都给青年们带来一个美好的机会，而每个机会都造成一个浪漫的骑士的”地方，蒋纯祖毅然地离开了蒋淑珍——蒋氏家族的衰弱、凄凉的后花园的象征——代表着的那种实际的阴暗的生活，带着青年人的豪奢和放逸，带着如同蒋少祖那样的野心，投入到了演剧队。

蒋纯祖显然遇到了和蒋少祖一样的问题，那就是代表着时代教条的权威集团与时代本身的裂隙。民族底最高的原则的解释权，是被这些权威集团掌握的。他们的代表人物是那样的平庸、圆熟和刻板，他们的理论是那样简单死板。“它是一种偶像，它并且常常成了一种麻木不仁的偶像，在偶像下面，跪着染着夸大狂的青年，和害着怯懦病的奴才们。”①当演剧队来到重庆后，他又发现那些带着时代桂冠的弄潮儿身上，染着强烈的市侩气，看到了“政客们的圆熟的手腕，从往昔的时代遗留下来的诗人的风流和才情，以及妇女们底绝代的风骚”②。

蒋少祖因为对时代的教条的权威集团的失望，因为要保持心灵的独立和自由，抛弃了时代的命令转向静穆的抽象的古代。而蒋纯祖则对这种现状保持着一种严肃的矜持和尖刻的批判，并在这种批判中张扬着独立、自由的现代人格，他揭露着这个所谓代表着时代的权威集团存在的种种荒谬和反讽，他向着这种虚无突击，坚决捍卫自己对时代的解释权。而在他个人的地位、荣誉、爱情受损时，当他在这个权威集团里找不到时代命令时，他依然艰难地支撑着独立的自我，宁愿落荒而走，放逐到荒凉的石桥场。

在真实而阴冷的石桥场，蒋纯祖荷着时代的命令进行艰苦的奋斗。“那个时代的单纯的、鲜明的目标刺激着他……他底目的是为那个总目的尽可能的工作，并且工作得好，是消灭一切丑恶和黑暗，为这个世界取得爱情、自由和光明。”③正如他填词谱曲的石桥场小学的校歌：在石桥场美丽的土地上，应该有美丽的生活。然而石桥场是昏沉、麻木和淫荡的。他和好友孙松鹤、张春田等从事的教育事业，步履艰难，节节败退，乃至最后从乡村逃亡。在石桥场上，蒋纯祖，在热烈的时代命令、阴冷的现实、自己的精神历史的心灵的炼狱里，艰苦地锻造着自己。在现实这个阴冷和荒凉的空间，蒋蔚祖为自己开辟了一个有着蜡烛和白

---

① 路翎：《财主底儿女们》（下卷），人民文学出版社，1985 年 3 月第一版，第 1113 页。

② 同上，第 973 页。

③ 同上，第 1064 页。

布的脆弱而光明的世界,蒋少祖为自己寻找到一个宁静的心灵之湖,而蒋纯祖,如苦行的传教士,将自己打造成一支自燃的火把。这个脱离家庭的流浪者,已经成长为阿垅《纤夫》中那个灵魂的拉纤者:以一寸的力/人底力和群底力/直迫近了一寸/那一轮赤赤地炽火飞爆的清晨的太阳!①

在重庆养病期间,经历过上层浮华社会的透支的挥霍,自杀式的炫耀,蒋纯祖将自己忧郁的眼光投向了石桥场,投向了爱人万同华。他要回家,这个家不再是有着后花园的蒋家,而是石桥场,是万同华,当他跌跌撞撞地回到石桥场时,物是人非,万同华已经是别人的妻子,蒋纯祖也将在失望和痛苦中面临自己的死亡。

但蒋纯祖依然怀抱着自己的梦想,临终之前他让万同华读报的意义是:"她,万同华,或实际的、中国的、日常的冷静和麻木,必得在他,或这个时代底热情和斗争下面屈服,以证明他并不是罪恶的。"②蒋纯祖,他要死在时代命令与现实之间的纤绳上,而不是那个温暖和感伤的后花园。

三、胡风研究:历史的还原与问题的凸显

——对商金林、吴永平、解志熙诸先生胡风研究的考量

内容提要:在21世纪,商金林、吴永平、解志熙等人在胡风研究方面作出了很大的成绩,得到了学界的关注。商金林对1927年到1928年胡风编辑《武汉评论》和《策进》史料进行了详

① 阿垅:《阿垅诗文集》,人民文学出版社,2007,第18页。

② 路翎:《财主底儿女们》(下卷),人民文学出版社,1985年3月第一版,第1314页。

细论证，为学界贡献了新的材料，但其认为现代作家日记、书信中的胡风的负面形象更真实，这个观点似有商榷之处；吴永平在《隔膜与猜忌——胡风与姚雪垠的世纪纷争》中挖掘了大量史料，但其关于胡风文艺思想是“党的文学”的观点并不全然合理，且论述过程也有诸多不尽人意之处；解志熙认为胡风主张启蒙优先甚至启蒙优胜论的观点也与事实有一定的出入。总之，上述诸人在为胡风研究作出重要贡献的同时，也存在着诸般可供商榷的地方。

关键词：胡风　姚雪垠　主观战斗精神

21世纪以来，吴永平、商金林、解志熙等人在开掘新史料的基础上，对胡风研究提出了很多有独创性的观点，引起学界重视。本文以吴永平、商金林、解志熙三位先生的胡风研究为考量中心，结合胡风及其同仁的文艺理论与实践，就三位先生在胡风研究上的重要价值和若干疑义做一些自己的梳理，不妥之处，请大家批评指正。

一

在现代文学研究界，商金林先生向来以精审、谨慎的考证和平正、深入的分析为人称道，其撰写的《叶圣陶研究资料索引》《叶圣陶年谱长编》是叶圣陶研究的重要参考资料，而商先生对朱光潜、沈从文等作家的研究也有许多独到的见解。在胡风研究方面，商先生的论文并不多，主要有《〈胡风全集〉中的“空缺”与“修改”》《关注同时代人对胡风的评论》《现代作家日记中的胡风》《有关胡风和胡风研究的若干史料》四篇，但由于对史实资料的深入挖掘，其成果具有鲜明的独创性。

在辨析商先生的胡风研究之前，我们不妨看一看商先生在《江苏行政学院学报》上发表的《“因忠实和勇敢而导致的悲惨"——评路翎的"志愿军题材小说"》,文中,商先生对路翎的小说给予了中肯的评价:"总的说来,路翎的志愿军题材小说突出的是一种精神,即人与人之间的爱,这种由鲜血与生命凝结的爱,才是一种克敌制胜、不可征服的力量。这是路翎对于现代战争的独到的见解。路翎不像有的作家那样用战争来激发憎恨,而是在战争中讴歌人性;淡化战争小说的火药味,纯化人与人之间的关系,突出战争中的人及人的单纯、真挚而美好的情感,战争中人与人之间的情感是那么的亲近而崇高。"①正是基于对路翎"志愿军题材小说"成就的肯定,商先生才对长期受"极左"思想戕害的路翎晚年小说成就表示了遗憾。文中,我们不仅能看到商金林先生翔实的考证和中肯的评析,还或隐或显地体会到商先生的那份仁厚。

商先生对胡风研究的开创性成果是其论文《有关胡风和胡风研究的若干史料》。文中的第一句话,商先生表明了自己的立场:"胡风(1902～1985)在解放后的遭遇是值得同情的,胡风反党集团绝对是冤案。"②这是一个学者的严正立场。当然,商先生主张研究是独立于同情的,而他在文中首先对胡风在1927年8月到10月期间协助邓初民先生编辑《武汉评论》的情况进行了翔实的考察。

商金林指出,胡风在帮助邓初民编《武汉评论》期间,发表了《鄂南的悲剧》《如此武汉》《我们的今天》《新的奋斗》等"政治不正确"的文章,商先生认为,这些文章并非像梅志所解释的那样,如"掩护杨干事去鄂南开展工作""邓初民提供素材和中心思

---

① 商金林:《因忠实和勇敢而导致悲惨——评路翎的"志愿军题材小说"》,江苏行政学院学报,2008,1:第122～123页。

② 商金林:《有关胡风及胡风研究的若干史料》,湖南人文科技学院学报,2009,3:第41页。

想”等等那么简单，我们要尊重历史事实的复杂性，实事求是。同时，商先生引用了叶圣陶、朱自清、宋云彬等现代作家的日记以及聂绀弩致舒芜的信里对胡风的评论，这些评论与当下学界对胡风的“歌德”情况是不相符的。另外，商先生还指出，《胡风全集》存在着删改现象，如《时间开始了》第二乐章《光荣赞》里，原诗“毛泽东是我们的旗”在《全集》中改为“共产党——是我们的旗”，体现了编者的微妙用意。

在《〈胡风全集〉中的“空缺”与“修改”》中，商先生又对胡风在1928年春夏之交在南昌担任江西省政府机关刊物《策进》周刊的“特约撰稿人”的历史进行了翔实的考证。商先生指出，在《策进》周刊上，胡风发表了《在江西纪念“五四”》《动摇中的死相》《再论汪先生回国》《民众的剿共》《党校风潮解决了》等22篇所谓“反共”文章，这些文章并没有被收进《胡风全集》。商先生认为：“政治上太敏感的文章可能不宜出版，但在《全集》的‘说明’或‘编后’中应有所交代，这才是编《全集》的严肃认真的态度，虽说作家研究也不能面面俱到，但若是只刻意营造‘革命’和‘前进’的一面，把急遽的时代风云都写成能‘未卜先知’，把艰难曲折的人生历程都写‘迎着光明走’，那还有什么‘曲折’和‘漫长’可言呢?!”①商先生的批评是很有见地的。只有如实地还原历史面貌，才有可能了解现实生活中胡风的复杂和多面，在胡风本人社会实践和文艺思想之间建立互动与对话的有效关联。当然，张晓谷于2010年第3期的《新文学史料》上发表了《重提历史的真实——答商金林先生》，对商先生所提出的《全集》中的问题做了回应，在此不赘述。

---

① 商金林：《胡风全集》中的空缺与修改，《新文学史料》，2009，4：第118页。

然而，商先生在2010年第1期《鲁迅研究》上发表的《关注同时代人对胡风的研究》中，将同时代文人笔下描画的胡风与文艺思想研究中呈现的胡风加以比较，其方法和结论是有待商榷的。文中，商先生提出了一个非常有价值的问题："胡风研究该怎么进入？如何进入？关于胡风所处的各种事件的各个时代，我们又从何了解？怎样克服个人经验的缺乏问题？怎样建立有分寸感的立场？"①这确实是当前胡风研究中的一个非常重要的课题。商先生提出了自己的思路："我以为关注同时代人对胡风的评论不失为一个较好的切入点。作为'过来人'和'亲历者'，同时代人的评说比我们这些后来人单从'文字'和'本本'看到的胡风更可信，更真实。"②同时代人的评说何以比当下学者从"文字"与"本本"而来的研究更可信？更真实？其理据在哪里？

随后，商先生引用了郭沫若、茅盾、夏衍、胡绳等左翼作家在会上、在文中对胡风的讥评，如郭沫若说胡风"似乎是很聪明而又有霸气的青年"，如胡绳说胡风"神经质"等等。在征引完"左翼"的看法后，商先生又列举吴组缃、朱自清、叶圣陶、宋云彬、聂绀弩等人的日记、书信，评述了胡风为人与为文上的一些缺陷。不过在笔者看来，这些评述有的基于文艺观点不同，如朱自清、叶圣陶先生，这些评述有着理论探讨的价值和意义，但并不意味着高下之别与对错之分；有的是基于人事矛盾，如吴组缃所谓的"胡风不善处人"、聂绀弩在致舒芜信中对胡风的"白衣秀士"的评语，这些只能姑妄听之而已。商先生认为："上面列举的这些零星的材料，虽说大多录自作家的日记和书信，有一定的'私密

① 商金林：《关注同时代人对胡风的评论》，《鲁迅研究》，2010，1：第28页。

② 同上。

性’，但正因为带有‘私密性’，也就显得格外真实，弥足珍贵。”①为什么“真实”呢？因为日记、书信的“私密性”？因为上述作家的在现代文坛的“代表性”和“权威性”？

众所周知，日记、书信之所以具有“私密性”，就是因为作者在信中和日记里，是不需要对自己所言之人、所谈之事负任何责任的，它不仅处于逻辑、学理等知性的规则之外，同时也处于社会公共伦理的规则之外，拒绝它们的探访和拷问（当然并不表明它不具备一定的学识理性和伦理道德）。在笔者看来，这种“真实性”，只是语料的真实性，即确实是从书信、日记中摘引而来，而要上升到学理的“真实性”，不仅要在胡风的“文字”“本本”中找出所谓的“客观对应物”，还要求学理逻辑的缜密和谨严。当然，笔者认为商先生所引的那些作家对胡风的评语有着重要的启示，也认为商先生在后面所言的那些关于胡风的“定论”并不一定是“定论”。但对那些“定论”的争鸣，还是要回到“文字”和“本本”的，还是要在学理的层面上进行的，在这个层面上那些“定论”和信件中的评论都要得到衡量，就像商先生对胡风在《武汉评论》和《策进》周刊所写文章的详细考证一样。

二

在胡风研究中，吴永平先生的史料考证成果累累。如对《起点》杂志、《荒鸡文艺丛书》《蚂蚁小集》等刊物的考证，开拓了胡风研究的新局面；如对《胡风家书》的疏证和解读，既敢于质疑家属所做的解释和梳理，显示了学术的独立性和严肃性，又提出了许多非常坚实的证据和独到的观点，对现实生活中的胡风的复杂面貌和心态有着细致入微的梳理，其成果相信会为越来越多

---

① 商金林:《关注同时代人对胡风的评论》,《鲁迅研究》,2010,1:第31页。

的胡风研究者所重视。当然,吴永平先生的专著《隔膜与猜忌——胡风与姚雪垠的世纪纷争》(以下简称《隔》),则是研究20世纪姚雪垠与胡风论争的必读之作,这也是笔者进行考量的重点。

在《隔》书中,作者认为,由于胡风主张"党的文学"观念,信奉"文艺武器论",在20世纪40年代,以非常激进的姿态发动"整肃"运动,既违反了当时中国共产党的文艺政策,也造成了自己事后的悲剧。而姚雪垠赞成茅盾"写出典型来"的美学思想,在典型塑造和大众语言的运用上有自己的贡献,也正如此被胡风所整肃,诬指为文化特务,从而未能出席第一次文代会。在《隔》后记里,我们得知吴永平先生是从对作家姚雪垠的研究开始进入现代文学研究领域的。《隔》书的创作,一方面基于吴先生对姚雪垠与胡风派论争的史料的大量挖掘,另一方面也有着巴黎第七大学保尔·巴迪先生的"文化人类学"的理论启迪。所谓"文化人类学",其要义就是"注重研究对象在社会结构中的实践,注重研究对象与周遭环境的关系"①,其方法"文本细读与文化社会学分析"。吴先生在对老舍一系列作品的解读、研究中,可以说是将"文化人类学"方法用于作品研究的例子,当然作者认为《隔》书也是成果之一。

实事求是地说,《隔》书对于上述论争的梳理和解读,是比较完整地还原了历史面貌的,对胡风研究是有着重大推进意义的,这是笔者对《隔》书的基本判断。当然,对于《隔》书,笔者还是有着若干疑义或者不完全同意的地方。

笔者与吴先生岐异之处主要是在关于如何看待姚雪垠先生

① 吴永平:《隔膜与猜忌——胡风与姚雪垠的世纪纷争》,河南大学出版社,2006,第314页。

的作品，当然笔者也不同意路翎和阿垅他们对姚雪垠及其作品的攻击，这种谩骂式的批评遮盖了问题本身的严肃性。早在论文《抗日民众的战斗雄姿》中，吴先生认为：“《差半车麦秸》（以下简称《差》）与其说是表现落后的农民意识如何在游击队的集体战斗生活中被改造更新；不如说作者让他的主人公随着故事情节的展开和若干富有情趣的生活细节的印衬，逐步展示出隐藏在落后、愚昧、胆怯、笨拙的性格表层之下更深一层次的精神意蕴。”①这个观点非常精准地把握了《差》的精神旨趣。主人公王天兴在姚雪垠的欲扬先抑的笔法下，充分显露了农民式的机警，而其投身抗战的动机在《差》中也说得非常清楚，“鬼子不打走，庄稼做不成”②。《差》中主人公所哼的悲凉的戏调——“有寡人出京来多不幸，不是呵下雨便刮风”③——其实就是《差》的意旨：农民是土地上的自足的王者、“寡人”，而抗战则是无可奈何的暂时的“出京”。而主人公最后的梦呓——“嗒嗒！咧咧！黄牛呀……嗒嗒！……”④——则揭示了踊跃参加抗战活动（明修栈道）的主人公之精神底牌（暗度陈仓）：对旧日乡村农耕生活的追慕和缅怀。在民族意识和老百姓的家园意识之间，其有效的纽带就是土地，民族是抽象意义上的土地，土地是民族的具体体现。茅盾所言其农民具有“先天的民族意识”，其根据大概就在这儿。

在《牛全德与红萝卜》（以下简称《牛》）中，姚雪垠将《差》中土气又带点匪气的主人公的性格分给了两个角色，一个是牛全

① 周勃，吴永平：《抗日民众的战斗雄姿》，湖北大学学报，1985，4：第26页。

② 姚雪垠：《差半车麦秸》，中国青年出版社，2008，第154页。

③ 同上，第150页。

④ 同上，第163页。

德,一个是红萝卜。牛全德是带点匪气的,有点强蛮,又有点顽皮,同时还有强烈的个人英雄主义;红萝卜则是个地地道道的农民,对土地、乡村有着刻骨铭心的怀恋,对外界的生活显得胆怯和木讷。总体而言,较《差》的半隐半现的谨慎,《牛》要写得舒展、大气、恣意,江湖黑话、民间土语的大量展现,构建了一个鲜活、诗意的战时乡村生活场景。牛全德的那些狎昵、亲切的土语,那种渴望得到别人认可的"逞能"心态,都刻画得惟妙惟肖。而《牛》中这些夹杂在人物对话中的心理描写,如:"当他说着这话时,他的心飘飘地飞往四月的田野上,因为田野上的麦穗已经打苞了……当他说着这话时,他的心飘飘地飞翔在四月的田野上,发现田野上的豌豆开始开花了……当他说着这话时,他的心仍然飘飘地飞翔在四月的田野上,想着田野上的麦穗快要扬花了。"①一唱三叹,一波三折,将一个农民在谈到庄稼时那种怦然心动、抓心挠肺、浮想联翩的感觉,都淋漓尽致地表现出来了。《牛》整篇有一种"微醺"的满足感,一种对环境、对社会整体的信赖感,还有个人对集体的急切的融入感,尽管小说全篇有争吵、冲突、斗争,但最后都化为诗意的和谐。正如姚雪垠在《〈牛全德与红萝卜〉的写作过程及其他》中所言:"本来,宇宙间的事物都含有矛盾,谐和就建立在矛盾上面。……姜白石评陶诗为'散而庄,淡而腴',深刻地理解到陶诗的风格的基本部分,乃是建筑在矛盾上的谐和。'散而庄'是指章法结构而说的,'淡而腴'是指内容而说的,都是矛盾的,却统一于浑然的风格里面。……我在写《牛全德与红萝卜》的时候竭力地追求这境界……"②

在肯定《差》《牛》创作成就的同时,我们也不得不看到其局

---

① 姚雪垠:《长夜》,中国青年出版社,2008,第272~273页。

② 同上,第170页。

限性。牛全德基于对民族的“大义”而枪杀了自己的“拜帖兄弟”,“差半车麦秸”因要种庄稼而不得才参加游击队,在民族大义的旗帜后面,实际上是民间日常伦理(过日子、兄弟之义)的内容。他们的反抗和行动,是为了回复旧日安静的农耕生活,即使是匪气浓烈的牛全德,其伦理情怀并无不同之处。而自《狂人日记》而来的中国现代文学,其明显的精神特征不仅仅是“个性解放”和“怀疑主义”,即思想自由与精神自由,而且还有把人当人看的人道主义,也只有在这样的平台上,对传统的反思和反省才有可能进行。在阿格尼丝·赫勒的《现代性理论》著作中,这种个体对群体,对传统的怀疑、反省、否定和反抗,被称为现代性的动力,称为“现代社会格局的助产士”。深受“五四”精神影响的胡风,在《文学上的“五四”——为“五四”纪念写》一文中,深情地礼赞了这种觉醒了的“人”,“那里面也当然是为或悲或喜或哭或笑的人,但他们的或悲或喜或哭或笑却同时宣告了那个被铸成了的命运的从内部产生的破裂”①。从胡风在评论路翎的小说时提出的“与人民深刻结合的真正的‘个性解放’”观点中,我们也可以看出其“五四”精神的渊源。而胡风在《论民族形式问题》中分析民间文艺时,认为即使在人民群众创作的文艺中,“连‘反抗权威的民主成分’都‘鲜有’,就更不论作为封建意识的对立物的、人权平等的个性主义(人本主义)和它的政治要求了”②。笔者认为这个论断至今还不失其合理性。如果说,胡风及其同仁在批评姚雪垠的作品时逾越了其批评应有的尺度,有谩骂和苛评的成分,那么,在反省其批评气度的同时,我们也应该看到他们和姚雪垠在精神气质上的差异,而这个差异,似乎不

① 胡风:《胡风全集》(第2卷),湖北人民出版社,1999,第622页。

② 同上,第749页。

像吴先生所说的"党的文学""极左"那样简单。

《隔》书中,吴先生对路翎批评姚雪垠的《差》很不以为然,认为路翎出生于城市,没有农村生活经验,更没有战区和敌后游击区的生活体验,因此,"一个无知的批评者企图以干枯抽象的理论对一位有知的小说家笔下丰富多彩的生活提出批评,其结果当然只能是'隔靴瘙痒'"①。这样的评论是不能让人信服的,尽管路翎在批评《差》时有各种各样的问题,但绝对不至于"无知",我想,无论如何运用保尔·巴迪先生的"文化人类学"理论来分析路翎应该也不至于得出这样的结论吧。

还有几个细节问题。其一,《隔》书中提到,赞同"国防文学"观点的《群鸥》杂志编辑赵伊坪和梁雷(二人都是中共地下党员),在抗战中英勇抗敌,赵伊坪被日寇绑在树上烧死,梁雷被日寇割首挂在山西偏关县的城门上,二人都为民族解放事业献出了自己宝贵的生命,正当笔者为二人的遭遇动容时,作者忽然横刺一下,"在这里,胡风所认为的凡赞同'国防文学'者便是主张'阶级投降主义'的结论是完全说不通的"②。所谓"阶级投降主义",应该是对国民党而言,赵、梁两位烈士因抗日而遭日本人杀害,又不是因反抗国民党而遭其杀害,这与反驳"阶级投降主义"论点有何关系?而主张"阶级投降主义"只是作为一种思想倾向,与真正地"阶级投降"应有分别处吧。其二,关于胡风在《作为思想家的鲁迅》中称赞鲁迅 1932 年"保卫苏联"这个话题,吴先生认为胡风是"继续发展极左的思想倾向",笔者此有疑焉。一方面,胡风在文中将苏联看作"人类解放的伟大精神"的象征,

---

① 吴永平:《隔膜与猜忌——胡风与姚雪垠的世纪纷争》,河南大学出版社,2006,第 141 页。

② 同上,第 39 页。

更着重在“只有在人类的将来里面才有民族的将来这个思想要点上面”来谈论的，与政治意义上的苏联这个国度并不能完全等同。胡风的意思不外乎在于民族解放要在人类解放的这个精神量度上来考察（这种人类解放一般来说与阶级解放似乎是一回事，但更突出了人性的维度），而不能以民族解放为最高目标而忽略了人的解放，在此人类解放不能完全地等同于所谓的“极左”倾向。另一方面，胡风此文，是胡风在“皖南事变”发生后经党组织安排转移至香港后写就的，其发表的时间是 1942 年 4 月 2 日，其时“珍珠港事件”后的全世界反法西斯同盟已经成立，颂扬保卫苏联似乎与“极左”思想很难挂起钩来。其三，吴先生在文中论及胡风对路翎《财主底儿女们》一书的高度评价（时间将会证明，《财主底儿女们》的出版是中国新文学史上的一个重大的实践）时，指出 60 年来“除了现代文学研究者外，愿意而且能够读完这本书的读者并不多”①，笔者认为这种观点更多只是出于“抬杠”的意气，似可不必如此。

三

“治理学问，常见的有两条路：一是亲自占有大量原始材料，从原始材料的矿藏中冶炼出精品；另一是把别人辛勤发掘、发现的现成材料搬过来，改头换面，重加组合，声称创造了新体系。这后一条路，最是败坏学术空气，有害于科学事业的。……但真正的科学研究，总应该走前一条路—— 一条艰苦然而的确有出息的路。志熙治学，就是走的这前一条路。”②这是前辈学者对解志熙先生的由衷嘉许。“现代文学本身的特殊性就在于其兼

① 吴永平：《隔膜与猜忌——胡风与姚雪垠的世纪纷争》，河南大学出版社，2006，第 39 页。

② 解志熙：《生的执着》，人民文学出版社，1999，第 2 页。

具历史和当代性的矛盾品格……而正是在这个意义上我认为解志熙的‘校读法’处在一个比较恰切的连接点上,它本身的方法意义使它具有历史的向度,而它作为批评的运用又在历史化的过程中保留了一种动态性和未完成性。”①这是新进学人对解志熙先生治学方式的恳切评价。在现代文学研究界,解志熙先生的严谨、理性、务实同时又不乏精神锋芒的治学风格,其厚重坚实的研究成果——从有“拓荒”之誉的《生的执着——存在主义与中国现代文学》,到绵密周详的《考文叙事录:中国现代文学文献校读论丛》——可以说是有目共睹的。而解志熙先生在2009年“胡风与鲁迅的精神传统”学术研讨会上的论文《走在“斗争”与“团结”的平衡木上——从一次鲁迅纪念会看左翼分歧的症结及其终结》(以下简称《平衡》),可以说是当前胡风研究的一个重要成果,也是笔者加以考量的重点(值得提出的是,这篇论文并没有刊发在纸媒上,而是登载在“学术中华”网站上,如果笔者在引证解先生的文章有错误或争议时,笔者愿意向解先生道歉并承担相应责任)。

有自己独立的史料准备,并在史料中精炼出思想的生发点,从而建立全新的研究视角,推动对象的研究进入新的层次,可以说,《平衡》全文淋漓尽致地展现了解先生这一治学特点。解志熙先从很少被学界关注的“纪念鲁迅逝世九周年纪念会”中胡风和周恩来的讲话材料入手,细致入微地辨析了周、胡二人在发扬“鲁迅精神”上的侧重点的差异。解先生指出,关于发扬“鲁迅”精神,胡风侧重在鲁迅的战斗精神,而周恩来在强调鲁迅的战斗精神外,强调善意的批评,强调严肃的自我批评,还特别强调批

① 屠毅力:《作为一种批评的校读法——读解志熙〈考文叙事录〉》,《中国现代文学研究丛刊》,2011,2:第211页。

评的目的是为了团结。就周恩来与胡风的发言差异这个现象，解先生开始追述胡风“好斗”的缘由。他认为，胡风之所以“主动不与人为善”，是因为胡风及其影响下的一群人在发挥鲁迅那种精神启蒙的革命观之时，也形成了思想精神革命不仅深刻于而且高超于社会政治革命的革命优胜观；是因为胡风过于强调人的思想、精神、人格、意志在社会革命中的意义，强调先知先觉者的主观战斗精神，即“文艺家的人格力量，文艺家的战斗要求”，并且自我执迷到了近乎“精神胜利法”的程度。这种大有问题的“启蒙优胜观”和实践上的“宗派主义”，使得胡风发动了粗暴的文艺界“整肃”运动，给文艺界带来严重创伤的同时，也为自己的悲剧命运埋下了伏笔。

如果说，解志熙的这一分析已经聚焦到胡风文艺思想的核心层面，具有洞微烛幽的明敏的话。那么，他对胡风事件的成因进行条分缕析的解读以后，将胡风事件上升到文化制度建设的层面，从而提倡为文艺斗争建构足够自由容忍的争论空间与和而不同的文化制度，这充分显示了其深远的学理眼光。而解先生随后对毛泽东、鲁迅的见微知著的看法，更充分说明面对在革命光环下面同样滋生的幽暗的人性，文化制度的建设多么必要和紧迫。

在对解志熙的分析叹为观止的同时，笔者对解先生的一个观点产生了疑惑，即胡风是不是真的主张“启蒙优先论”或“启蒙优胜论”？

《平衡》中，解先生将胡风“意识斗争的任务是在于摧毁黑暗势力的思想武装，由这来推进实际斗争，再由实际斗争的胜利来完成精神改造”①这段话理解为启蒙优先观,但笔者从这段话里仅能看出“启蒙在先”这个事实陈述,而没有看出“启蒙优先”这个价值判断。而在《罗曼·罗兰断片》一文中,胡风事实上是明确否认了这种“启蒙优先”或“启蒙优胜”论的,他认为:“精神力量,被当作这样的桥梁(通到以主人自居的民众的战斗的桥梁——笔者注),被当作燃起民众力量的火种,它的估计是不怕过高的,但如果以为它可以成为君临历史道路上的物质力量,或者相反地变成良心上的道德的慰藉,那就会降落成立足点不稳的无力的东西……作为社会战斗要求的先声,它是无比可贵的,但如果离开了或者漠视了实践的基地,‘自由灵魂的共和国’是不可能在地上出现的。”②胡风认为,这也就是罗曼·罗兰只留下一篇《精神独立宣言》的文献,而列宁留下一个劳动人民的共和国的原因。因此,思想启蒙虽然在先,但因其缺乏历史的、具体的实践力量,是不可能优于或胜于政治实践的,当然,胡风所主张的政治实践是含蓄启蒙思想在内的政治实践。在《略论文学无门》中,胡风在比较了奥斯特洛夫斯基和志贺直哉的创作后,肯定了奥斯特洛夫斯基的人生实践较于志贺直哉的艺术实践的优位,认为:“从神圣的人生里产生了艺术,虽然就是没有这艺术也无损于他的伟大。”③

那么,艺术和艺术家在政治革命实践中有什么样的地位和作用呢?胡风在《青春底诗》中对路翎的评价,也可以说是自己心志的表明。他写道:“作者自己说,一切生命和艺术,都是达到未来的桥梁。正是这个把自己变成达到未来的桥梁或踏脚石的

---

① 胡风:《胡风全集》(第3卷),湖北人民出版社,1999,第185～186页。

② 同上,第256～257页。

③ 胡风:《胡风全集》(第2卷),湖北人民出版社,1999,第430页。

志愿，才有可能产生了把七十个左右的人物的命运旋转在那个愿望那个目标下面的庞大的气魄。”①在这里，我们能够很明显地看到罗曼·罗兰那种为爱而战斗的“新英雄主义”的影子，也能看到别林斯基的那种永远为思想点燃起来的并且永远向思想追求的神圣的“激情”。这种面向未来的对现实的批判的艺术和艺术家的角色定位，其实就是那个在旷野呼唤人们为迎接“天国”而“悔改”的作为耶稣之开路先锋的“施洗约翰”形象的当代变形。而对于未来，对于未来的“耶稣”——人民，对于他们的阶级政治实践，胡风毋宁是真诚恳切的。在《文艺界的风习一景》中，胡风论及1935年12月19日的学生游行时，充满深情地写道：“为了自由，为了反抗共同的奴隶运命，这些‘人民之花’的青年人表现出了多么美丽的共生共死的态度。他们的悲愤是不愿做奴隶的一切中国人的悲愤，他们的行动是一首抒情诗……”②

因此，当胡风及其同仁秉持着这种“作为社会战斗要求的先声”的艺术观去考量左翼作家的作品时，他们更多地发现的是失望，这里面自然有他们自恋、自负、偏狭的一面，但另一方面我们又不得不承认他们的失望感的真切，不得不承认他们的发现具有某种穿透力。如果说他们对国统区左翼作家作品的批评上面有着很多的意气成分而更少理性的文学分析，那么在评价解放区作家作品时，他们的批评基本上是比较理性的，但即使如此，仍然掩饰不住他们深刻的失望。如路翎在论及《王贵与李香香》的“大团圆结构”时批评其“轻率和偶然”，如阿垅对《白毛女》中“人民底自觉性”的缺乏的批评，对“旧社会把人变成鬼，新社会

① 胡风：《胡风全集》(第3卷)，湖北人民出版社，1999，第256～257页。

② 胡风：《胡风全集》(第2卷)，湖北人民出版社，1999，第414页。

把鬼变成人”的“巫术”魔力的怀疑，即使放在当下，我们还是可以看出其合理性所在。

当然，胡风这种对政治实践道德化、审美化的主张并不是没有问题的，他从康德、席勒、黑格尔、马克思、卢卡奇的哲学美学思想那里衍化而来的“主观战斗精神”观点也有着很大的偏颇，笔者甚至认为解志熙先生的《生的执着——存在主义与中国现当代文学》中所论述的“存在主义”思想是对于胡风文艺思想的一个重要的“解毒剂”。笔者也基本同意解志熙先生的分析，同意解志熙先生构建“和而不同”的文化制度的诉求，在此不再赘述。

四、舒芜“主观论”思想的谱系学考察及再评价

摘要：受梁启超《清代学术概论》中“以复古求解放”的学术思路的启发，舒芜凝合戴震、墨子、柏格森、苏联马克思主义、毛泽东思想等资源，提出他的“主观”思想，其核心为立足平民百姓“怀生畏死”的生命欲望，通过“实事求是”的探索，求得“心之所同然”的“公则”。然而其复杂的流变中，政党的具体政治实践取代了舒芜所探求的“公则”，反而消解了舒芜的“主观”。

关键词：舒芜　主观论　梁启超　戴震　墨子　实事求是

近年来，舒芜研究从原先与“胡风冤案”的政治关联的辨析逐渐向“文案”“学案”等思想史、精神史、学术史的维度展开，当然，这并非对舒芜在“胡风冤案”中所应承担的历史责任的“悬置”，而是从感性历史向历史理性的深入。“确切地说，便是越过个人因素层次，掉头深入历史肌理、机制，寻求对于文化、思想、

精神上‘看不见的手’的认识，从而揭示整个悲剧的实质。”①而清理舒芜的“主观”思想，则成为舒芜研究中必须直面的核心问题。面对戴震、墨子、柏格森、苏联马克思主义、鲁迅、毛泽东……这些繁杂的理论资源，舒芜以怎样的理路来贯穿、融通，并凝合为其驳杂的“主观”思想，则是本文考量的重点。

（一）思想源流与理论进路

1. 梁启超。在《〈回归五四〉后序》中，舒芜详述了他五十年来的思想、生活和创作经历。从舒芜的叙述中，我们得知梁启超的《清代学术概论》不仅使舒芜“第一次具有了完整的‘学术思想史’的观念”，而且梁启超“以复古为解放”的学术思想也是舒芜后来从事墨子研究并力图将墨子与马克思主义打通的理论依据。“第一步，复汉宋之古，对于王学而得解放；第二步，复汉唐之古，对于程朱而得解放；第三步，复西汉之古，对于许郑而得解放；第四步，复先秦之古，对于一切传注而得解放；夫既复先秦之古，则非至对于孔孟而得解放焉不止矣。然其所能著奏解放之效者，则科学的研究精神实启之。”②而梁启超在《清代学术概论》中提倡的“科学的研究精神”，更对舒芜产生了深刻的影响。舒芜对于梁启超也是十分尊敬的，在《论中庸》中更是盛赞“梁先生前后二十多年来对于进步知识分子的领导，可以与伏尔泰当

① 李洁非：《反复：舒芜的路》，《中华读书报》2009 年 12 月 16 日。在这方面，还有朱华阳《〈论主观〉“公案”的理论解析——舒芜与胡风的思想比较》、周燕芬《舒芜“倒戈”及其思想探源》、黄晓武《抗战后期国统区“论主观”公案的发生》、钱理群《舒芜的转变：新的沉迷和误会》、张钧《“内敛了的希望”或消失的“萤火”——1948 年有关鲁迅“转变”问题的一次讨论》、彭玉平《舒芜唐诗与近代文论研究述论》等重要研究成果。

② 梁启超：《清代学术概论》，东方出版社，1996，第 7 页。

时的情况相比而毫无愧色"①。

2. 戴震。梁启超对舒芜的影响不仅仅在宏观的学术思想层面,他在戴震研究、墨子研究方面的成果,也为舒芜所尽力消化吸收。在《清代学术概论》中,梁启超高度评价戴震哲学,认为其核心思想"欲以'情感哲学'代替'理智哲学'""乃与欧洲文艺复兴时代之思潮之本质绝相类",其治学方法则"随处发挥科学家求真求是之精神",其著作价值"实三百年间最有价值之奇书也"。受梁启超影响,舒芜对这位乡贤有着浓厚的研究兴趣,他在1945年4月16日给胡风的信中写道:"前天写完了一篇给学校季刊的文章,《戴震性命论评议》,白话,一万多字,还是发挥'人欲横流'的主张。"②在《饮水思源尊"考据"》《论中庸》《向生活凝视》《戴段钱王之妙》等文中,舒芜更是连篇累牍引用戴震《孟子字义疏证》中的核心观点,并赞誉戴震为"最伟大的考据家"。而舒芜撰写的《墨经字义疏证》,其体例就是模仿戴震的《孟子字义疏证》,这是戴震学术理念、治学方法对舒芜影响的力证。

3. 墨子。墨子研究是舒芜最先的学术志业,本着梁启超"以复古求解放"的学术思路,舒芜力图在孙冶让、梁启超、胡适、范耕研、方授楚等前辈学者研究的基础上,运用"辩证唯物论"的方法治《墨经》,推动墨学复兴,从而与当时的新理学、新儒学思潮对抗,并以墨子来接洽于苏联马克思主义。而墨子之所以能接洽于苏联马克思主义,并不是舒芜的异想天开,早在梁启超的《墨子学案》中,就评价墨子是个唯物论的"大马克思",墨子的经济思想与近代马克思相同,而"现在俄国劳农政府治下的经济组

---

① 舒芜:《舒芜集》(第1卷),河北教育出版社,2001,第81页。

② 舒芜:《舒芜致胡风书信全编》,东方出版中心,2010,第99页。

织，很有几分实行墨子的理想”①。在《论中庸》《戴段钱王之妙》等论文中，墨子的“非命”“三表法”是舒芜所关注的焦点，详见后述。值得一提的是，抗战时期舒芜曾经撰写“颇不尖头鳗(绅士)”的长篇“反郭文”(未发表)，就因郭沫若发表了关于墨子的否定性评价，并明确将梁启超的墨学观点作为理论的“靶子”，引起了舒芜的强烈不满。

4. 柏格森。舒芜在《〈回归五四〉后序》中坦承其撰写《论主观》时“参有柏格森哲学的某些影响”。作为20世纪风靡世界的哲学家，柏格森早在1913年就被钱智修于《东方杂志》刊文介绍、翻译流布，随着杜威访华演讲中对于柏格森的推崇，柏格森的介绍与研究出现了热潮，1921年12月《民铎》杂志开辟“柏格森专号”，刊发蔡元培、梁漱溟、冯友兰、张君劢、范寿康、张东荪、李石岑等人的重要论文，在随后“科学与人生观”的讨论中柏格森更因被丁文江称为“西洋的玄学鬼”而广为人知，柏格森的著作如《创化论》(张东荪译，1919)、《形而上学导言》(杨振宇译，1921)、《物质与记忆》(张东荪译，1922)、《心力》(胡国钰译，1923)、《时间与自由意志》(潘梓年译，1927)、《论滑稽的意义》(张闻天译，1933)等已被翻译出版，梁启超、陈独秀、李大钊、梁漱溟、熊十力、张君劢、朱光潜、宗白华(舒芜表兄)等思想家均受其影响，甚至蒋介石、陈立夫的唯生论思想体系也有着柏格森的因子②。就舒芜而言，在《墨经字义疏证》中的系列论文如《释无久》《释体兼》中，很明显地运用柏格森《创造进化论》中的“绵延”理论和“有机体”理论来阐释墨学概念(详见后述)，由于柏格

① 梁启超：《墨子学案》，商务印书馆，1921，第38页。

② 此观点参考吴先伍先生《现代性的追求：柏格森与中国近代哲学》一书，安徽人民出版社，2005年8月。

森哲学的"唯心"色彩,在《论主观》中,柏格森的影响更多是隐性的。

5. 苏联马克思主义哲学。舒芜与马克思主义的接触是在安庆高中就读时,当时舒芜从表兄姚圻处借阅米丁编著的苏联马克思主义哲学教材《辩证唯物论与历史唯物论》(舒芜在回忆中记为《辩证唯物主义与历史唯物主义》,不确),深感其"博大精深、严密完整","为任何圣经贤传所未有"。另外徐懋庸翻译的巴比塞的《从一个人看一个新世界》(斯大林传)更使得舒芜对斯大林佩服之至。舒芜回忆其在写作《论主观》时,参考了侯外庐所写的"马克思主义哲学的斯大林阶段"的论文,据笔者初步查证,当为侯外庐发表在 1939 年《中苏文化》"斯大林先生六十诞辰专号"上,名字为《斯大林——世界学术传统的继承者》,不过这篇文章并非侯外庐所写,而是由洪进翻译、侯外庐编辑的苏联学者的论文。文章认为,斯大林对于马列主义最为发展的地方就是"柔软性"(主要是指可裁性或可塑性)与"强固性"(客观规律)的统一,斯大林注重"主观因素的发扬",更注重"统治组织和党领导的工人阶级自觉地创造的意志",而它们能预测每次行动的结局和后果。在此期间,舒芜也熟读了《联共(布)党史简明教程》,并得知其中《辩证唯物主义与历史唯物主义》一章为斯大林亲自撰写,认为"但是今后讲哲学,应以《联共(布)党史》这一章为准"①。而苏联马克思哲学教材的特点,"他把辩证唯物主义与历史唯物主义的每一条原则,都同阶级斗争,主要是政治斗争,尤其是党内路线斗争直接联系起来"②也给舒芜以启示。

6.《整风文献》。1946 年,舒芜在《论"实事求是"》一文中,

① 舒芜:《舒芜集》(第 8 卷),河北教育出版社,2001,第 273 页。

② 同上。

第一次明确引用延安解放社编印的《整风文献》，高度赞扬毛泽东在《改造我们的学习》中提出的“实事求是”的观点，认为这是“理智主义与英雄主义的高级综合，然而有时最普通的人民的生活精神，最科学的唯物论的一部分，只有这个，才可以解决我们的问题”①。当然，此时舒芜还是力图从自己的“生活唯物论”立场来理解《整风文献》的思想。那么，在舒芜后来的《从头学习〈在延安文艺座谈会上的讲话〉》中则以毛泽东关于知识分子思想改造的观点来批评自己以及“七月派”集团往日坚守的“小资产阶级个人主义”，随后《致路翎的公开信》更是将毛泽东的指示作为评价一切是非的最高“标准”。在舒芜理解、把握毛泽东思想时，戴震、墨子、苏联官方马克思哲学均起着重要的桥梁和铺垫作用，论说详后。

在舒芜的“主观”思想阐释中，我们也可以看到罗曼·罗兰、高尔基、鲁迅、周作人等作家对他的影响（这也是舒芜和“七月派”同仁共享的文化资源），而舒芜对罗曼·罗兰、鲁迅、周作人的思想分析和作品阐释，在舒芜的文艺批评中占有重要的分量。不过，这些作家的文艺思想对舒芜的“主观”思想而言，并不具备“构成”上的意义，更多是舒芜的“主观论”思想在文艺批评中的具体“应用”，如舒芜在《关于思想与思想的人》中就坦承鲁迅在“五四”时期的思想言论，早在戊戌时期梁启超就已经说过了，而舒芜对鲁迅作品的理解，更多借助于戴震和墨子的思想理路，和胡风以及“七月派”作家对鲁迅的理解有着重要的区分。

那么，从墨子到毛泽东，舒芜怎样整合这些理论资源，构筑他的“主观”思想？在笔者看来，舒芜的理论进路大致可以概括为：以戴震的“生生不已”的气化本体论为基点，融汇柏格森“创

① 舒芜：《舒芜集》（第1卷），河北教育出版社，2001，第201页。

造进化论”的生命哲学,结合墨子的“非命”“力行”思想,再给予马克思式“唯物的反转”,最后进入无产阶级对历史进程的控制和掌握这个“历史唯物主义”的“主观”;以清代的“朴学”(尤以戴震的《孟子字义疏证》为中心)之以考据求义理的治学之法,接洽于西方的科学与唯物论(基本上沿袭着梁启超的《清代学术概论》的视角),再进入苏联官方马克思主义的辩证唯物论和历史唯物论,最后汇流于毛泽东的“实事求是”;同样从戴震反对“理学”以“意见代真理”并“以理杀人”的思想立场,反对当时“机械教条主义集团”所持“教条”的非真理性和权力性,提倡个性解放,随后立足于柏格森的“有机体”观点、墨子的“三表法”以及苏联官方哲学,从“个人主义”通向“集体主义”,从真理的探求转向党的政治路线的谨遵,最后戏剧性地将“以意见代真理”的帽子送给“七月派”同仁。上述理论进路既有着舒芜“好学深思”(胡乔木评舒芜语)的一面,另一方面也不排除其粗糙、附会和投机的缺陷。

(二)“人欲横流”——主观的“欲求”基底

在《论主观》中,舒芜对“主观”的含义作出如下鉴定:“所谓‘主观’,就是一种物质性的作用,而只为人类所具有。它的性质,是能动的而非被动的,是变革的而非保守的,是创造的而非因循的,是役物的而非役于物的,是为了自己和同类的生存,而非为了灭亡的。简言之,即是一种能动的用变革创造的方式制用万物以达到保卫生存和发展之目的的作用。”①在以往的研究中,有学者指出舒芜文章中对“主观”的定义比较复杂,从开始的苏联官方马克思主义哲学体系转向柏格森生命哲学,再转向启

① 舒芜:《舒芜集》(第1卷),河北教育出版社,2001,第32~33页。

蒙主义等等①,笔者对此是完全赞同的。

当然舒芜对"主观"思想的涵括最主要还是烙着戴震哲学的"范型"。在《孟子字义疏证》卷中"天道"一条,戴震云,"道,犹行也,气化流行,生生不息,是故谓之道"②,而人和万物作为"气化流行"的产物,"分于阴阳五行以有人物",由此,"阴阳五行,道之实体,血气心知,性之实体"③。何为血气心知?戴震云,"凡血气之属,皆知怀生畏死,因而趋利避害"④。这种生存的"血气"冲动,不仅人类有,而且动物也有,只不过人和动物的区别,以及圣人和愚民的区别在于"心知"——即认知能力的高低,"而理义者,人之心知,有思辄通,能不惑乎所行也"⑤。这种"心知",虽然因人而异,但人人皆可通过学习而"扩而充之",由自然进于必然,"凡血气之属,皆有精爽,而人之精爽可进于神明"⑥。"有血气,则所资以养其血气者,声、色、臭、味是也,有心知,则有父子、有昆弟、有夫妇,而不止于一家之亲也,于是又知有君臣、有朋友,五者之伦,相亲相治……而人道备。"⑦在《饮水思源尊"考据"》一文中,舒芜认为,戴震哲学就是根据千万万小民的喜怒悲欢之情,建立一种完全适合于他们的"理",戴震的"天道",就是生民日用之间饥思食、渴思饮的要求,在现实中汇聚的总方向。而舒芜"主观"定义中"是为了自己和同类的生存,而非为了灭亡的"与《孟子字义疏证》中"怀生畏死",舒芜的对人类的主观

① 主要观点详见朱华阳《〈论主观〉"公案"的理论解析——舒芜与胡风的思想比较》,《重庆社会科学》2005年第2期。

② 戴震:《孟子字义疏证》,中华书局,1982,第21页。

③ 同上。

④ 同上,第27页。

⑤ 同上,第28页。

⑥ 同上,第30页。

⑦ 同上,第37页。

对于自然界的能动作用的论述,与戴震的从自然进于必然的思想,可谓一脉相承。

舒芜的"主观"论中,柏格森的"生命创化论"的色彩是非常鲜明的,对舒芜而言,柏格森主张创造、进化的观点,使戴震的"气化流行,生生不息"的唯物论自然观具有了进步、创新的现代色彩。早在墨学研究文章《释无久》中,舒芜就已经凸显了他对柏格森理论的熟稔和青睐。"无久"是《墨经》中的一个概念,自古注家众说纷纭,舒芜认为欲知"无久"者,先明"久"之意义。而所谓"久",即"弥异时也",古今旦莫,均汇聚与主体之"我",由于古今旦莫相异,因此必须明晰其别,此为知识中之时间。而"无久",则是实有之时间,"统而言之,遂古至于今日,一线绵延,析而言之,纵析之万劫,仍有先后之别"①,从中我们可以看到柏格森的"绵延"观念对舒芜的影响。在《创造进化论》中,柏格森认为,在传统的知识论中,我们想象出一个不具形式的"自我",将心灵的种种状态贯穿起来,但是在这种情境中,"我"只能认识到各种状态的差异(类似于舒芜所言的"久")。而真正的心灵状态是一个不断展开的连续体,"绵延是过去的持续进展,它逐步地吞噬着未来,而当它前进时,其自身也在膨胀"②(类似于舒芜所言的"无久")。而在每个刹那,"我们的个性,都被其已经积累的体验所构成,都在不停地变化,通过变化,他避免了永远在其深度上的重复,尽管他表面上始终如一"(类似于舒芜所言的"始")③。舒芜在《论主观》中所言的主观所体现出来的变革而非保守、创造而非因循、役物而非役于物的特点,明显借鉴了柏

① 舒芜:《舒芜集》(第1卷),河北教育出版社,2001,第8页。

② 柏格森:《创造进化论》,肖聿译,华夏出版社,2000,第10页。

③ 同上,第11页。

格森根源于创造要求的“生命冲动”突破重重物质局限的宇宙进化论的观点。

墨子的“非命”的思想也影响着舒芜对“主观”的界定。梁启超在《墨子学案》中，认为儒家的“命定主义”阻却了社会无限的进化，因此他盛赞墨子的“非命说”“直捣儒道两家的中坚，于社会最为有益”“真千古之雄识哉”①。他认为，“物竞天择，适者生存”的天演公例“必不肯弃自力于不顾而惟命之从”，特别是作为“灵觉界最高之动物”的人类，只要有丝毫之自主力得以展布，必奉行“力行”之说，不容“命定”之说有一席之地。舒芜在《记〈墨经字义疏证〉》中认为，墨家对社会的高度责任感，其勤生薄死以赴天下之急，较之儒家犹有过之。在《论中庸》里，舒芜称赞墨者在人生里面追求绝对化的理想，并且为了理想“赴火蹈刃，死不旋踵”的精神，面对当下的现实，舒芜大力提倡“雄狮搏兔，必用全力”的态度，提倡“孤注一掷”的精神，从而将自己的生命发展融于历史的要求进步中，同时在历史的进步中，求得生命的发展。这种“雄狮搏兔”的态度，体现了抗战时期舒芜的一种时代忧患，可以说是对墨子“非命”论的当代诠释。

如前所述，受梁启超《清代学术概论》“以复古求解放”观点的启发，抗战时期舒芜从事墨子研究，将《墨经》中的某些哲学范畴“拔高”，解释为辩证唯物论的范畴，其目的就是以复古（墨子研究）求解放（苏联官方马克思哲学）。而在《论主观》中，舒芜对主观的能动性的阐释更多地由“辩证唯物主义与历史唯物主义”担纲，舒芜用“工具的制造和使用”将“主观”拉回到马克思主义的范畴中，并通过主观作用的“三个阶段”差强人意地演绎了马克思的“人类社会发展阶段”，最终进入“人类的主观作用，就成

① 梁启超：《墨子学案》，商务印书馆，1921，第59页。

了不但最进步而且最强有力的东西,从而可以所向无阻地向自然敌人进军”①的“约瑟夫阶段”。打一个比喻,在主观的能动性的阐述中,戴震的理论底子就是“朴素的唯物主义”,而柏格森的“创造进化论”,则是“能动的唯心主义”,而当然最后还是归结于马克思的“辩证唯物主义与历史唯物主义”,总之,舒芜给我们搭了这么一个理论的架子。而不论是戴震、柏格森、墨子,还是“辩证唯物主义与历史唯物主义”,舒芜的主观能动性中,自然的生命欲求,以及由此带来的人类对外界的驾驭控制,是其坚实的“基底”。

众所周知,路翎和胡风对舒芜的“主观”均提出自己的质疑,不过就其《论主观》后面附录的胡风和路翎的意见,大致还在一种朦胧的感觉和疑惑中,反而在其他的文字交流中,可以窥出他们的一些差异。胡风在1944年11月1日给舒芜的信中,对舒芜的文章《人的哲学》提出三点意见:第一是关于“人的本性”说明不够,没有充分说明人的本性的堕落;第二是个人主义没有和集团主义结合;第三应该有专章论述精神的高扬和升华。据舒芜回忆,《人的哲学》这篇文章里面反对理学家提出的“存天理,灭人欲”的主张,提倡人欲的真善美,呼吁“人欲横流”。而笔者前面已经提及的舒芜致胡风信中,关于戴震的论文仍为讨论“人欲横流”,可见舒芜对自己的主张是很自信的。胡风认为“人欲”里有真善美,也有堕落,精神的高扬和升华则突出了道德对“人欲”的超越性作用,而这是舒芜不同意的。“人欲”的真善美的尺度是什么,这也是舒芜“主观”思想的另外一个极为重要的点,舒芜给出的答案是:实事求是。

---

① 舒芜:《舒芜集》(第1卷),河北教育出版社,2001,第37页。

（三）“实事求是”：主观的“科学”尺度

《论“实事求是”》是舒芜一篇比较重要的文章，引起笔者注意的，则是舒芜在该文中多次引用中国共产党 1942 年延安“整风运动”后出版的《整风文献》，并作出自己的解释，其中“实事求是”原则是舒芜论述的核心。“马列主义的态度，即辩证唯物论与历史唯物论的态度……这种态度，就是实事求是的态度。‘实事’就是客观存在的一切事物，‘是’就是客观事物的内部联系即规律性，‘求’就是我们去研究。……而这样，就须不凭主观想象，不凭热情，不凭想象，而凭客观存在的事实，‘详细占有材料’，从这些材料中引出正确的结论。”①如前所述，舒芜高度评价“实事求是”这个提法，认为是“理智主义与英雄主义的高级综合”，“最普通的人民的生活精神，最科学的唯物论的一部分”。应该说舒芜的这种评价未必完全是一种所谓政治的表态，还有着理论兴趣的投合与欣赏。对舒芜而言，“实事求是”，不仅仅是中国共产党的理论导向，而且是舒芜所服膺的考据大师戴震代表的“清学”之治学路径与哲学态度。

“实事求是”出自班固《汉书》，他叙述河间献王刘德重金搜集古文先秦旧书的史实，表彰其“修学好古，实事求是”，而唐人颜师古注为“务得事实，每求真是也”②。在清代乾嘉学派中，“实事求是”成为其治经的理念和方法，戴震的治经之法就被钱大昕评价为“由声音文字以便求训诂，由训诂以寻义理，实事求是，不偏主一家”③。梁启超在《清代学术概论》里，将这种“实事

---

① 舒芜：《舒芜集》（第 1 卷）．河北教育出版社，2001，第 198 页。

② 班固：《汉书》，中华书局，1962，第 2410 页。

③ 钱大昕：《潜研堂集》，上海古籍出版社，1989，第 710 页。

求是”的方法视为“科学的研究法”,并详细总结了其学风特色:“一、凡立一义,必凭证据。无证据而以臆度者,在所必摈。二、选择证据,以古为尚。以汉唐证据难宋明,不以宋明证据难汉唐;据汉魏可以难唐,据汉可以难魏晋,据先秦西汉可以难东汉。以经证经,可以难一切传记。三、孤证不为定说。其无反证者姑存之,得有续证则渐信之,遇有力之反证则弃之。四、隐匿证据或曲解证据,皆认为不德。五、最喜罗列事项之同类者,为比较的研究,而求得其公则。六、凡采用旧说,必明引之,剿说认为大不德。七、所见不合,则相辩诘,虽弟子驳难本师,亦所不避,受之者从不以为忤。八、辩诘以本问题为范围,词旨务笃实温厚。虽不肯枉自己意见,同时仍尊重别人意见。有盛气凌人,或支离牵涉,或影射讥笑者,认为不德。九、喜专治一业,为‘窄而深’的研究。十、文体贵朴实简洁,最忌‘言有枝叶’。”①

戴震的“实事求是”不仅仅是一种考据方法,更是一种哲学态度。台湾学者余英时指出,从宋明理学到清朝的考据学,儒学内部发生了从“尊德性”向“道问学”的内部转变,其标志就是戴震提出的“德性资于学问”的观点,它是“儒家智识主义发展到高峰以后才逼出来的理论”。《孟子字义疏证》开卷伊始,戴震对“理”作出一个与宋儒截然相反的定义:“理者,察之而几微必区以别之名也,是故谓之分理;……得其分而有条不紊,谓之条理。”②对于物而言,“理”不离“物”,“有物有则”,对于人而言,理则不离情、欲,同时又将自然之“情”“欲”导入必然之“理”。“古人之言理也,就人之情欲求之,使无疵之为理。”③而要做到“无

① 梁启超:《清代学术概论》,东方出版社,1996,第44页。

② 戴震:《孟子字义疏证》,中华书局,1982,第1页。

③ 同上,第59页。

疵”“不爽失”，就要做到“己所不欲，勿施于人”，做到“以情絜情”，“唯以情絜情，故其于事也，非心出一意见以处之”①。同时通过知识导入和扩充。“天下之事，使欲之得遂，情之得达斯已矣。惟人之知，小之能尽美丑之极致。大之能尽是非之极致，然后遂己之欲者，广之能遂人之欲；达己之情者，广之能达人之情。道德之盛，使人之欲无不遂，人之情无不达，斯已矣。”②正是基于上述立场，戴震批评宋儒把本应是区分事物的“理”视为“如有物焉，得于天而具于心”，因此“凭在己之意见，是共所是而非其所非”。③

在《论主观》中，舒芜对“机械教条主义”的批评，其深层理路与戴震批评宋儒完全合辙。他认为，所谓机械教条主义，就是将原本是指导人生战斗的原则“完成”为僵死的教条，并把它看作绝对第一义的东西，而新事物则只是填充原则的“例证”，若套不上，就认为不存在，这种教条就如同宋儒之“如有物焉，得于天而具于心”的“天理”。而它带来的后果则是看问题不从实际生活的内部矛盾来条分缕析，不承认主体本身的主观努力，一方面株守“教条”，有如宋儒“知之失则为蔽”，以个人意见当真理；另一方面又以“教条”来框束后进者的独立探求，有如宋儒“欲之失则为私”，“以理杀人”，排挤打击不同意见者。当然，舒芜对“机械教条主义”的批判也羼杂着柏格森的某些因素，挪用了《创造进化论》柏格森对知性力图用既定概念来规范事物从而不能把握新生事物的批评，不过这个挪用更多是隐性的。

舒芜认为，要打破这种教条主义，必须“如实”，即“周到地照

---

① 戴震：《孟子字义疏证》，中华书局，1982，第 5 页。

② 同上，第 41 页。

③ 同上，第 4 页。

顾这一切条件一切方式，在这周到的照顾之下，去分析那对象，把握那对象，以至变革那对象”①。这个观点，明显借鉴了戴震“察之而几微必区以别之名也”“条分缕析”之“理”的观点。在具体分析“阶级立场(意识)”时，舒芜反对将具体的人作为抽象的“阶级”的例证，根据“敌我”关系给予打击或赞扬。而应以具体复杂的生活环境来分析，既要看到并诱发其进步的因子，同时也要打击其落后的部分，从而把先进阶级的意识同人物具体的思想情感融化起来，并作为自我改造的模范与目标不断追求。同样，对于历史上的进步作家作品，不能拿现有抽象的“阶级”标准来衡量，而应以深入丰富复杂的历史来考量。

戴震“实事求是”的哲学观念对舒芜的影响，同样体现在舒芜的文艺批评中。在《向生活凝视》中，舒芜认为，真理必须从最琐屑的事情当中“蒸腾、升华、提炼”出来，“必须灌注以、充实以万千小民的这种英雄的精力与要求，必须是这万千部英雄史的错综与矛盾所合成的总方向，那才可以是真理”②。在 1944 年 6 月 11 日给胡风的信中舒芜笑谈母亲看路翎的《蜗牛在荆棘上》的“批评”，“芝麻大的那么一点事，说上好多。令人鼓起劲去看，结果所得，还是芝麻大的那么一点事”③。母亲所批评的，恰恰是舒芜所看重的。在 1947 年 7 月的《泥土》杂志上，舒芜发表了《什么是人生的战斗——理解路翎的关键》，认为路翎小说的特点就是：“作者的分析的详细，和故事的平常。”④所谓故事的平常，即指平常的生活，所谓分析的详细，即指以客观的真理为

① 舒芜：《舒芜集》(第 1 卷)．河北教育出版社，2001，第 53 页。

② 同上，第 222 页。

③ 舒芜：《舒芜致胡风书信全编》，东方出版中心，2010，第 36 页。

④ 舒芜：《什么是人生战斗——理解路翎的关键》，转引自《路翎文集》(第 4 卷)，安徽文艺出版社，1995，第 356 页。

依据，详细分析生活的因果系列和错综关系，从而得出本质的认识。而人生的目的，就是从实际生活中，掌握生活的因果关系和错综规律，确定每一个生活在其规律内的定位和价值。

这种"实事求是"—— 从百姓日常生活的情欲追溯到时代的真理——其关键之处在于找到"一人之欲，天下人同欲"的那个"公则"，其方法则如梁启超在《清代学术概论》中所言的"科学研究法"，要点在于：一是要"注意"，即在常人容易滑眼之处，能注意观察，发现特别研究之点；二是要"虚己"，即空明其心，不存先入之见，唯取客观资料，加以忠实研究。在《思想建设与思想斗争的途径》中，舒芜认为，鲁迅所指示的道路，是"不专看自己身边的事，多看看别人怎样的生活，不专为一己的喜怒悲欢而喜怒悲欢，多去感受感受别人的喜怒悲欢，看别人怎样在用着别样的方式为着别样的原因而喜而怒而悲而欢，他的全部杂文，就是通过这广泛的观察与广泛的感受，批判了自己之后，得出来的产品"①。舒芜的观点，其实可以看作戴震"以情挈情"观的具体展开。他认为只有这样，才能超越自我，找到最高价值与意义的理想生活目标，并以此来烛照自己，使自己不犯错误。

（四）从"个性解放"到"集体主义"：主观的历史进路

舒芜在《〈回归五四〉后记》中曾写到自己创作《论主观》的动因，1944 年，他和路翎讨论文化文艺问题时，路翎提出当今中国最需要"个性解放"，引起了舒芜的共鸣。不过，两个人在"个性解放"这一观点上的共鸣未必表明他们对于"个性解放"有着共识。就舒芜而言，更侧重在"解放"上面，即从"机械教条主义"中"解放"，从对日常生活的细密、正确的考察来探求真理，这种个

---

① 舒芜：《舒芜集》（第 4、5 卷），河北教育出版社，2001，第 11 页。

性解放未必是“个人主义”的。

其实早在《释体兼》中,舒芜就认为部分(体)和总体(兼)之间的关系,非为如梁启超所云的机械的、数量的关系,而为有机的、质性的关系,整体决定着所含部分的性质。正基于此,墨子主张兼爱,“待周爱而后人成为人”。在整体中,如果部分已失去生机,那么去之则无害于整体,正如墨子云“杀盗,非杀人也”。舒芜对墨子“体兼”观点的解释,明显受柏格森《创造进化论》里面的生命有机体观念的影响,柏格森认为,与知性从机械观念处理事物不同,直观以有机的观念看待生命。整个宇宙的生命,有如一个圆周,各类变种都从圆周上的点显现出来,凝视中心,以中心照亮每一种属的程度努力接近中心,每一个变种的轨迹和整个宇宙进程的关系如同音乐当中的主题与变奏的关系。在《论主观》中,舒芜提出人类、社会、主观的“三位一体”说:“举‘人类’,则其中必然蕴含着‘社会’与‘主观’;举‘社会’,其中必然蕴含着‘主观’与‘人类’;同样的,‘主观’这一概念,从中除去‘人类’以后故不能成立,从中除去‘社会’也不能成立的。”①在《罗曼·罗兰的“转变”》一文中,舒芜认为个人与社会的关系,就如“先遣队”与“司令部”的关系,其比喻亦可看出《创造进化论》的影响。

在《个人·历史与人民》中,舒芜对个人主义的“自我”观的剖析沿袭了戴震评价宋儒的模式。他认为,“自我”的发现,是与封建社会末期资本主义的新型伦理观的兴起密不可分的,这种“自我”,本身是个人和历史的结合,是具体情境中人的本质的巩固和发展。但当这种自我从具体情境中脱离出来,变成如宋儒那样的“先天存在而寄寓于人的内心中绝对真理的实体”,从而

---

① 舒芜:《舒芜集》(第1卷),河北教育出版社,2001,第35页。

“所向披靡”，这样的“自我”也同原先所反对的封建社会的“天理”一样走向了反动。而要解决这个问题，必须在“体”（个人）与“兼”（人民）之间设置“最科学意味上的历史”这个中介。“它其实就是一般人民的生活要求，尤其是先进了的觉醒了的人民的生活要求，以及他们在科学的光辉下，为实现这种要求而找到的途径。”①它是向着“社会主义社会”的目标不断跃动的过程，个人与历史之结合，就是与属于这种历史进程或有利于这种历史进程的部分结合，与“人的社会”的本质的因素结合。在这里，科学不再是对事物的深入细致的考察，而是对历史进步性的认识和实践；而其担纲者，也不再是独立的个人，而是群体的政治实践。

纵观舒芜杂文，我们大致可以感觉到他从“个性解放”的呼吁转到对“绝对者”的皈依——即从“个人主义”进入“集体主义”——这个精神嬗变的轨迹。在《论主观》中，舒芜呼吁“突破小圈子”，独立自主地探索真理；在《论中庸》中，舒芜极言“反体系”“个性解放”，畅谈生命的活动与自由；在《鲁迅的中国与鲁迅的道路》中，舒芜认为鲁迅的道路，就是在生活战斗中战斗，在战斗生活中战斗，“所以要求人们用憎根、用怀疑、用严刻来锻炼自己，来踏倒荆棘”②；正是秉着鲁迅式的怀疑、憎恨和严刻，舒芜在《更向前》中说方向、辞“理想”、逃“集体”、斥说教者……总之，舒芜这个时期的文章发扬踔厉、辞清气壮，其中柏格森哲学的熏染使其文充盈着生命的蓬勃、饱满和清新。然而，这种“个性解放”，这种憎恨、怀疑、严刻，对舒芜而言，只是一种对于旧时代的“横眉冷对千夫指”式的审判。而在《寂寞与复仇》中，舒芜对“异

① 舒芜：《舒芜集》（第 1 卷），河北教育出版社，2001，第 155 页。
② 舒芜：《舒芜集》（第 4、5 卷），河北教育出版社，2001，第 32 页。

端”进行了反思，认为在“人民的真理已经形成时代精神的主流”的现在，仍以“异端”为贵，那就“有祸了”。在《论“实事求是”》中，舒芜认为八年的民族革命战争，是“对于黯淡的过去的决绝的告别，和对于灿烂的将来的坚毅的皈依”，而这个过程，“一面是有限者的扩张，一面是无限者的显现”，这个“无限者”——“深沉、沉默而坚实的人民”——他们发出的清明坚实的号召，就是《整风文献》。舒芜以欢欣、赞美的态度迎接这个时代的“福音”，而且这个“福音”——在舒芜看来——是对世界优秀思想传统的继承与创新。而舒芜后来的《从头学习〈在延安文艺座谈会上的讲话〉》《致路翎的公开信》等文章，恰恰是其“个性主义”对“时代真理”“坚毅的皈依”的具体体现。

舒芜从“个性解放”到“集体主义”的转变，其突兀的表层下面蕴含丰富的意味。台湾学者张寿安在《以礼代理：凌廷堪与清中叶儒学思想之转变》中指出，近世儒学自戴震以将有从哲学形态（理学）转向社会学形态（礼学）的趋势，其内在动机则是对于“通则”即知识的客观性与具体性的追求。戴震《孟子字义疏证》极力反对宋儒“以个人意见代真理”的天理观，极言通过人之“情、欲、知”的去私、去偏和去蔽，恕以通情，学以养智，从而对天下事情察之几微、条分缕析，寻求“心之所同然”的“公则”，经自然之性过渡到必然之善。而程瑶田则摒弃了戴震的重人智的观念，削弱主体心性在道德修为中的主动运作力，转至追求具体的行为规范的“物则”来裁度道德践履。而私淑戴震的凌廷堪则直接提出“以礼代理”的主张，其理由则为圣人之道，不外人伦日用，只需浅求其义，践履而行，礼有典制，方便实践，而理之是非，众说纷纭，全无定论。凌廷堪所谓的礼，包括伦理、政事、刑罚、上下等级等措施。凌廷堪的主张，将戴震思想中“理”如何使情“不爽失”“无过之无不及”的问题放到践履中来考察，一方面可以说解决了问题，另一方面则取消掉戴震思想中研究主体的觉醒。① 当我们立足近代儒学的“以礼代理”的思想转型，反观舒芜的“把最实际的政治当作真理的最高标准”的“转变”，多少有所启示。

当然，舒芜由“个性解放”到“集体主义”的转变，苏联官方马克思主义及中共中央的《整风文献》是其直接的理据。舒芜在抗战期间接触的米丁编著的《辩证唯物论和历史唯物论》，就是典型的苏联官方马克思主义教材，其特征为“特殊的社会地位，即直接为现实政治服务和为现行政策作论证；特殊的文献格局，即引证的列宁、恩格斯的著作多于马克思的著作；特殊的总体框架，即以‘物质’为起点范畴的辩证唯物主义与历史唯物主义的‘二分结构’”②。而《联共（布）党史简明教程》则根据苏联共产党和斯大林本人的政治需要来任意裁断历史，并以“终极真理”“基本信条”的面貌作为教学科研的衡量尺度③。延安整风运动，则是在德军入侵苏联、第三共产国际撤销的国际背景下，毛泽东对党内王明、博古等为代表的“教条主义”“主观主义”“宗派主义”思想展开的系列清算，从而最终在中国共产党七大确立“以马克思列宁主义理论与中国革命实践之统一的思想——毛泽东思想”作为中国共产党的指导思想。而《整风文献》，则借鉴了《联共（布）党史简明教程》中的将党内路线斗争上纲上线到真

① 主要观点参考张寿安专著《以礼代理：凌廷堪与清中叶儒学思想之转变》，河北教育出版社，2001 年 11 月。

② 袁贵仁、杨耕：《马克思主义哲学教学体系的形成与演变》（上），《哲学研究》2011 年第 10 期，第 8 页。

③ 观点主要来自于 H. H. 马斯洛夫《〈联共（布）党史简明教程〉——斯大林个人崇拜的百科全书》一文，《中共党史研究》1989 年第 2 期。

假马克思主义斗争的写作模式,确立了毛泽东思想的“科学”“正确”的话语领导权。从《辩证唯物论和历史唯物论》到《整风文献》,这种“以政治实践定思想文化是非”的观点自然使得舒芜印象深刻。因此,当舒芜在1945年5月27日致胡风的信中谈道:“因为已有真的主观在运行,奔突。似乎是,一个大意志贯串了中国。迅速广泛,是可惊的。对照于这个,我的一些喊叫,就不免灰白,可怜相。”①我们可以理解他的这种“怯意”。当这种政治实践以“真理”“科学”“公则”的名义出现时,它对集团内的每个个体规定、制约、裁断具有无上的权威性。真理是排他的,服从、同意即“是”,反对、商榷则“非”,《论主观》发表后,胡乔木在重庆与舒芜座谈,明确认为舒芜与毛泽东思想是对立的,而毛泽东思想自然是“真理”,舒芜自己的理论只能是“谬论”,这也是舒芜最后“洗心革面”的内在理路。

新中国成立以后,舒芜以“改造者”(当然是他自己感觉的,事实上并非如此)而非“改造对象”的身份在南宁参加新政权的建设,如举办“青年学园”“寒假教员研究班”,配合政治工作起草各种会议提纲,参加各种游行、集会等等。这个角色的转换对舒芜来说有着重要的意义,他不再是一个独立的书斋型的学者,而是一个政党集团政治实践的具体执行人员。他在《〈回归五四〉后记》中写道:“马克思主义的真理观,就是重在实践,重在改造世界。改造世界的实践,就是阶级斗争,政治则是阶级斗争最高、最集中的表现,无产阶级政党的政策和策略的实施,则是最自觉最有力最能改造世界的真理,也是最高的真理,最活生生的马克思主义。”②舒芜引用墨子的三表法之“发以为刑政,观其中

① 舒芜:《舒芜致胡风书信全编》,东方出版中心,2010,第107页。
② 舒芜:《舒芜集》(第8卷),河北教育出版社,2001,第329页。

国家百姓人民之利”作为思想奥援，主要强调政策下合“人民的欲求”，上同“圣人的言行”。既然将政策作为一种“公则”，作为“唯物论”的裁断标准，那么作为政策的宣讲者、践履者，最根本的要求自然是认真领悟、切记谨遵。因此，舒芜在与胡风的信中，在后来发表的《从头学习〈在延安文艺座谈会上的讲话〉》里，均以赞扬的笔调描述这种作风：“朴实、谦虚、谨慎、把稳、虑而后动、谋而后行、不突出个人、不张扬自己……”①在《致路翎的公开信》中，舒芜完全遵从戴震批评宋儒的模式来批评他的朋友们。他认为路翎等人一方面如宋儒一样“以意见为真理”，“硬要把自己倾向革命的小资产阶级个人主义追求过程，当作‘正确’的革命道路”②；另一方面，“情之失则为偏”，“我们照自己的面貌去涂改群众”，还有“欲之失则为私”，“我们在文艺上形成了一个排斥一切的小集团，发展着恶劣的宗派主义”③。

舒芜在《〈回归五四〉后记》中反思自己对马克思主义的态度，认为尽管自己反理学，但在信仰马克思主义以后，恰如宋儒一般，以为马克思为“如有物焉”的完整的一套真理，而自己则“得于天而具于心”，因此将知识分子的思想改造看成以真理救治愚蒙的运动，高度赞成并积极参与。至此，我们考量舒芜的整个反思思路，是非常有意思的。当舒芜写作《论主观》时，舒芜认为“机械教条主义者”恰如宋儒一般，一方面以个人意见代替真理，另一方面“以理杀人”，妨碍思想自由，因此鼓吹个性解放；而当舒芜写作《致路翎的公开信》时，原为戴震角色的倡导“个性解放”的自己以及盟友 ——“胡风集团”——则被视为宋儒之角

① 舒芜：《舒芜集》（第1卷），河北教育出版社，2001，第241页。

② 同上，第245页。

③ 同上，第264页。

色，批判其以个人意见(小资产阶级个人主义)代替真理(马克思列宁主义，毛泽东思想)，并排斥一切(宗派主义)；最后，舒芜将一笔抹杀自己曾经辛辛苦苦的探索，认为自己当年对马克思的理解恰如宋儒一般，以为“如有物焉”，“得于天而具于心”。在“一以贯之”的戴震理路下，正、反角色如“城头变幻大王旗”，一方面固然体现了舒芜的好学深思，以及如梁启超先生“以今日之我反昨日之我”的所谓勇气；另一方面，舒芜是否也有着某种不自觉的自欺?

胡风曾在致鲁煤的信中认为舒芜带有浓厚的“五四遗老”气味，热衷于从现象采取观念，进行逻辑分析，而缺乏血肉的“主观的战斗要求”，舒芜认为胡风对他的评价很深刻，也许舒芜并没有完全理解胡风的“深刻”。舒芜在《〈回归五四〉后记》发表之后与程千帆的通信中认为自己因盲信而“舍理从力”，成为他人意志的不自觉的奴隶，对于处于“阐释的焦虑”中的舒芜，这种“省悟”似乎既有理论上的“通透”，更有对自己现实选择的某种“释然”。在这“通透”和“释然”中，“我”所应独立肩负的“十字架”不见踪影。

五、告别恩师王富仁先生

该告别了。

5 月到 9 月，见证了恩师的离世、学人的追忆、同行的评述，然而我总不想写，一直拖着。似乎客观也很忙，博士后出站、父亲住院、小孩出生、伯母和舅父相继离世……步入中年所肩受的繁杂与赘重，让我无法与恩师倾心相谈。实际上我也是有意识地把自己埋在一桩桩事务中，享受担子的沉重和麻木，时间似乎流逝，似乎虚空。恩师在世之时，我也很少给恩师打电话问候，一直在有意识地躲避着什么，今恩师已去，我依然在躲避……躲避虚无袭来的创痛。

现在写作的时点也许是崩溃的时点。

一

最早知道先生的名字，大概是1993年左右，山西长治地摊上偶然买到的《文化与文艺》，正文的具体内容我是看不懂的，倒是先生最后纪念薛绥之先生的文章打动了我。先生感恩薛师“拯救了一个堕落的灵魂”，唤醒了自己“人”的意识、尊严、温暖，遗憾薛师临终时自己没有机会亲致问喧，这种给人绵长悠远之痛觉的文字，与先生在学术论文中的自信雄辩风格不同，却感染着一个17岁少年的心。

历经辗转，而立之年，我终于来到北京师范大学攻读硕士研究生，从思想上开始慢慢地了解先生。虽然当时先生已到汕头大学入职，但先生之名屡被提及。记得课堂上刘勇老师高度评价先生的《中国鲁迅研究的历史与现状》，邹红老师拿先生研究《日出》的论文作为范本进行教学，钱振刚老师提到先生对鲁迅研究的贡献，李怡老师经常提到20世纪80年代阅读先生博士论文时被思想照亮的“眩晕”，黄开发老师在论述周作人的思想时屡屡提及先生对于思想家的定义，杨联芬老师论及自身学术转向时先生直率而恳切的建议，我的硕士生导师沈庆利先生更是经常教育我们多读先生的书，深刻理解先生“以鲁迅的视角观照中国现代文学”的思路，而同学之间也常常谈及先生的学术与为人。

硕士3年，见先生数次，主要在答辩场合，如周佩瑶师姐、张莉师姐、姜彩燕师姐、刘殿祥师兄的博士论文答辩会。会上听到钱理群先生充满激情地论述学衡派的作为新文化内部反对派的意义,听到杨联芬老师与张师姐就女性文学展开的深入细致的探讨,听到刘勇老师对姜师姐论文精当的点评,听到王得后老师对刘师兄论文的诚恳建议等。作为主人的先生是很少讲话的,更多在写材料、聊天,先生面前是一定有一次性水杯的(一般是由刘殿祥师兄亲自准备),不是来喝茶,而是当烟灰缸用,烟雾袅袅中,答辩就有了神仙会的意思了。每次结束的标志,就是先生夹着烟,微笑着点一下蔡秋彦师姐,“报饭”。有时先生也会被北师大的学生“堵”在走廊上,探讨人生之意义,先生耐心地听、细细地讲,毫无敷衍塞责之意,偶尔回头向等着他的众同仁、弟子歉意一笑。

3年期间聆听过先生讲演一次。那次先生明显喝酒了,酒后的先生显示出他峻急和严厉的一面。谈到《孔乙己》时,先生张着手说,咸亨酒店里面有三个世界,柜台外面是一个乡下人的世界,劳作是他们的命运,酒店里面是上等人的世界,权势是他们的特征,柜台后面是商人的世界,经济是他们的烦忧。孔乙己在哪里?先生问着我们,在哪里?孔乙己站在柜台旁边,他与这个世界全不相关,他拥有的知识就是“茴字有四种写法”,这种自娱的知识同样与这三界毫不相关,孔乙己和他的文化,已经沦为这个世界的“多余者”,带着他可爱的面庞。然而孔乙己也有着启蒙的焦虑,他热切地向“我”传授茴字的写法,他去丁举人家偷书,被打之后他仍然激辩“窃书不是偷书”,因为文化与知识本应该是共享的,孔乙己是个失败的可笑的启蒙者。这种文化远离了这个世界,这个世界也就抛弃了这种文化。

我听得头皮一阵发麻,感到强烈的孤独和茫然。这是一个无爱的互相隔绝的世界,人与人、群与群之间,除了专制与服从、压榨与劳苦,就是欣欣然的围观,于哄笑中点燃虚无。先生不是对《孔乙己》做学究的考察,而是做批判式的抒情,这孤独,这悲观，不仅仅是鲁迅的，更是先生的。文学的意义可能就是试图照明并突破这种隔膜吧。

研三那年，我决定报考先生的博士研究生，并被幸运录取，从此成为先生的弟子，入室从游。

二

读博期间，我对先生的为人有了进一步的认识，更感到把握先生思想的巨大难度。最好懂同时也是最感染人的是先生的散文创作，先生悼念李何林先生、王瑶先生、单演义先生、杨占升先生的文章是了解先生性情的最佳入门，另外先生的《呓语集》《说说我自己》《蝉声与牛声》诸多自剖之词，清醒深入。先生的序跋颇有鲁迅先生"只取一点因由，随意点染，铺成一篇"的自由大气，跳脱了嘉勉后学的传统格套，或纵深掘进，或横向拓展，或超拔氤氲，在未必拘牵学术形式的阐述中传达着远超学术的深刻意蕴，若深入探究所序跋著作与先生序跋之间的学术"互文"，将是一个极有吸引力的题目。先生对于作品文本的分析与批评，其绵密细腻、抉隐发微，一直为学界所叹赏，先生去世后老友赵园先生在追思会上更慨叹未尽其才。

然而在先生的著作中，用力最勤、体量最大的可能是思想型的论著，这部分也许多少有些争议。新时期以来学术资源的日益繁荣，学术研究的日益规范精细，义理、考据、辞章的日益讲究，先生论述范式与当下的某种扞格，论著中的些微"硬伤"，或许影响着先生思想的精义(但有时我想，这何尝不是进入先生真正思想的通道呢?)。先生晚年大力提倡的"新国学"，溢出了我的认知能力范围，无法置评。

先生进行学术指导的方式，是王门弟子皆知的"烟熏火燎"。一间小小的茶室，七八个人围坐，先生手夹香烟，纵横捭阖，中间几声或长或短的咳嗽,起着众弟子向先生轮番提问的起承转合功能,室内祥云翻滚,火机明灭,烟蒂横陈,师姐们轮流外出换气,一个上午或一个下午就这样过去。吃饭一般在北师大东门附近的“九头鸟”饭庄,饭菜是极尽丰盛的(记得一次先生一定要每人来一碗价值不菲的鱼翅羹),大家吃着,喝着,笑着,闹着,不知不觉间,先生的烟又点起来了,又一轮的“烟熏火燎”开始了,直到餐馆打烊,我们才出来,送先生到的士上,然后四散。

这样的时光并没持续多久,先生身体越来越虚弱,抽烟的咳嗽声也越来越长,我和罗曼莉的开题,先生因病缺席,谢保杰师兄的博士论文答辩,先生也因病缺席了,若非病重,先生断不至此。先生的病,成为我们心头的隐忧,我更愧疚的是,未曾到汕头大学拜谒问候,汕头大学的同门,在照料先生健康方面付出的巨大努力,使我感激且羞愧。博士论文写作期间,我与先生多次通过电话进行交流,先生细细给予点拨,然我冥顽,未能深刻领会,同时又极端相信自己的一些似是而非的想法,论文写得极其粗糙,现在想来真是愧对先生。

好消息来了!李金龙师兄告诉我们,入春以后王老师的身体好多了,不咳嗽了,血压也稳定了,王老师决定来北京参加于慈江师兄、孙佰玲师姐和我的博士论文答辩,我们普大喜奔,口口相传,一时间众多弟子从各方集聚京城看望先生。答辩那天上午,已经有几位师兄师姐直接到现代文学教研室见先生,姜彩燕师姐甚至忙开了会务,具体答辩过程我已经记不太清楚了,因为先生来的意义已经超过了论文答辩的意义。那天晚上,还是在“九头鸟”饭庄,我们给先生简单隆重地举办了生日宴会,在此我也见到众多慕名已久的师兄师姐。大家叽叽喳喳、欢欣雀跃,记不清喝了多少酒,拍了多少照片,只是一直记得先生在笑着,似乎先生还戴着生日蛋糕附赠的“皇冠”,然而先生不抽烟了……

三

博士研究生毕业后我到湖北三峡大学入职，开始了职业研究的生涯。我与先生的学术交流没有博士研究生学习期间密切，一方面先生身体情况不太稳定，不敢烦扰先生；另一方面我个人也忙于日常事务，不象博士研究生学习期间那样清闲专一。不过随着专业浸淫越深，越来越喜欢先生的论著，越来越感受到先生的“好”，这当然不仅仅是我一个人的感觉，周边同事、朋友莫不如此。

在一次完成舒芜的论文后，我突然有向先生请教的强烈冲动。我个人认为舒芜的各种“转向”背后，一直有着不变的思想逻辑，这逻辑来自于其青少年时期梁启超先生的学术观点的影响，墨子、柏格森、戴震等人的思想经由启超先生的阐释路径进入舒芜的思想脉络，形成了舒芜独特的“主观论”。我被这种思想折磨着，有欣喜更有困惑，我给先生去电，很详细地阐述了我的观点。先生冷静地听完，并没有给予太多的评价，而是谈起对中国知识分子的看法。先生说，中国知识分子的言行，有如麒麟与马脚，若只从文本分析，被焕彩的麒麟皮所吸引、所悦服，而没有注意到行为本身的马脚，甚至觉得马脚裹上麒麟皮，获得了一种所谓的理论的一贯性，也成为麒麟了，只能说这种研究是失败的。舒芜现象非常复杂，既有具体政治、社会情境的因素，又有个体欲求的因素，所谓的思想逻辑或学术逻辑，实际上遮蔽了而不是显明了复杂的历史现实，这是要警惕的。这是我与先生在学术问题上真正的近距离交流，我并没有单纯否定自己对舒芜的研究论点，而是用先生的视角来反思舒芜先生思想与行动之间的罅隙甚至歧异，深化舒芜现象的复杂性。先生对我在学术研究方法的提醒,先生关于知识与美德、思想和存在的复杂关系的阐述,让我体会到现代文学研究的深层问题,是我今后学术研究的宝贵财富。

2016 年 8 月,谢保杰师兄突然来电,婉言先生病了,希望我方便时来京,我吃了一惊。先生身体不太好我知道,但差到这种程度却是我想不到的,当时我正在装修新房,一时走不开,我想先生在北京应待一段时间,似可不急。接师兄电话后 10 天,我来到北京,给谢师兄发短信,相约探望先生,谢师兄告知先生已离京返回汕头大学。我给先生打了电话,先生却宽慰起我来,说人总有那么一天,我强忍着,跟先生说毕业后各方面均好,项目、论文、专著均有所进展,先生很高兴,很高兴,这种高兴是我以前很少见的。9 月底借北京开会之机,和孟庆澍师兄一起来到 301 医院,终于见到了先生。

先生老了!跃入眼帘的是刺目的光头(大概是化疗副作用罢),消瘦的、疲惫的、长着老人斑的脸,同样消瘦的、同样疲惫的、同样长着老人斑的四肢,病服似乎也不太整洁,被病痛折磨、销蚀得羸弱的,甚至有一点不太体面的身体就这样呈现在我眼前,这是我尊敬、想念、担忧的先生!闭目养神的先生看见我们进来,连忙叫肇磊兄拿凳子,我们挨着床沿,拉着先生的手。谈话毫无疑义地直奔学术,先生评论山东人与河南人,山东文学与河南文学,谈及人性之丑恶处,先生越来越激烈,我们静静地听着,静静的,一如以往。(孟师兄担心先生身体,中间几次试图结束谈话,但最后还是静静地聆听)直到肇磊兄进来谈论治疗事宜,我们赶紧与先生话别。走出病室,我知道先生热切的眼神在后面,但我没有回头,我不敢回头。

四

先生的病情变化成了我们弟子微信群聊的主要话题，但后来先生健康有所好转，好消息不断传来，我慢慢开始释然，觉得先生像以往那样，与死神相遇后总能安然回返讲台。2017年春节前后，从群里看到师友探望先生，谈笑宴宴，心里很宽慰，然而不久之后看到肇磊兄说先生有点感冒，又开始担心起来。本来3、4月份想去探视，后又作罢。

5月2日晚上，我在看本科生毕业论文，床上手机突突突、突突突突的微信不断，实在受不了，我抓来一看，傻了，先生走了！先生走了！走了！

一夜无眠，头炸……

我没想到，先生对于我、对于我们的教育竟然是以死完成（而不是结束）甚至再度开启的！现在想想，先生往生，让我明晰自己身上的乡愿气质，所谓的老实、好人缘，只是思想的倦怠、生命意志的灰白、是非面前的胆怯，总而言之，难见真的人。所谓学术研究，何尝不是我自我掩饰、自我炫耀的麒麟皮？

现在的我仍然是一个乡愿，但我知道那一天将会到来，我在苦熬中等待。

参考文献

胡风著作、编辑、通信

1. 胡风:《胡风全集》(1～10 卷),湖北人民出版社,1999 年。

2. 胡风:《胡风致路翎书信全编》,大象出版社,2004 年。

3. 路翎:《路翎致胡风书信全编》,大象出版社,2004 年。

4. 胡风:《胡风家书》,复旦大学出版社,2007 年。

5. 舒芜:《舒芜致胡风书信全编》,上海东方出版中心,2010 年。

6. 胡风:《胡风主编期刊汇辑》,北京鲁迅博物馆编,国家图书馆出版社,2010 年。

文艺理论基础著作

1. 马克思、恩格斯:《马克思恩格斯选集》(1～4 卷),人民出版社,1972 年。

2. 康德:《实践理性批判》,人民出版社,2003 年。

3. 康德:《判断力批判》,人民出版社,2003 年。

4. 黑格尔:《精神现象学》,商务印书馆,1979 年。

5. 黑格尔:《美学》,商务印书馆,1979 年。

6. 黑格尔:《历史哲学》,上海书店出版社,1999 年。

7. 卢卡奇:《历史和阶级意识》,商务印书馆,1999 年。

8. 卢卡奇:《卢卡奇文学论文集》,中国社会科学出版社,1980 年。

9. 卢卡奇:《卢卡奇早期文选》,南京大学出版社,2004 年。

10. 卢卡奇:《审美特性》(第一卷),中国社会科学出版社,1986 年。

11. 卢卡奇:《审美特性》(第二卷),中国社会科学出版社,1991 年。

12. 戴维·麦克莱伦:《马克思以后的马克思主义》,中国人民大学出版社,2004 年。

13. 张一兵:《马克思历史辩证法的主体向度》,武汉大学出版社,2010 年。

14. 黄克剑:《人韵——一种对马克思主义的解读》,东方出版社,1996 年。

15. 大卫·戈伊科奇等编:《人道主义问题》,东方出版社,1997 年。

16. 特里·伊格尔顿:《马克思主义与文学批评》,人民文学出版社,1980 年。

17. 雷蒙德·威廉斯:《马克思主义与文学》,河南大学出版社,2008 年。

18. 杜赞奇:《从民族国家拯救历史》,凤凰出版传媒集团,2009 年。

19. 本尼·迪克特:《想象的共同体:民族主义的起源及其散布》,上海世纪出版集团,2005 年。

20. 施密特编:《启蒙运动与现代性:18 世纪与 20 世纪的对话》,上海人民出版社,2005 年。

21. 勃兰兑斯:《十九世纪文学主流》,人民文学出版社,

1997 年。

22. 雷内·韦勒克:《批评的概念》,中国美术学院出版社,1999 年。

23. 雷内·韦勒克:《文学理论》,凤凰出版集团,2005 年。

24. 约翰·克罗·兰色姆:《新批评》,江苏教育出版社,2006 年。

25. 萨特:《萨特文学论文集》,安徽文艺出版社,1998 年。

26. 萨特:《萨特哲学论文集》,安徽文艺出版社,1998 年。

27. 罗杰·加洛蒂:《论无边的现实主义》,百花文艺出版社,1998 年。

28. 吕西安·戈德曼:《隐蔽的上帝》,百花文艺出版社,1998 年。

29. 维·什克洛夫斯基:《散文理论》,百花洲文艺出版社,1997 年。

30. 米兰·昆德拉:《小说的艺术》,生活·读书·新知三联书店,1992 年。

31. 丹·纳:《艺术哲学》,安徽文艺出版社,1998 年。

32. E. M. 福斯特:《小说面面观》,人民文学出版社,2009 年。

33. 韦恩·C. 布斯:《小说修辞学》,北京大学出版社,1987 年。

34. 伊恩·P. 瓦特:《小说的兴起》,三联书店,1992 年。

35. 朱雯等编选:《文学中的自然主义》,上海文艺出版社,1992 年。

36. 中国社科院外国文学研究所编:《小说美学经典三种》,上海文艺出版社,1990 年。

37. 厨川白村:《苦闷的象征》,人民文学出版社,2007 年。

38. 厨川白村:《出了象牙之塔》,人民文学出版社,2007 年。

39. 巴赫金:《巴赫金全集》,河北教育出版社,1998 年。

现当代文学、文化论著

1. 萧延中编:《启蒙的价值与局限——台港学者论五四》,山西人民出版社,1989 年。

2. 周策纵:《五四运动史》,岳麓书社,1999 年。

3. 李泽厚:《中国现代思想史论》,天津社会科学出版社,2003 年。

4. 夏忠义:《新潮学案》,上海三联书店,1996 年。

5. 温儒敏:《新文学现实主义的流变》,北京大学出版社,1988 年。

6. 艾晓明:《中国左翼文学思潮探源》,湖南文艺出版社,1991 年。

7. 温儒敏:《中国现代文学批评史》,北京大学出版社,1993 年。

8. 刘锋杰:《中国现代六大批评家》,安徽文艺出版社,1995 年。

9. 张少康、刘三富:《中国文学理论批评发展史》,北京大学出版社,1995 年。

10. 张德祥:《现实主义当代流变史》,社会科学文献出版社,1997 年。

11. 南帆:《文学的维度》,上海三联书店,1998 年。

12. 杨守森:《二十世纪中国作家心态史》,中央编译出版社,1998 年。

13. 刘炎生:《中国现代文学论争史》,广东人民出版社,1999年。

14. 王富仁:《中国鲁迅研究的历史和现状》,浙江人民出版社,1999年。

15. 陈思和:《中国新文学整体观》,上海文艺出版社,2001年。

16. 孔海珠:《左翼·上海》(1934~1936),上海文艺出版社,2003年。

17. 罗钢:《历史汇流中的抉择》,中国社会科学出版社,2000年。

18. 陈顺馨:《社会主义现实主义在中国的接受与转化》,安徽教育出版社,2000年。

19. 安敏成:《现实主义的限制——革命时代的中国小说》,江苏人民出版社,2001年。

20. 夏志清:《中国现代小说史》,香港中文大学出版社,2001年。

胡风研究专著

1. 梁振儒、顾荣佳:《披荆治林者的足迹》,辽宁大学出版社,1988年。

2. 晓风编:《我与胡风:胡风事件37人回忆》,宁夏人民出版社,1993年。

3. 尚延龄:《胡风文艺理论新论》,敦煌文艺出版社,1994年。

4. 范际燕、钱文亮:《胡风论:对胡风的文化与文学阐释》,湖北人民出版社,1999年。

5. 支克坚:《胡风论》,广西教育出版社,2000 年。

6. 王丽丽:《在文艺与意识形态之间:胡风研究》,中国人民大学出版社,2003 年。

7. 周燕芬:《执守、反拨、超越:七月派史论》,中华书局,2003 年。

8. 徐文玉:《胡风论》,湖北人民出版社,2005 年。

9. 陈思和、张业松:《思想的尊严:胡风百年诞辰学术讨论会文集》,宁夏人民出版社,2008 年。

10. 鲁贞银:《胡风文艺思想及理论研究》(博士论文),复旦大学,2000 年。

11. 曾凡解:《悖论中的胡风》(博士论文),武汉大学,2000 年。

12. 刘志荣:《论五十～七十年代"胡风集团"作家的"潜在写作"》(博士论文),复旦大学,2000 年。

13. 张业松:《胡风问题研究》(博士后报告),复旦大学,2002 年。

致　谢

面对薄薄的论文，心里总是充满惶恐。3 年的博士时光在论文中还是露出了真相，原来自己真的没有用功。

硬着头皮，还是要做最后的致谢，也可以说是致歉。感谢导师王富仁先生，作为王门弟子，余有荣焉。从 17 岁时在书摊上看到《文化与文艺》，到 2002 年的京城寻师，到 2009 年成为入室弟子，先生的思想永远是我前行的动力，在此我坦然地承认，吾爱吾师。感谢评委主席王得后先生，在电脑上一个字一个字地审阅我的论文，对于一个有着眼疾的老人，是多么残忍的事情，没有对学术的激情和责任感，如何可能？而我这篇谬误百出、轻率粗糙的论文又怎样"玷污"先生的眼睛，我既惭愧又不安。感谢评委王保生先生，我的研究农民战争历史剧的硕士论文就受到先生关于太平天国历史剧一文的激发，王老师对胡风的一些看法，老辣独到，发人深省。感谢评委张中良先生，谦和、低调、清雅同时也是学术精进、著译丰硕的张先生，先生在评议中指出对"施洗约翰"这个原型应当进行深度挖掘的建议，将是我日后修改论文时着力加强的重点。感谢评委刘勇、邹红、李怡先生，从硕士到博士，诸位老师是看着我在学术道路上一步步成长起来的，你们日常的点点滴滴、不厌其烦的教诲、指导、帮助，让我深切地感受到北师大的温暖，我爱你们。感谢我的硕士生导师沈庆利先生，孜孜学者范，谦谦君子行，时光已经过了 6 年，沈老师的诚恳、谦逊、善良一如初见。

感谢我的家人，他们用自己的辛苦、劳累换来了我6年的安宁和快乐。6年前我负笈远游，曼儿尚在襁褓之中，如今已经忙忙碌碌地参加各种钢琴、书法培训，只是在她的心中，父亲是一个难以信赖和依靠的外人。

出版后记

本书主体内容是我于 2012 年 6 月完成的博士论文，书名也为博士论文的标题，附加内容为读博前后与本博士论文主题相关的单篇论文，如此安排，意在梳理和存照自己过往的学术历练。客观上讲，我的博士论文质量是较差的，它更多的是学习、积累、训练的粗制品，而不是个人成熟、完整的独创，相比起来，论文《舒芜“主观论”思想的谱系学阐释及再评价》是我个人认为较能代表自己学术个性的作品，从思想到语言，较博士论文要成熟许多。

但我很珍惜这个粗制品，并不仅仅因为敝帚自珍的自爱，而是在其粗糙和芜杂中，也有着引发我后来众多论文观点的“原矿”，尤其是我说不清道不明但当时给我震撼后来我也坚决不放弃的一个譬喻，“施洗约翰”。这是我第一次接触《圣经》与基督教，从而也开启了对基督教的兴趣，而西方美学文艺思想与基督教的密切联系正如儒家对中国文艺思想的影响，若缺失这环，是无法全面和深入理解西方的哲学美学以及文艺思想的。而施洗约翰之于耶稣的“替主开道，为主铺路”，同时自甘谦卑以及施洗约翰作为《旧约》与《新约》之桥梁的先锋意义，就是我理解先锋含义的《圣经》之源，而马克思恩格斯评价但丁中世纪到新时期的过渡意义、马克思恩格斯评价雪莱作为社会主义急先锋，若结合施洗约翰的“先锋”语境，会有很大的启发。同时，就胡风文艺思想的影响源来说，但丁《神曲》、黑格尔、马克思、恩格斯、别林斯基、杜勃罗留波夫、厨川白村、卢卡奇、罗曼·罗兰《约翰·克里斯朵夫》、鲁迅，他们的思想中，关于文艺对现实的批判以及对未来的召唤作用的观点是处处可见的，而胡风在其文艺批评中也有意识地借鉴和引用，这也有相当扎实的证据。

立足“施洗约翰”视角，我们再去理解胡风文艺思想，会有迎刃而解之感。胡风文艺思想中关于文艺与政治的关系，以往专家学者见解迥异，但立足“施洗约翰”视角，我们就可以看得很清楚，即文艺是政治的先锋，文艺先于政治，其目的是服务于政治。正如胡风所言，革命文艺的目的就是摧毁黑暗势力的思想武装，从自己的道路上分担唤醒人、影响人甚至改造人，把人吸引到政治的大斗争里面，这与“施洗约翰”“替主开道，为主铺路”何其相似乃尔。同时文艺虽先于政治，但文艺是低于政治的，胡风在《罗曼·罗兰断片》中认为，精神力量虽然可以作为燃起民众力量的火种，作为通往政治斗争的桥梁，但它不可能君临实际的政治斗争，面对后者，它恰恰是谦卑的。正因为启蒙成为革命文艺的要义，作为启蒙者的作家，正如“施洗约翰”一样，必须具备仁爱和勇敢的心怀，必须具备坚定的“主观战斗精神”，他一方面对历史与现实横眉冷对，另一方面对未来俯首低眉，充盈其中的则是受难的激情。

除博士论文外，还有几篇我读博前后写作、发表的论文，其中《中国现代农民革命战争历史剧叙事模式研究》是我的硕士论文中的一章，现在看来有幼稚、粗糙之处，也有一些有意味的地方；《家园与旅程》是我阅读《财主底儿女们》的札记，学术性是谈不上的，但对路翎作品的感受和想象，似有可取之处，也是我收入集中的理由；论文《胡风研究：历史的还原与问题的凸显——对商金林、吴永平、解志熙诸先生胡风研究的考量》是我写博士论文的副产品,后在复旦大学见到解志熙先生,曾向他当面请教,没想到解老师给予我很大的鼓励,感谢解老师;论文《舒芜"主观论"思想的谱系学阐释及再评价》,个人认为较能代表自己学术水准的文章,同时也是我从胡风文艺思想研究转向七月派文艺思想研究的重要论文,王富仁老师曾给予了详细的指点;文章《告别恩师王富仁先生》回忆我与王老师交往的点点滴滴,如今博士论文即将付梓,恩师却已作古,甚为感伤。

在 2012 年 6 月论文后记中,我已经做了相应的致谢,且我也保留着这份致谢。此时出版在即,首先要再次向已经往生的我的导师王富仁先生致以谢意!王师一路关心帮助,使得一个学术的门外汉成长为圈内人,本想请先生作序,但那时先生已病重,我一直开不了口,在此且将先生的一篇文章代为序言,以缅怀恩师。另外再次向王得后研究员、王保生研究员、张中良研究员、刘勇教授、李怡教授、邹红教授致以谢意。同时为了更加明确本论文的不足,特意将三位老师的评语附录如下。

刘勇教授的评议书:

胡风及其文艺思想研究,是学术界长期关注的焦点问题。他既是左翼文学的一个独特代表,又与鲁迅等有着深切关联。因此,探讨胡风文艺思想的典型问题、激情问题、现实主义问题以及民族形式观问题等,实际涉及了现代文学一系列重大而有争议性的问题,对胡风深入细致的再探究,显然具有重大的理论价值和现实意义,这是本文的学术性所在。

本论文用"施洗约翰"作为胡风文艺思想的精神原型,也是具有创新意识的。它在整体上概括了胡风文艺思想的独特风貌和贡献，也体现了论文作者对胡风的独到理解和认识，这对胡风研究是有积极推进作用的。

论文思路清晰，材料较为丰富，阐释较为具体扎实，是一篇较为优秀的博士学位论文。

论文还可进一步加强研究和针对性，同时"施洗约翰"虽然形象地概括了胡风文艺思想的状貌，但这种概括有无限制作用，也是值得思考的。

王保生研究员的评议书：

胡风文艺思想研究，既是一个老问题，又是一个新问题，从 20 世纪三四十年代对之就论争不断，新中国成立后，演变成一场政治冤案。真正从学术的角度，对之进行科学的评判，只有在思想解放的新时期才有可能，胡风文艺思想研究从辩冤、证明阶段，走上了真正学术研究的批评时代。胡风文艺思想的丰富性、复杂性，以及他在表述上的特异性，增加了研究的难度。这篇论文以"施洗约翰"作为胡风文艺思想阐发的精神原型，这一价值定位很有开拓意义，很形象地阐明了胡风文艺思想作为革命文艺的开路先锋的作用。

论文围绕胡风文艺思想的主要内容，即现实主义、典型、激情、民族形式等四个方面，进行了一定深度的论述；论文在展开每一个论题的剖析时，总是能追本溯源，对相关的学术理路背景进行系统的理论梳理，从而较有说服力地阐述胡风在这一方面理论上的特色和贡献。胡风文艺思想中，"主观战斗精神"和"精神奴役的创伤"影响力最为广远，论文对此做了一定深度的论述，但似乎还可以结合现代作家的创作实践,做更为深入的开掘,特别是他对时下创作的理论意义,还有进一步探讨的余地。

王得后研究员的评议书:

选题甚佳。胡风的文艺思想从20世纪30年代到50年代,是一个重大焦点。特别它是在"主流左翼"的围攻中发展起来的,显示出他的理论勇气与理论的独特性。

中国的左翼向度,在政治、经济、军事、法律、文学艺术、道德、宗教等领域,从20世纪20年代兴起到现在,始终关系着国家的命运、民族的兴衰、百姓的生死,因此全面深入研究胡风的文艺思想,在历史与当下及理论与实践方面都有重大意义。

论文作者受到良好的学术训练,用功甚勤,理论资源掌握相当丰富,问题意识明确,论议条理分明,表述大体清楚,所概括的四个方面,有创造性。

胡风文字生涩,"理论上有拘泥的倾向",索解为难,作者在阐述的时候,旁骛有余而专注不足。

论文以"施洗约翰"为题,未关注到胡风的宗教观,胡风心中的"基督"是谁,似可质疑。

总之,论文达到了博士论文的水平。

三位老师的评语切中肯綮,又有嘉勉后学之意味。五年来我个人从静态的文本研究转向动态的文化研究,这种研究范式的转型,很大程度上来自于诸位老师给予的指点,而且浸淫越深,体会越深切,再次感谢诸位老师。

本书也作为三峡大学人才启动项目"舒芜与胡风文艺思想

比较研究”、湖北省人文社科一般项目“‘施洗约翰’的激情:胡风文艺思想探究”、中国博士后科学面上资助项目“文化诗学视域中的七月派美学话语研究”、中国博士后面上资助项目“七月派同人文艺思想比较研究”的结项成果,在此向中国博士后科学基金会、湖北省人文社科规划办、三峡大学、三峡大学文学与传媒学院致以谢意。

本书出版过程中,得到了章辉教授的大力支持,章教授急公好义、古道热肠,促使出版顺利进行,特此致谢。最后还要感谢河南大学出版社的张云鹏社长、责任编辑张珊,贵社在学术界有极佳的口碑,能位列其中,倍感荣幸。